王士祥 著

中华诗词中的民族精神

中原出版传媒集团
中原传媒股份公司
大象出版社
·郑州·

图书在版编目(CIP)数据

中华诗词中的民族精神 / 王士祥著. — 郑州 : 大象出版社, 2022. 3
ISBN 978-7-5711-1358-2

Ⅰ. ①中… Ⅱ. ①王… Ⅲ. ①中华民族-民族精神-普及读物②诗词-诗歌欣赏-中国 Ⅳ. ①C955. 2-49 ②I207. 2

中国版本图书馆 CIP 数据核字(2022)第 024282 号

中华诗词中的民族精神

ZHONGHUA SHICI ZHONG DE MINZU JINGSHEN

王士祥 著

出 版 人 汪林中
责任编辑 王 冰
责任校对 安德华 牛志远
装帧设计 曾晶晶

出版发行 大象出版社(郑州市郑东新区祥盛街 27 号 邮政编码 450016)
发行科 0371-63863551 总编室 0371-65597936
网 址 www.daxiang.cn
印 刷 河南新华印刷集团有限公司
经 销 各地新华书店经销
开 本 890 mm×1240 mm 1/32
印 张 10.125
字 数 200 千字
版 次 2022 年 3 月第 1 版 2022 年 3 月第 1 次印刷
定 价 32.00 元

印厂地址 郑州市经五路 12 号
邮政编码 450002 电话 0371-65957865

前言

民族精神是一个民族的魂，是一个民族屹立于世界民族之林的根本。在中华文化的长河中，诗词犹如一颗光彩夺目的明星，不仅内涵丰富，意境高远，而且语言凝练，韵律优美，其中不乏书写民族精神的佳作。

当体现民族精神的诗词以单篇出现时，我们看到更多的是作品中蕴含的典故或诗词背后的故事，感受到的是作品形式的典重。而当我们面对着众多由一个个历史故事支撑的诗词作品时，形式则会慢慢退隐而被精神取代。换句话说，当我们看到邓陟的《珠还合浦》诗时，或许我们只会赞叹孟尝的人品；可是当我们被《珠还合浦》《宋子罕》《吴隐之》《书端州郡斋壁》《过中牟鲁恭祠》《关西》《池上篇》等名篇包围时，我们则会透过作品本身走近那些历史人物，去提炼总结主人公的共同品质，这就是诗词中所书写的民族精神。单篇书写的目的有对个人的讴歌、崇拜、礼敬，然而当我们把大量同类诗词作品放到一起时，看到的则是社会的需要、倡导、追求。

本书包括爱国、牺牲、廉洁、诚信、宽容、孝悌、好学、和谐、和平九种精神，这些都是国家精神文明建设的重要内容。笔者从经典诗词切入，以历史文献为依据，通过一个个故事讲述了九种民族精神的传承以及历史意义、时代价值。读者在阅读时，既能徜徉于诗词佳作的艺术美感中，又能在感动于历史故事的过程中接受心灵的洗礼和精神的熏陶。为了实现这一目的，本书坚持诗词、历史、故事三位一体，注重三个层面。

首先，注重正能量的传播。本书收录的诗词作品和历史故事均经过认真甄选，强调从正面书写，突出雅正性和示范性。即不为批判而批判，所选素材本身具有正面建设意义，是正能量的体现。这样做的目的并非是刻意无视历史负面现象，而是为了引导主体精神的塑造，同时也是对国家精神文明建设的助力。比如，书中所举的个别例子的主人公的做法已经不符合当下社会文明的要求，笔者则会进行辨析，指出其行为背后所蕴含精神的时代性特征。也就是说，当遇到这种情况时，我们突出的往往是精神而不是不合时宜的行为。

其次，注重对经史文献的运用。本书的定位是大众通俗读物，但笔者依旧坚持学术习惯，做到文献使用的正统性和正规性。书中用到的经史文献主要有《诗经》《论语》《左传》《尚书》《周易》《史记》《汉书》《后汉书》《三国志》《旧唐书》《新唐书》等，这样做的目的是言不虚发，使本书内容在通俗性的基础上有了历史厚重感。因为笔者所选的体现民族精神的诗词作品绝大多数有真实的历史支撑，如岳飞的《满江红》和文天祥的《过零丁洋》，都是以恢复故国为历史背景的，而二人的事迹在《宋史》中又有浓墨重彩的书写，所以史实就成了深入理解作品的关键。对经史文献的运用，除可以开阔读者的视野，有利于读者理解诗词外，还体现了对读者的尊重。毕竟千人千面，每个人都有自己的阅读需求，渴望通过阅读得到不同的收获，尊经重史便客观上为读者提供了另一种选择。

再次，注重以讲故事的方式展开叙述。柏拉图曾说“会讲故事你就拥有了世界”，诗词多以凝练的诗笔描写历史故事，正史更是一个个故事构成的。如果说诗词是本书的筋骨的话，那么一个个生动的故事则是本书的血肉。故事使诗词显得立体、丰满，使其中蕴含的精神活了起来，要比理论说教更有利于读者接受。我们以“宽容精神”为例，这一板块先后用到楚庄王夜宴绝缨、宋仁宗与宋祁、齐桓公与管仲、李世民与魏徵、汉高祖与陈平、北魏孝文帝与赵黑、廉颇与蔺相如、公孙弘与汲黯、曹操与陈琳等十多个历史故事，这些故事本身的趣味性能够增强书稿的可读性，客观上拉近了历史与现实之间的距离，让读者随着故事主人公的低吟长叹去感受其精神魅力。

当然，本书也存在短板，比如所选素材多集中在唐前和唐宋，这是与笔者的研究和教学侧重紧密相关的。笔者在郑州大学文学院主要承担中国古代文学唐宋时期的教学工作，自然关注唐前和唐宋较多，对这些文献相对熟悉，因而宋代以后的材料会稍显不足。

本书在一定程度上是课程内容的另一种呈现形式，同时也进一步促进了课程内容的丰富与完善，甚至可以说是“唐宋文学”课程思政的实践与结晶，是提升古代文学课堂实践能力的探索。

爱文者徜徉诗词，好史者流连史事。本书期望通过诗词与历史故事的结合，为民族精神的传承和国家精神文明建设做出力所能及的贡献。

目录

愿得此身长报国

——爱国精神

“为什么我的眼里常含泪水？因为我对这土地爱得深沉。”

这是诗人艾青《我爱这土地》中的两句话。每每读到这两句诗，总让人热血沸腾、眼含热泪。这是诗人对祖国最真挚的表白！透过那眼里饱含的泪水，我们能深切感受到，这种爱刻骨铭心至死不渝。这不仅是来自诗人内心的呐喊，而且是全民族普遍爱国情绪的浓缩。

“爱国”在中国诗词中是一个永恒的话题，不管何时，爱国都是伟大的民族精神，也是个体对国家的义务和责任。因为爱国，许穆夫人从《诗经》中走来，上下求索的屈原把自己定格在汨罗江中，弦高在关键时候能够舍利取义，苏武持节在北海孤身牧羊，王维竟然吃药装病，岳飞在《满江红》中高唱“壮志饥餐胡虏肉，笑谈渴饮匈奴血”……这些人虽然所面对的“国”的概念和我们今天有所差别，但其精神实质是别无二致的。

许穆夫人载驰驱

说到爱国，我们眼前浮现出的英雄常是勇武的壮士形象，其实在中国历史上不乏女英雄。春秋时有一位大名鼎鼎的许穆夫人，她是中国乃至世界文学史上最早的爱国女诗人。这位女诗人原本是没有名字的，因为嫁给了许国的穆公为妻，所以人称许穆夫人。周朝实行分封制，当时有很多诸侯国。许穆夫人本是卫国公族卫昭伯的女儿，也是卫国君主卫懿公的妹妹，相当于卫国公主。

公主从小就忧国忧民，老考虑着怎么能为自己的国家做出点贡献。可以说，她对国家的爱是与生俱来的，是融到血脉里的。公主不仅责任心强，而且颜值高，貌美多姿，所以吸引了周围国家贵公子们的爱慕。像这样的姑娘，一般人家想都不要想，她从来不想能否嫁入豪门，因为她本身就是豪门。再加上各国之间联姻并不是因为浪漫的爱情，而是一种政治需要，不是为了亲善，就是为了结盟。向这位卫国公主提亲的有许国和齐国，而许国的聘礼比较重，卫懿公就决定把妹妹嫁到许国去。这个故事见于刘向《列女传》中的“仁智篇”。

公主是怎么想的呢？公主想嫁到齐国。听听她的想法：“今者许小而远，齐大而近。若今之势，强者为雄。如使边境有戎寇之事，惟有四方之故，赴告大国，妾在，不犹愈乎？”背靠大树好乘凉，许国没有齐国强大。齐国是周初封给姜子牙的封地，姜子牙可是辅佐周武王灭商建国的功勋人物。齐国近海，物产丰富，国富民强，对卫国帮助更大。当时卫国的都邑在今河南的鹤壁，离在山东的齐国更近。再看许国，弱小就不说了，还离卫国那么远。如果嫁到许国，一旦卫国遇到点危险，想让老公提供国际援助都来不及。总之，在公主看来，只有嫁给大国才会对自己的国家帮助更大。

应该说公主的想法是有战略眼光的，但是卫懿公固执己见，没有想那么多，眼睛里只有能看到的重礼，于是还是把公主嫁给了许穆公，就这样这位融才貌与聪慧于一体的公主摇身变成了许穆夫人。公主远离家乡，自然免不了时常思念故土，但是“远莫致之”，只能老去回想当年“以钓于淇”的情景。

许穆夫人担心的事情还是出现了。公元前660年，北狄进攻卫国并把卫国给灭了，卫懿公被杀。许穆夫人听到自己的国家被攻破的消息后，内心非常痛苦。她想让许穆公帮忙收复国土，但许穆公很尿，害怕引火烧身，不敢出兵。许穆夫人一看丈夫指望不上，毅然决定亲自去救自己的国家。但她毕竟是许国的国母，她的干预就等于是许国的参与，所以许国的臣子们纷纷去拦阻她，指责她。许穆夫人不为所动，坚信自己的决定是无可指责的，她决不反悔，并写下了千古名篇《载驰》，表明了自己坚强的意志和归国的决心：

载驰载驱，归唁卫侯。驱马悠悠，言至于漕。大夫跋涉，我心则忧。 既不我嘉，不能旋反。视尔不臧，我思不远。既不我嘉，不能旋济。视尔不臧，我思不閟。 陟彼阿丘，言采其蝱。女子善怀，亦各有行。许人尤之，众稚且狂。 我行其野，芃芃其麦。控于大邦，谁因谁极！ 大夫君子，无我有尤。百尔所思，不如我所之！[1]

什么意思呢？程俊英先生在《诗经译注》中是这样翻译的："驾起马车快奔走，回国慰问我卫侯。赶马经过漫长路，望到祖国漕城头。许国大夫来追我，知他来意我心忧。 大家虽然不赞成，我可不能就回头。比起你们没良策，我的计划近可求。大家虽然不赞成，决不渡河再回头。比起你们没良策，我计可行效可收。 登上那边高山冈，采些贝母治忧伤。女子虽然多想家，自有道理和主张。许国大夫反对我，既是幼稚又愚妄。 走在祖国田野上，蓬蓬勃勃麦如浪。赶快讣告求大国，依靠大国来救亡！ 许国大夫众高官，不要反对我主张。你们纵有百条计，不如我跑这一趟。"（《诗经译注》，第81—82页）

从上面的翻译中，我们完全能够看到许穆夫人的坚决和许国大臣们千方百计的劝阻，人物形象跃然纸上。卫懿公的儿子戴公住在漕城，所以《载驰》中说"言至于漕"，那里有卫国的继承人在。据记载，许穆夫人回到故国后，先卸下车上的物

① 程俊英《诗经译注》，上海古籍出版社，2004年7月版，第81—82页。按：本书引文出自同一本书的，只在第一次出现时注释，以后出现只在内文中括注书名和页码。

资救济难民，这是笼络民心最基本也是最有效的方法；接着与卫国君臣商议恢复故国的策略。他们招来百姓四千余人，一边安家谋生，一边整军习武。这让大家觉得，有饭吃，有事干，这才有意义。

同时，许穆夫人还建议向齐国请求军事援助。当时的齐国国君是齐桓公，在管仲的帮助下国力强盛。齐桓公并没有记恨当年卫国拒绝婚事，反而被许穆夫人的爱国之情深深感动，于是派公子无亏率兵救援卫国。卫国臣民复国的决心是真的，齐国对卫国的帮助也是真的，北狄知道胜算不大，也就退了兵。从此，卫国出现了转机。两年后，卫国在楚丘重建都城，恢复了它在诸侯国中的地位，而且又延续了四百多年之久。我们完全可以说，如果没有许穆夫人的倾力相助、出谋划策，卫国早就从版图上彻底消失了。这就是爱国的力量！

屈原魂葬汨罗江

在中国的爱国诗人中，我们最不能忽视的人是屈原，因为他带给我们太多的精神财富。2009年9月30日被列入《人类非物质文化遗产代表作名录》的端午节就是对屈原的纪念。唐朝的文秀法师有一首《端午》诗：

节分端午自谁言，万古传闻为屈原。

堪笑楚江空渺渺，不能洗得直臣冤。[①]

作者在诗中说得很明白，端午节就是为了纪念屈原而设立的。为什么纪念屈原呢？最后一句中有答案，屈原是“直臣”，死得“冤”。“直臣冤”三个字蕴含着屈原的爱国情怀。

屈原是战国时期楚怀王的大臣，有高贵的血统，属于王族后裔。屈原在《离骚》开篇中说：“帝高阳之苗裔兮，朕皇考曰伯庸。”[②]这就更厉害了。屈原自认为是帝高阳也就是祝融的后代，祝融是楚人的远祖，是火神；屈原的太祖即皇考是伯庸，是西周末年楚国国君熊渠的长子，是正宗的楚国贵族。因为出身正统，所以家人对他有很高的期望，“皇览揆余初度兮，肇锡余以嘉名。名余曰正则兮，字余曰灵均”，为其取名“正则”，字“灵均”。这意味着什么呢？《周礼·夏官·大司马》中说：“大司马之职，掌建邦国之九法，以佐王平邦国……均守平则，以安邦国。”[③]意思是说大司马的职责是负责建立有关诸侯国的九项法则，以辅佐王成就诸侯国的统治。建立合理的守卫土地之法，以安定诸侯国。什么是“原”？王夫之在《楚辞通释》中说：“原者，地之善而均平者也。”一是肥沃的好地，二是分配

① 彭定求等：《全唐诗》，中华书局，1960年4月版，第9284页。

② 洪兴祖：《楚辞补注》，中华书局，1983年3月版，第3页。

③ 杨天宇：《周礼译注》，上海古籍出版社，2004年7月版，第330页。

合理。这告诉我们，屈原从小就被家族寄予厚望，要成为国君身边的得力助手。

为了实现自己的政治愿望，屈原努力学习，“纷吾既有此内美兮，又重之以修能”。他从少年时就接受良好的教育，嗜书成癖，博闻强识。楚怀王十年（前319），屈原任左徒之职，《史记·屈原列传》中说他“入则与王图议国事，以出号令，出则接遇宾客，应对诸侯”[①]，忙于楚国的内政外交工作。

屈原对外主张“联齐抗秦”，对内主张政治改革，倡导举贤授能，富国强兵。随着变法改革的深入，楚国的形势越来越好。但大凡改革一定是要动一些人的蛋糕的，这严重妨害了旧贵族的利益，他们甚至面临着覆灭的命运，于是改革遭到贵族子兰等人的强烈反对。这个时候，秦国又用了离间计，楚怀王十六年（前313）屈原被免去左徒之职，改任三闾大夫，负责教育王族子弟。

屈原第一次被流放汉北的时候，秦国的张仪破了楚国与齐国的联盟，楚怀王两次带兵讨伐秦国，结果先后在丹阳、蓝田被打败。于是，楚怀王又想到了屈原，派他出使齐国去商量恢复结盟的事。但是，楚怀王是个好了伤疤忘了疼的人。怀王二十四五年，秦国与楚国和好，屈原又没有用了，再次被流放到汉北，负责云梦泽的山林泽薮和君王狩猎事宜。在流放中，屈原写下了忧国忧民的《离骚》《抽思》《惜诵》《思美人》《天问》《招

① 司马迁：《史记》，中华书局，1959年9月版，第2481页。

魂》《卜居》《渔父》等不朽诗篇。这些诗歌让我们看到了屈原对国家执着的爱。

《抽思》是屈原通过回忆向楚王建议革新政治却遭受谗害而被放逐来表达对楚王、对国家的忠心的：

心郁郁之忧思兮，独永叹乎增伤。
思蹇产之不释兮，曼遭夜之方长。
悲秋风之动容兮，何回极之浮浮！
数惟荪之多怒兮，伤余心之忧忧。
愿摇起而横奔兮，览民尤以自镇。

（《楚辞补注》，第137页）

诗人一开始就写出了自己内心的纠结。屈原所处的政治环境很糟糕，小人当道，黑夜漫长，他也曾有过离开楚国的念头，可是当他看到老百姓正处于灾难之中时又改变了想法。“愿摇起而横奔兮，览民尤以自镇”，忧国忧民的爱国初心战胜了出走远离的念头。

流放期间，屈原遇到了一位避世隐身、钓鱼江滨的隐士，他劝屈原与世俗同流，不必独醒高举：“圣人不凝滞于物，而能与世推移。世人皆浊，何不淈其泥而扬其波？众人皆醉，何不哺其糟而歠其醨？何故深思高举，自令放为？”（《楚辞补注》，第179—180页）圣人都不死板地对待事物，而是随着世道变化而变化。世人普遍肮脏，为什么你不能够浑水扬波呢？大家都沉醉其中，为什么你不能酩酊大醉呢？你又何故自命清高，弄到被国君流放的下场呢？

在《离骚》中，屈原更是一再强调自己为了国家所做出的种种努力，学习先贤，避免重蹈桀纣的覆辙，“彼尧舜之耿介兮，既遵道而得路。何桀纣之猖披兮，夫惟捷径以窘步”，但是自己的努力遇到了阻碍，当年培养的那些兰蕙香草般的人才，已经随波逐流成了争名夺利之辈，“众皆竞进以贪婪兮，凭不厌乎求索。羌内恕己以量人兮，各兴心而嫉妒”，这是很让人痛心的一件事情。但这“路幽昧以险隘”的局面正是“党人之偷乐”的事，自己并不担心个人荣辱得失，所害怕的是改革的失败，“岂余身之惮殃兮，恐皇舆之败绩”。于是有人指责他不能放下身段，有人劝他“勉远逝而无狐疑兮”，离开这个污浊的世界。但屈原表示“路漫漫其修远兮，吾将上下而求索”，初心不改：

依前圣以节中兮，喟凭心而历兹。
济沅湘以南征兮，就重华而陈词：
启九辩与九歌兮，夏康娱以自纵。
不顾难以图后兮，五子用失乎家衖。
羿淫游以佚畋兮，又好射夫封狐。
固乱流其鲜终兮，浞又贪夫厥家。
浇身被服强圉兮，纵欲而不忍。

日康娱而自忘兮，厥首用夫颠陨。
夏桀之常违兮，乃遂焉而逢殃。
后辛之菹醢兮，殷宗用而不长。
汤禹俨而祗敬兮，周论道而莫差。
举贤才而授能兮，循绳墨而不颇。
皇天无私阿兮，览民德焉错辅。
夫维圣哲以茂行兮，苟得用此下土。
瞻前而顾后兮，相观民之计极。
夫孰非义而可用兮？孰非善而可服？
阽余身而危死兮，览余初其犹未悔。
不量凿而正枘兮，固前修以菹醢。
曾歔欷余郁邑兮，哀朕时之不当。
揽茹蕙以掩涕兮，沾余襟之浪浪。

（《楚辞补注》，第20—25页）

他所有的努力最终都失败了，伤心难过，但他表示“虽体解而犹未悔”。楚怀王二十八年（前301），秦、齐、韩、魏四国攻打楚国，垂沙一战，楚军惨败，主将唐昧战死。由于楚国朝廷内部的斗争，楚将庄蹻发动兵变，在此背景下，屈原创作了《国殇》：

操吴戈兮被犀甲，车错毂兮短兵接。

旌蔽日兮敌若云，矢交坠兮士争先。
凌余阵兮躐余行，左骖殪兮右刃伤。
霾两轮兮絷四马，援玉枹兮击鸣鼓。
天时坠兮威灵怒，严杀尽兮弃原野。
出不入兮往不反，平原忽兮路超远。
带长剑兮挟秦弓，首身离兮心不惩。
诚既勇兮又以武，终刚强兮不可凌。
身既死兮神以灵，子魂魄兮为鬼雄！

（《楚辞补注》，第82—83页）

通过对楚国将士奋死抗敌的壮烈场面的描写，歌颂了他们的英雄气概和爱国精神，同时抒发了作者热爱祖国的高尚感情。

楚怀王入秦被扣留，楚顷襄王继位，因为旧贵族的谗毁，屈原再次被流放到江南之野。他漂泊在沅湘流域，创作了《涉江》《哀郢》等作品。特别是《哀郢》一诗，哀悼楚国郢都被秦国攻破，楚怀王在秦国受辱，百姓流离失所之事：

皇天之不纯命兮，何百姓之震愆？
民离散而相失兮，方仲春而东迁。
去故乡而就远兮，遵江夏以流亡。
出国门而轸怀兮，甲之鼂吾以行。
发郢都而去闾兮，怊荒忽其焉极。

楫齐扬以容与兮，哀见君而不再得。

（《楚辞补注》，第132—133页）

诗人仰天而问，为什么在仲春时节老百姓不是进行耕种，而是妻离子散，到处逃难，让人触目惊心。令诗人伤心的是“见君而不再得”，不仅自己也要离开都城，而且怀王成为秦国的人质，表达了对故都的留恋和对怀王的思念。

楚顷襄王十六年（前283），顷襄王与秦昭王会于楚故都鄢郢，屈原眼看祖国被侵略，心如刀割，于是写下了绝笔《怀沙》：

文质疏内兮，众不知余之异采。
材朴委积兮，莫知余之所有。
重仁袭义兮，谨厚以为丰。
重华不可遌兮，孰知余之从容！
古固有不并兮，岂知其何故！
汤禹久远兮，邈而不可慕。
惩连改忿兮，抑心而自强。
离闵而不迁兮，愿志之有像。

（《楚辞补注》，第144页）

诗人站在烟波浩渺的汨罗江畔，慨叹这是一个黑白颠倒的世界，这是一个小人充斥的世界，没有人能够认识到自己的优秀与价值，只能抑制住内心的悲愤，为后世留下一个榜样。就这样，屈原抱石投汨罗江而死，那天正好是五月五日。生命对于任何人来说，都只有一次。屈原渴望重铸国家的辉煌，宁可用自己的生命来唤醒世人的沉迷，这就是中华民族救亡图存的爱国精神的表现。

弦高矫命犒秦师

秦国在历史上给人的印象是一直不安生，不是攻打这个国家，就是惦记那个国家。不过，有一次秦国想偷袭郑国，碰到了对手——郑国商人弦高，让秦国的计划流产了。我们从吴筠的一首诗《郑商人弦高》说起：

卓哉弦高子，商隐独标奇。
效谋全郑国，矫命犒秦师。
赏神义不受，存公灭其私。
虚心贵无名，远迹居九夷。

（《全唐诗》，第9655页）

这是吴筠的“高士咏”系列之一。商人一般是重利的，可是弦高却通过“矫命犒秦师”救了自己的国家。弦高“赏神义不受，存公灭其私”，当郑国君主要奖赏弦高时，他却婉言谢绝，弦高认为：“即便是作为重利的商人，忠于国家也是最基本的精神，不能因为做了点力所能及的事，就接受赏赐。”所以吴筠称弦高为高士。弦高到底做了什么以至于让吴筠如此不惜笔墨地讴歌呢？

秦穆公一直有向东发展地盘的念头，所以想攻打郑国；而且秦国在郑国的内应也说他们已经成功掌握了郑国北门的防守权，如果秦国秘密派兵来偷袭，应该是万无一失的。秦穆公找人商量，遭到了老臣蹇叔和百里奚的反对。二人认为，一来路途太远，军队必然会精疲力竭；二来会走漏消息，对方必然会早做准备，所以最后的结果只能是劳而无功。但是秦穆公心意已决，把他们的分析当作耳旁风，仍旧决定派百里奚的儿子孟明视为大将，蹇叔的两个儿子西乞术、白乙丙为副将，率领三百辆兵车去偷袭郑国。

当第二年二月，秦国的军队进入滑国时，被人拦住了去路。来人自称是郑国的使臣，奉命过来见秦国的主将。孟明视也不知道是怎么回事，既然是郑国的使臣，那就见见吧。使臣说：“我叫弦高，我们的国君听闻三位将军要来郑国，特地派我过来献上薄礼慰劳将士们。”说完，他献上四张熟牛皮和十二头肥牛。孟明视等人原本是奉命突袭郑国的，可是现在人家都派人来劳军了，这说明消息早就走漏了，那人家还不早做准备，傻乎乎地等着挨打吗？还偷袭什么呢？

想到这里，孟明视收下了弦高的劳师物资，并对弦高解释说：“听说郑国国君新丧，我们国君怕晋国乘机来攻打你们，特意叫我带兵来保护。”弦高说：“我们郑国地方不大，夹在秦、晋两个大国中间，确实挺难的，为了安全，我国的将士们枕戈待旦，日夜小心地守卫着每一寸国土，要是有谁胆敢来侵犯，我们一定会给以迎头痛击。这一点请贵国只管放心。”孟明视还是不甘心，问弦高：“照你的说法，郑国真的不需要我们提供帮助了吗？”弦高说：“不腆敝邑，为从者之淹，居则具一日之积，行则备一夕之卫。”[①]意思是说，我们已经做好了充分的准备，如果你们一定要进入我们郑国境内，我们将全面负责供应你们粮草，派兵保护你们的安全。弦高的不卑不亢越发让孟明视相信郑国已经做好了迎头痛击的准备！于是和其他人商量，与其损兵折将，不如取消行动。不过兴师动众出来一趟不容易，不能空着手回去，于是顺手就把滑国给灭了。

其实，孟明视上了弦高的当了。弦高就是个牛贩子，他本来是出去做生意的，正好在路上碰到了秦军。当他得知秦军是去偷袭郑国时，爱国之心油然而生。但是派人回去给郑国报信已经来不及了，于是他急中生智，封自己为郑国的使臣过去犒劳秦国的军队，一边稳住了孟明视等人，一边派人抄近道连夜赶回郑国报告，让郑国做好战斗准备。当郑国国君接到弦高的消息时，马上派人到北门去观察秦军的动静，果然发现秦军厉兵秣马正在做战

① 李梦生：《左传译注》，上海古籍出版社，2004年7月版，第328页。

前准备。既然如此，郑国国君毫不客气地对“看守”北门的秦国将领下了逐客令。事后，郑穆公召见了机智救国的弦高，要对他进行封赏，这才有了吴筠诗中的“赏神义不受，存公灭其私”。

苏武牧羊边地苦

苏武以其对国家的忠贞被汉宣帝列为麒麟阁十一功臣之一，其形象在人们心中历久弥新。苏武出使匈奴牧羊北海的情节在影视作品以及舞台剧作中屡次得到呈现，也是诗词每每书写的主题，“诗仙”李白便有《苏武》一诗：

苏武在匈奴，十年持汉节。
白雁上林飞，空传一书札。
牧羊边地苦，落日归心绝。
渴饮月窟冰，饥餐天上雪。
东还沙塞远，北怆河梁别。
泣把李陵衣，相看泪成血。

（《全唐诗》，第9655页）

匈奴是汉朝北方的主要威胁，两国动不动就打起来，关系很糟糕，即便是偶有使者来往也会被对方扣留的。天汉元年（前

100），且鞮侯单于即位，主动向汉朝示好，不仅归还了以前扣押的使者，还承认汉朝是自己的长辈。在这种情况下，汉武帝也得有姿态，于是派苏武以中郎将的身份持节护送匈奴的使者回国，同时还赠送给匈奴不少礼物。苏武同副手张胜及临时委派的使臣常惠等，率领一百多人到达匈奴。

让人意想不到的是，到匈奴后，张胜卷入了一场绑架案。匈奴缑王和虞常等暗中谋划，准备绑架单于的妈妈投奔汉朝。虞常与张胜认识，两个人私下接触过，张胜还肯定了虞常的行动计划。但不幸的是，缑王和虞常密谋之事遭叛徒泄密，计划失败，缑王等战死，虞常被活捉。张胜担心虞常扛不住刑罚会招供，把自己给牵扯出来，于是就把事情原原本本告诉了苏武。苏武料想一定会牵连到自己，甚至会影响到汉朝，想自杀了事，但是被张胜、常惠制止了。

事情果然像张胜想的那样，虞常全招了，单于决定招降苏武等人。苏武在接受审讯的时候，为了保存国家颜面，拔刀自杀，很幸运被救了回来。单于非常佩服苏武的气节，早晚派人过去探询伤情。随着苏武伤势的好转，劝降工作也一波接一波地展开。苏武能果断决定自杀，说明他根本没有投降匈奴的想法，所以任凭劝降的人招数使尽，苏武就是不改本心。

劝降的人是谁呢？卫律。他虽然是个胡人，但是在汉朝为官，而且和李延年关系很好，李延年还曾经向汉武帝推荐卫律出使匈奴。后来，李延年在妹妹李夫人死后，办了一件糊涂事，被诛族了，卫律害怕自己受到牵连，就投降了匈奴。单于派卫律劝降苏武，也算是知己知彼。卫律对苏武的劝说是现身说法，什么高官厚禄、金银财宝的一通炫耀，目的就是希望苏武投降匈奴。没想到苏武破口大骂：

> 女为人臣子，不顾恩义，畔主背亲，为降虏于蛮夷，何以女为见？且单于信女，使决人死生，不平心持正，反欲斗两主，观祸败。……若知我不降明，欲令两国相攻，匈奴之祸从我始矣。[①]

你作为臣子，觍着脸投降，还有什么脸面活在世上？况且单于信任你，让你公平执法，你竟要挑起两位君主的矛盾，自己坐观成败。我告诉你，凡是杀汉朝使者的国家没有一个有好下场的，南越国、宛王、朝鲜都是前车之鉴，匈奴如果想覆灭，可以拿我开刀。

卫律看苏武油盐不进，只好把他软禁在地窖内，不给他食物。人是铁饭是钢，你总有扛不住的时候。苏武用雪和着毡毛一起吃，凭着毅力坚持了几天，这让匈奴人很惊讶，以为苏武是天上的神仙。匈奴人把苏武派到北海去牧羊，承诺只要小羊出生就放他回国。这个承诺看似有希望，实际是张空头支票，因为匈奴人给苏武一群公羊，去哪里下羊崽儿呢！北海的环境很恶劣，没

① 班固:《汉书》，中华书局，1962年6月版，第2462页。

有粮食吃，苏武就从地下掘野鼠所储藏的果实吃。苏武出去牧羊，都带着汉武帝赐给他的汉节，他时刻提醒自己，这是自己的身份。

苏武到达匈奴的第二年，李陵投降了匈奴。单于就派李陵到北海劝苏武投降，没想到李陵带来了苏武家里一系列不幸的消息：哥哥给皇帝驾车，因为不小心弄断了车辕，被指控为大不敬，于是自杀了；弟弟因为追捕杀死驸马的凶手宦骑没有成功，害怕被降罪，服毒身亡；苏武的母亲刚刚去世，李陵还去送葬；妻子改嫁了；苏武的两个妹妹和儿女不知道是死是活。李陵所说的这些事，足以让一个人的心理防线崩溃。李陵又说到自己刚投降的时候，内心同样煎熬，恨自己背叛了汉朝，可是再想想汉武帝随着年龄增大，法令越发无常，所以希望苏武不要过于执拗，干脆投降算了。

苏武表示："武父子亡功德，皆为陛下所成就，位列将，爵通侯，兄弟亲近，常愿肝脑涂地。今得杀身自效，虽蒙斧钺汤镬，诚甘乐之。臣事君，犹子事父也，子为父死亡所恨。"（《汉书》，第2464页）一家人深受皇帝大恩，应该粉身碎骨来报答。再者来说，臣事君就像子事父，当儿子的为父亲去死没有什么遗憾的。如果你一定要我投降，我就死在你的面前。李陵见苏武心意不能动摇，只好流着眼泪与苏武诀别。后来，苏武从李陵那里听到汉武帝驾崩的消息，向南大哭竟至于吐血。

汉昭帝即位之后，匈奴和汉朝回归和平状态。汉朝希望匈奴能够归还苏武等汉使，但匈奴撒谎说苏武早就死了。后来，汉使再到匈奴，常惠想方设法见到了汉使，把苏武在北海牧羊的消息告诉了他。汉使向单于说："我们的皇帝在上林苑打猎时，射下一只大雁，雁腿上绑着一封信，是苏武写的，说他在北海牧羊。"单于经不住使者诈，只好说苏武确实还活着。

苏武终于在汉昭帝始元六年（前81）春回到了阔别已久的长安，这一走就是十九年。苏武回到长安，受到了隆重表彰。汉昭帝下令，让苏武去拜谒汉武帝园庙，这就等于向汉武帝交差了。然后封苏武为典属国，俸禄二千石，赐钱二百万，官田二顷，住宅一处。汉宣帝时，苏武又被赐爵关内侯，食邑三百户，再后来苏武被汉宣帝列为麒麟阁十一功臣之一。

岳飞渴饮匈奴血

唐宋时期，写诗的英雄和写给英雄的诗歌更多。王维为了不接受安禄山的职务安排，甘愿吃药装哑巴，在酒席宴上流着泪写下"万户伤心生野烟，百僚何日再朝天"[①]的诗句；王昌龄在《从军行》中歌颂将士们"黄沙百战穿金甲，不破楼兰终不还"（《全唐诗》，第1444页）的爱国情怀；白居易在《缚戎人》中写

① 刘昫等：《旧唐书》，中华书局，1975年5月版，第5052页。

了一心回到祖国怀抱的沦陷区百姓“脱身冒死奔逃归，昼伏宵行经大漠”（《全唐诗》，第4698页）；东坡先生在《江城子·密州出猎》中用“会挽雕弓如满月，西北望，射天狼”[①]来表达他的爱国之诚。从这些诗句中，我们或看到了个人英雄主义，或看到了集体爱国情怀。

岳飞是中国历史上著名的抗金英雄，曾让金人发出“撼山易，撼岳家军难”的感叹。说起岳飞，恐怕我们的脑海中都会浮现出他那首令人热血沸腾的《满江红·写怀》，这首词是千古传诵的爱国名篇：

> 怒发冲冠，凭栏处、潇潇雨歇。抬望眼、仰天长啸，壮怀激烈。三十功名尘与土，八千里路云和月。莫等闲、白了少年头，空悲切。　　靖康耻，犹未雪。臣子恨，何时灭。驾长车踏破，贺兰山缺。壮志饥餐胡虏肉，笑谈渴饮匈奴血。待从头、收拾旧山河，朝天阙。
>
> （《全宋词》，第1615页）

岳飞的事迹传颂至今，特别是岳母刺字的故事感染着一代又一代人，“尽忠报国”是每一个有爱国心的母亲在战乱年代对儿子的要求。这首词大气磅礴，以其低沉雄壮的歌音，激励着中华儿女的拳拳爱国心。

---

① 唐圭璋：《全宋词》，中华书局，1999年1月版，第385页。

“板荡识诚臣”，这话一点不假。岳飞生活的南北宋之交就是个多灾多难的时期，正是如火如荼的军旅生活让他的爱国心展露无遗。岳飞是河南安阳汤阴人，小时候文武兼修，常读《孙吴兵法》和《春秋左氏传》，同时拜周同和陈广为师学习武艺。周同倾囊相授，岳飞学会了左右开弓射箭的绝技。据《宋史》记载，岳飞天生神力，不到二十岁，双臂能拉开三百斤的弓和八石的弩。有这样的学习经历和能耐，注定岳飞这一辈子不可能守着老婆孩子热炕头，所以他父亲说：“汝为时用，其徇国死义乎。”①

靖康元年（1126），刚登基的宋钦宗向金人割地赔款求和。但是，宋钦宗很快后悔了原先的糊涂决定，这让金人恼羞成怒，二次派兵围住京城东京。当时岳飞的老家叫相州，处于金人奴役之中。岳飞心中愤慨，母亲通情达理，劝他舍小家顾大家，还在岳飞背上刺上“尽忠报国”四字训。需要指出来的是，随着演义，这四个字慢慢被改成了“精忠报国”。

岳飞并非是纯粹的武夫，而是有思想的军事人才，所以在军队中很快就崭露头角。在宗泽所指挥的东京保卫战中，岳飞英勇奋战，以军功被提拔为修武郎，宗泽称赞他“勇智才艺，古良将不能过”。靖康二年（1127）二月，岳飞随军转战曹州，身先士卒，又被提升为武翼郎。虽然宗泽取得了一系列的军事胜利，但是由于其他军事主官在战斗中不够积极主动，只知道一味保存

① 脱脱等：《宋史》，中华书局，1985年6月版，第11375页。

实力，导致金军并未伤筋动骨。更糟糕的是，到了四月，震惊历史的“靖康之难”发生了：金军俘虏了宋徽宗、宋钦宗和皇室成员、机要大臣等三千余人。北宋就此宣告灭亡。

这年的五月初一，时任河北兵马大元帅的康王赵构在应天府即位，这就是宋高宗。赵构虽然起用了抗战派李纲为相，但同时对投降派黄潜善、汪伯彦极为器重，这就大大削弱了恢复失地的力量。看到这种情形，岳飞不顾自己人微言轻，向赵构大胆进谏：

> 陛下已登大宝，社稷有主，已足伐敌之谋，而勤王之师日集，彼方谓吾素弱，宜乘其怠击之。黄潜善、汪伯彦辈不能承圣意恢复，奉车驾日益南，恐不足系中原之望。臣愿陛下乘敌穴未固，亲率六军北渡，则将士作气，中原可复。
>
> （《宋史》，第11376页）

但这不仅没有引起应有的重视，岳飞反而被革除军职、军籍，还被逐出军营。

这是一个需要英雄的时代，在河北西路招抚使干办公事赵九龄的推荐下，岳飞成了声满河朔的抗金招抚使张所的得力助手。但是，赵构只图偏安，一心与黄潜善、汪伯彦等人向金人乞和，所以总是对主战派进行打压，先是罢了李纲的相位，接着又贬死了张所。这样岳飞随王彦去收复卫州，这支军队就成了一支孤军。王彦认为应该谨慎出战，岳飞则认为王彦胆怯，二人又产生了隔阂，后来二人被金军围困，在突围中溃散。岳飞率部在太行山区转战，其间取得了一系列胜利，如生擒金将拓跋耶乌，逼迫金军暂时退却。

李纲罢相后，留守东京的宗泽就成为事实上抗金的中心人物。宗泽和北方的民间自发抗金武装建立了广泛的联系，岳飞再次成为宗泽的爱将。建炎元年（1127）十二月，金军大举南侵，进犯孟州汜水关，岳飞奉命抗击，被宗泽任命为统领，不久又提升为统制。建炎二年（1128）四月以后，金军受不了天气炎热便撤退了，宗泽与大家制订了周密的北伐计划，前后向朝廷上书二十四次，但就是得不到朝廷的支持，宗泽含恨离世。

宗泽死后，朝廷所用非人，岳飞有才难施，建炎三年（1129）六月，主将杜充决定弃守东京。岳飞苦苦相劝："中原地尺寸不可弃，今一举足，此地非我有，他日欲复取之，非捐数十万众不可。"（《宋史》，第11376页）在本该寸土必争的时候，杜充没有听取岳飞的建议。岳飞见杜充并非以国事为重，于是脱离了杜充，独自转战后方。建康被金军攻占后，南宋危急，赵构逃到海上避难，金将完颜兀朮直逼临安（今杭州）。岳飞在条件极其艰苦的情况下寻找痛击金军的机会，六战皆胜。岳飞抗金英勇，把老百姓视同亲人，老百姓对他感恩戴德。

建炎四年（1130）二月，岳飞率军从宜兴赶来截击经过常州的完颜兀朮。四战四捷，擒女真万户少主孛堇等十一人。常州截击战之后，岳飞总算引起了朝廷的重视，朝廷命他配合镇江韩世忠从左翼进击金军，寻找机会恢复建康。接下来，岳飞相继取得了清水亭首战大捷，收复建康。收复建康之战，岳家军仅斩女真兵就有三千多人，擒获金军将领二十多名，这也是岳家军的首次辉煌胜利。岳飞时刻以收复东京为己任，但赵构却又规定他只能收复襄阳六郡。经过浴血奋战，郢州、随州、襄阳、邓州、唐州、信阳等六郡相继被收复，这是南宋首次收复大片失地。这一消息震动了朝廷，赵构甚至对胡松年称赞："朕虽素闻岳飞行军极有纪律，未知能破敌如此。"（《宋史》，第11382页）

随着岳家军功绩越来越大，岳飞名望越来越高，"岳"字旗与"精忠旗"成了让金军闻风丧胆的标志，甚至出现过以五百骑破完颜兀朮十万精兵的壮举。但是朝廷上一直是主和派占上风，所以在北伐中总是掣肘，甚至慢慢地君臣产生嫌隙。特别是在主和派秦桧的干预下，岳飞最终功败垂成。在收复开封的朱仙镇大捷中，完颜兀朮已逃出开封之时，岳飞却在一天之内接连收到十二道命他班师回朝的金牌。岳飞不理解朝廷为什么会下如此荒唐的命令，流下了悲愤的眼泪。岳飞虽然不愿意，但又不能抗命，岳飞刚走，完颜兀朮便又回到开封，原本收复的失地又再次沦陷。

岳飞回到临安就被打入大狱，以"莫须有"的"谋反"罪名被处死。在岳飞被羁押期间，不少正义之士努力挽救岳飞，不仅没有成功，反而受到了牵连，有的被杀，有的被贬。当岳飞被杀的消息传出，老百姓伤心悲痛，金军将领却“酌酒相贺”。直到秦桧死后，岳飞才慢慢得到平冤昭雪：“孝宗诏复飞官，以礼改葬，赐钱百万，求其后悉官之。建庙于鄂，号‘忠烈’。淳熙六年，谥‘武穆’。嘉定四年，追封‘鄂王’。”（《宋史》，第11395页）虽然这些补偿能让人感到一丝温暖，但毕竟改变不了失地不复的事实。甚至陆游都在临终前交代儿子：

> 死去元知万事空，但悲不见九州同。
> 王师北定中原日，家祭无忘告乃翁。[①]

短短二十八个字，催人泪下，让人感受到诗人渴望收复失地的爱国赤诚之心。

报国欲死无战场

陆游和辛弃疾是南宋爱国诗人的代表，陆游“心在天山，身老沧洲”，身心分离，辛弃疾忘不了“醉里挑灯看剑”。这种痛苦与南宋朝廷的不作为以及对岳飞这样的英雄不够重视有关。

① 钱仲联：《剑南诗稿校注》，上海古籍出版社，2005年4月版，第4542页。

不管如何，南宋朝廷偏安一隅，让那些有良心的文人只能以笔为枪，以口击贼，战斗在独特的战场上。

陆游面对破碎的山河，不甘心只做一个碌碌无为的腐儒，满足于纸上谈兵，而是渴望像《长歌行》中说的那样“手杖旄钺清旧京”（《剑南诗稿校注》，第467页），到朝廷整肃吏治，激起斗志；更渴望像《雪中忽起从戎之兴戏作》中说的那样“直斩单于衅宝刀”（《剑南诗稿校注》，第1429页），收复故土，统一山河。爱国是陆游诗歌的基调。为了实现“一身报国有万死”的人生理想，他早年在《夜读兵书》中就立下了“平生万里心，执戈王前驱”（《剑南诗稿校注》，第18页）的志愿。隆兴二年（1164）春，陆游在镇江任上认识了主战派张浚，向他献北伐的对策。乾道七年（1171），陆游应四川宣抚使王炎之邀投身军旅，任职于南郑幕府。陆游一直以切实行动实践复国理想。

陆游在《前有樽酒行》中说“丈夫可为酒色死？战场横尸胜床第”（《剑南诗稿校注》，第868页），宁肯死在战场上也不愿意一事无成守着家里。他甚至表示，如果活着不能杀敌，死后肝心也要化成金铁，打造成利剑，来内除奸佞，外清妖孽，这就是他在《书志》中的诗句：“肝心独不化，凝结变金铁。铸为上方剑，衅以佞臣血……三尺粲星辰，万里静妖孽。”（《剑南诗稿校注》，第2310页）虽然诗人抱着万死不辞的报国决心，但是摆在他面前的现实却是《陇头水》中所说的“夜视太白收光芒，报国欲死无战场”（《剑南诗稿校注》，第2292页）。所以他的报国愿望只能在梦中实现，“壮心自笑何时豁，梦绕祁连古战场”（《秋思》，《剑南诗稿校注》，第999页），“三更抚枕忽大叫，梦中夺得松亭关”（《楼上醉书》，《剑南诗稿校注》，第629—630页）。这些诗句中，陆游仿佛一位威武的将军。我们不会忘记那首《十一月四日风雨大作》：

僵卧孤村不自哀，尚思为国戍轮台。
夜阑卧听风吹雨，铁马冰河入梦来。

（《剑南诗稿校注》，第1830页）

这首诗写于陆游六十八岁高龄。宋孝宗淳熙十六年（1189），陆游罢官闲居在山阴老家，虽然已经年迈苍苍，但是他的爱国之心丝毫未减，一直想的就是如何报效祖国。

诗的前两句直接告诉我们诗人的处境。“僵卧孤村”四个字给人一种凄凉的感觉，我们眼前浮现出一个孤苦迟暮的老人形象。但是诗人并没有被这种凄苦的环境所吞噬，反而是“尚思为国戍轮台”，想着为国家立功边塞，一颗忠心，满腔热血，这就是诗人“不自哀”的精神面貌。一个年近古稀的老人，时刻把国家的前途和命运放到心上，这是对那些屈辱投降的达官贵人和苟且偷生的人的无情讽刺，不由得让人肃然起敬。

接下来两句因景生情，既是写大自然中的风雨，又是写南宋朝廷所遇到的风雨。“十一月四日”已经是冬天，窗外的“风吹雨”让一个年近七旬的老人感到寒冷。诗人躺在床上，听着寒风呼啸，大雨洒落，想到当年如火如荼的军旅生活，于是“铁马冰河”成了梦境。或许这就是日有所思，夜有所梦吧。这样的梦还在他的《诉衷情》中有过淋漓尽致的描写：

当年万里觅封侯。匹马戍梁州。关河梦断何处，尘暗旧貂裘。　　胡未灭，鬓先秋。泪空流。此生谁料，心在天山，身老沧洲。

（《全宋词》，第2065页）

这首词是陆游晚年隐居山阴农村时写的，从内容和风格上来看，与上面那首《十一月四日风雨大作》应该是同一时期。对于陆游这样一位胸怀壮志的爱国文人，报国无门、闲居乡村恐怕是最难忍受的。

词的开头两句再现了作者往日壮志凌云、奔赴抗敌前线的勃勃英姿。陆游曾经应四川宣抚使王炎之邀投身军旅，在前线，他参加过对金兵的遭遇战。他在《谢池春·壮岁从戎》一词中的“壮岁从戎，曾是气吞残虏”（《全宋词》，第2067页），应该写的就是那段生活经历。一派卓荦不凡的英雄气扑面而来，那豪雄飞纵、激动人心的军旅生活也出现在读者的脑海中。这句话中还有投笔从戎的班超的影子。《后汉书·班梁列传》记载，班超“尝辍业投笔叹曰：‘大丈夫无它志略，犹当效傅介子、张骞立功异域，以取封侯，安能久事笔砚间乎？’”[①]后来班超随窦固出击北匈奴，奉命出使西域，在三十多年间，收复了西域五十多个国家，被封定远侯。词人也渴望能够像班超那样，立功异域，实现封侯的人生理想。一个“觅”字，充分显示出词人当年的自信与雄心。但是陆游在南郑前线只有半年时间，自从被调离之后，关塞河防只能出现在梦中，所以“关河梦断何处，尘暗旧貂裘”带着满腔的悲愤与遗憾冲口而出。“暗”字用得让人心疼，那是岁月的流逝，人事的消磨，战袍铠甲上堆积的灰尘。

接下来连着三个三字句“胡未灭，鬓先秋。泪空流”，步步紧逼，说尽平生不得志。虽然山河破碎，无奈自己报国无门，只能任由时间流逝，霜染双鬓，何其沉痛。按说年龄渐大是每一个人面对的正常现象，关键“胡未灭”，功业还没有实现，可是所剩岁月却进入了倒计时，怎不让人有英雄迟暮的悲凉感！如果说上面一个“觅”字写出了词人当年的自信与雄心的话，那么这里的“空”字则是“觅”的结果，其中蕴含着词人内心无穷的失望和痛苦，而痛苦的背后则是对朝廷偏安一隅的愤慨。

词人本想此生应是“气吞残虏”，未曾想竟然落得个“心在天山，身老沧洲”，自己的一生会不断地处在“心”与“身”的矛盾冲突中。他的心神在疆场驰骋，可是身体却僵卧孤村。这就是理想与现实的矛盾，“天山”是他心灵向往的地方，可是天不遂人愿，让他成了一个折断翅膀的大鹏，重重地跌落在了“沧

① 范晔：《后汉书》，中华书局，1965年5月版，第1571页。

洲”。年轻时总会有高远的志向，可当现实摆在面前时，我们会为当年的天真失望，于是词人用“谁料”引出理想与现实的格格不入，这是词人的浩叹，更是他的痛苦呻吟。

无论是诗还是词，我们都看到了一个“壮心未与年俱老，死去犹能作鬼雄”的陆游，他的深沉目光中，他的阑干老泪中，他的沉吟浩叹中，都是对祖国满满的炽热的感情。

而爱国词人辛弃疾，一生以恢复故土为志，却也壮志难酬，然而他始终初心不改，从未动摇恢复中原的信念，把满腔激情和对国家兴亡的关切，全部写进了词中。

辛弃疾出生的时候，他的家乡济南已经被金人占领了，所以他从小就目睹了金人带给中原的灾难。他的爷爷辛赞时刻为他灌输爱国主义教育，这使他在青少年时代就立下了恢复中原、报国雪耻的志向。当金主完颜亮在绍兴三十一年（1161）兴兵南下时，辛弃疾变卖家产组织义军抗金，并做了耿京的掌书记。由于金人内部发生矛盾，完颜亮在前线被部下所杀，金军只能北撤。辛弃疾劝耿京与南宋朝廷联系，在军事上互相配合，以取得更大的胜利。于是耿京派辛弃疾去南宋朝廷进行联络。

在他完成联络任务北归时，突闻耿京被叛徒张安国所杀、义军也已经溃散的消息，毅然率领五十人直入敌营，活捉张安国并带回了建康。这件事振奋了人心，更让辛弃疾名震一时，洪迈在《稼轩记》中说“壮声英慨，懦士为之兴起，圣天子一见三叹息”。但遗憾的是，南宋朝廷投降派居多，并没有真的恢复失地的勇气和决心，所以辛弃疾并没有得到真正的重用。投降派只是任用辛弃疾做地方官去应付地方事变，然而辛弃疾为朝廷效力的本意是为了恢复中原，朝廷的做法已经让他看不到希望。特别是被弹劾隐居上饶时，他这个热血男儿是很难去安心享受自然风光的，他渴望的日子是《水调歌头》中的“要挽银河仙浪，西北洗胡沙”（《全宋词》，第2516页），可是他现在过的却是《鹧鸪天》中说的“却将万字平戎策，换得东家种树书”（《全宋词》，第2507页），所以辛弃疾备受煎熬。

说起辛弃疾的爱国词，我们马上能想到他在《永遇乐·京口北固亭怀古》中的“想当年，金戈铁马，气吞万里如虎”（《全宋词》，第2520页），那是何等的气势；想到他在《破阵子·为陈同甫赋壮词以寄之》中的“醉里挑灯看剑，梦回吹角连营”（《全宋词》，第2502页），那是多么热烈的军旅生活；想到他在《贺新郎·把酒长亭说》中的“剩水残山无态度”，那是对南宋朝廷指责的率性；想到他在《菩萨蛮·书江西造口壁》中的“郁孤台下清江水，中间多少行人泪”（《全宋词》，第2428页），那是辛弃疾内心的柔软。

辛弃疾写了大量诗词来抒发爱国情怀：

楚天千里清秋，水随天去秋无际。遥岑远目，献愁供恨，玉簪螺髻。落日楼头，断鸿声里，江南游子。把吴钩看了，栏杆拍遍，无人会，登临意。　　休说鲈鱼堪脍，尽西风，季鹰归未？求田问舍，怕应羞见，刘郎才气。可惜流年，忧愁风雨，树犹如此！倩何人唤取，红巾翠袖，揾英雄泪！

（《全宋词》，第2414页）

这首《水龙吟·登建康赏心亭》写于他南归的第十二年。建康是他当年南归的第一站，是一个历史文化重镇，曾经有多个王朝在这里建都。故地重游，感慨万千，词人首先以滚滚长江作背景，来描写赏心亭周围景色的优美。举目远望，重峦叠嶂，有的像美人头上的玉簪，有的则像美人的发髻。虽然一派江南秀色，但这毕竟只是半壁江山。或者说，只剩下了明秀的江南，而失去了粗犷的北土。山河破碎激起词人对故国的思念，恰如王粲《登楼赋》中说“虽信美而非吾土兮”。词人原是怀着满腔热血要一展宏图的，没想到成了一只离群的孤雁、一个被搁置不用的吴钩：我登临此处并非为眼前景色，可又有谁能够理解呢？大雁尚有北归日，为什么我们连大雁都不如呢？吴钩本应在战场上杀敌，现在却闲置身旁，只供赏玩，毫无用武之地，何其苦闷！

所以词人连用三个典故来抒发自己的悲愤。晋朝的张季鹰到了秋天，想起来自己老家的美味鲈鱼莼菜，于是辞官回家享受生活去了。可是词人在这里问：“张季鹰啊，又到了秋季了，你回去了吗？”词人在这里首先把自己比成张季鹰，有家难归；然后是告诉自己，不能成为张季鹰，不能因为贪恋生活而丧失斗志。

第二个典故用的是许汜和刘备的故事，据《三国志·魏书·陈登传》记载，许汜对自己曾经被陈登看不起而耿耿于怀，就把这件事告诉了刘备。原来是许汜在天下动乱时，没有想着如何报效国家，每天想的就是“求田问舍”，过好自己的小日子，于是陈登对他很冷落，晚上自己睡在大床上，让许汜睡在小床上。刘备听了许汜的话，直接告诉他：“如小人，欲卧百尺楼上，卧君于地，何但上下床之间邪？”[①]意思是如果是我，我睡到百尺高楼上，直接让你睡到地上，连床都不会让你睡！为什么会这样呢？刘备认为许汜有国士之名，却无国士之行，所以只能有这样的待遇。辛弃疾因为现在一事无成，恢复故土的大志慢慢被不情愿的日常生活取代，所以怕被刘备这样的人物奚落。

词人虽未有效仿之意，但毕竟时光蹉跎，这就自然引出了“可惜流年，忧愁风雨，树犹如此”。这里用了桓温的典故。《世说新语·言语》中记载：“桓公北征经金城，见前为琅邪时种柳，皆已十围，慨然曰：‘木犹如此，人何以堪！’攀枝执条，泫然流泪。”[②]桓温打仗经过金城，他在这里任职时曾种过几棵柳树，再次见到的时候，每一棵都有十围粗了。桓温感慨，树都已经这么大了，人能不老吗？辛弃疾用这个故事意在表明自己年龄已经不小了，无奈时光流逝，北伐无期，恢复中原的夙愿一直不能实现，恐再闲置就再也无力为国效命疆场了。至此词人

① 陈寿：《三国志》，中华书局，1959年12月版，第229—230页。

② 杨勇：《世说新语校笺》，中华书局，2006年6月版，第101页。

已泪眼模糊！只能“倩何人唤取，红巾翠袖，揾英雄泪”。风雨飘摇，世无知己，报国无门，抑郁悲愤，又有谁能同情我们的英雄呢？

这样的愤懑在《破阵子·为陈同甫赋壮词以寄之》中也有体现。宋孝宗淳熙十五年（1188），辛弃疾的好友陈亮去上饶拜访他。同甫是陈亮的字，大家还称他为“龙川先生”。陈亮才气豪迈，议论纵横，自称能够“推倒一世之智勇，开拓万古之心胸”。他先后写了《中兴五论》和《上孝宗皇帝书》，积极主张抗战，在这一点上他是和辛弃疾有共同语言的，但也因此遭到投降派的打击。陈亮在辛弃疾那里住了十来天，两个人纵情豪饮，指点江山，陈亮走后，辛弃疾挥毫写下了这首词：

醉里挑灯看剑，梦回吹角连营。八百里分麾下炙，五十弦翻塞外声。沙场秋点兵。　马作的卢飞快，弓如霹雳弦惊。了却君王天下事，赢得生前身后名。可怜白发生！

（《全宋词》，第2502页）

这首词的第一句就让人挺心疼我们这位英雄的，就像上面那首词里的“吴钩”一样，这里的宝剑也被搁置不用了，只能用来镇宅，用来把玩。看着看着，词人进入了梦乡，回到了曾经的军营生活，回到了南归前和耿京一起在抗金的前线：号角响起，将士们正在做着战前准备，吃着大块的烤牛肉，听着震人心魄的军乐，原来是“沙场秋点兵”呢。到了战场上，战斗正激烈进行，骏马飞驰，箭如雨下，场面惊心动魄。词人之所以要如此奋不顾身，目的是不仅要“了却君王天下事”，而且要“赢得生前身后名”。词人在梦中也确实做到了，但是当词人从梦中醒来的时候，他突然发现，自己已经是满头白发，年迈苍苍了。可见词人的内心有多么痛苦，因为年老壮志未酬，因为壮志未酬所以因感成梦，而梦又是对现实最无情的讽刺。

不同的时代有不同的爱国表现，外敌入侵时抛头颅洒热血是爱国；和平年代，爱我们身边的一草一木是爱国；面对疫情，一道道逆行的风景线是爱国；在自己平凡的岗位上，兢兢业业做好分内的事也是爱国。爱国是一个永恒的话题，也是文学书写中永远不老的主题。

留取丹心照汗青
——牺牲精神

翻开中国历史，我们总能遇到具有牺牲精神的历史人物。比干为了能让纣王醒悟，不惜自己被剖心；程婴为了救赵氏孤儿，忍痛舍弃自己的儿子；介子推为了保住重耳的命，竟然从自己身上割肉熬汤；颜真卿为了激励大家共同抗击安史叛军，竟然将自己的儿子送给叛军当人质；谭嗣同为了变法，甘愿为之流血牺牲。这些历史故事使人潸然泪下，让人在感动中净化心灵，涵养人格，获得精神的升华。

忠贤谏死胜谋生

如果你看过电视剧《封神榜》，应该会为其中的一个情节感到气愤，那就是比干被剖心。比干是商纣王的叔叔，殷商王室的重臣，此人不仅从小聪慧，而且勤奋好学，被哥哥临终托孤。比干直言敢谏，勇于为民请命，他从政期间，主张大力发展农牧业生产，提倡富国强兵，留下了不少忠君爱国的故事。但是我们无论如何也想不到，他竟然遭受了剖心的酷刑。《史记·殷本纪》中记载：

> 纣愈淫乱不止。微子数谏不听，乃与太师、少师谋，遂去。比干曰："为人臣者，不得不以死争。"乃强谏纣。纣怒曰："吾闻圣人心有七窍。"剖比干，观其心。
>
> （《史记》，第108页）

从这段话里，可以得知，比干是有机会保住性命的，因为微子面对任性的纣王就知难而退了，而且和比干商量一起逃跑。当时周文王和儿子姬发也就是后来的周武王暗中一直有动作，纣王无道，周文王修德，所以当时很多诸侯国都愿意听从周文王的调遣，很多大臣也都跑到了周文王那里寻求庇护。所以，比干为了保住自己的性命而离开纣王并不是一件难事。但是比干认为，自己应该做到一个臣子的本分，劝一次不听就劝两次，再不行就劝三次。但是他的强谏不仅没有唤醒纣王，反而激怒了他，最终被残忍地剖心而死。

纣王到底都做了什么呢？竟然让比干决定以死相谏。纣王帝辛原来是励精图治的，在他的管理下曾经出现过政治清明、四海臣服的盛况，但是渐渐地，纣王变得骄横起来，刚愎自用，听不进谏言，矜人以才能，认为天下没有人能比自己更厉害；喜欢享乐，对生活质量的要求也跟着高了起来，雕花的筷子换成了象牙的，杯子换成了玉的；对食物、服饰、宫室也都有了新的、更高的要求。特别是有了妲己之后，更是荒淫，搜刮来的狗马宝物，充满宫室，杂耍百戏，俱置苑中；扩大沙丘苑台，广建离宫别馆，多置飞禽走兽，供己享乐。在宫中闲来无事，便逐狗斗鸡，饮酒作乐，凿池储酒，悬肉如林，让妇女倡优光着身子，跳互相追逐的“北里舞”，以此为乐。纣王的生活穷奢极欲，导致诸侯国和老百姓慢慢离心离德。

且纣王对妲己言听计从。妲己见诸侯们对纣王有意见，就让纣王用炮烙之刑镇压，就是直接把人绑在铜柱子上烧。纣王把三公之中的九侯剁成了肉酱，又把鄂侯制成了干肉，还把西伯侯囚禁在羑里城。后来费仲、恶来当政，朝政一天不如一天。费仲好利，与宗亲争利，宗亲也不亲了；恶来善谤，使诸侯也疏远了。所以西伯侯姬昌想尽办法回到自己的领地，到处搜寻贤人，一心一意要推翻纣王。

在这种情况下，如果不劝得纣王迷途知返，必然会国将不国。但忠言逆耳，一心一意为纣王好的人反而都遭受了酷刑。这些事情比干是看在眼里的，比干不是不知道他坚持强谏的结果，所以他才说“为人臣者，不得不以死争”。汪遵在《比干墓》中说“国乱时危道不行，忠贤谏死胜谋生”（《全唐诗》，第6958

页），如果能通过自己的死让纣王幡然醒悟，那也值了。贯休有一首《比干传》，说得更明白：

昏王亡国岂堪陈，只见明诚不见身。
想得先生也知自，欲将留与后来人。

（《全唐诗》，第9433页）

历史上亡国的例子很多，明哲保身很常见。难道比干不知道自保吗？他肯定比谁都清楚。可是他为什么还不惜死谏呢？“欲将留与后来人”，一是为当下，抱着万分之一的希望唤醒纣王；二是为后世的臣子们树立榜样，留范后世。

徐彦伯的《比干墓》堪称长篇巨制，全诗以五言四十四句的篇幅对比干生前身后进行了叙述性描写。作者下笔先以“大位天下宝，维贤国之镇”强调了贤之于国的重要性，接下来笔锋一转，开始描写殷纣末年的黑暗，“山鸣鬼又哭，地裂川亦震。媟黩皆佞谀，虔刘尽英隽”，任用佞人，戕害贤良，招致鬼哭人怨。作为“奉国历三朝”的少师比干，面对“蓄怒提白刃”的“季代猖狂主”，“愤然更勇进”以尽忠谠之心。比干明知此举必遭死难，但依旧“抚膺誓陨越，知死故不吝”，所以求仁得仁，“已矣竟剖心”。比干被剖心，预示着商王朝走向末路，终于在周武王所发动的牧野之战中画上了句号，《史记·殷本纪》载：“周武王于是遂率诸侯伐纣，纣亦发兵距之牧野。甲子日，纣兵败。纣走，入登鹿台，衣其宝玉衣，赴火而死。周武王遂斩纣头，悬之大白旗，杀妲己。”（《史记》，第109页）这就是诗中的“周发次商郊，冤骸悲莫殣。锋剑剿遗孽，报复一何迅”。纵然有周武王“驻罕歌淑灵，命徒封旅榇”的封墓义举，但比干墓依旧遭遇了“自尔衔幽酷，于嗟流景骏。丘坟被宿莽，坛圮缘飞磷”的荒凉。诗从开端到这里，都是对历史的追忆。徐彦伯是初唐诗人，对太宗亲祀比干并不陌生，因此他在诗中以此表达了后世对比干的礼敬：

贞观戒北征，维皇念忠信。
荒坟护草木，刻桷吹煨烬。
代远恩更崇，身颓名益振。
帝词书乐石，国馔罗芳衅。
伟哉烈士图，奇英千古徇。

（《全唐诗》，第822页）

封墓、亲为吊文、规定祭祀规格均在诗中得到了体现。最后，作者以“伟哉烈士图，奇英千古徇”两句作结，对比干精神进行了跨时空的讴歌。

“帝词书乐石”是怎么回事呢？《旧唐书·太宗本纪》记载，贞观十九年（645）二月乙卯“赠殷比干为太师，谥曰忠烈，命所司封墓，葺祠堂，春秋祠以少牢，上自为文以祭之”

（《旧唐书》，第57页）。这是一次极隆重的政治活动。唐太宗不仅在这次活动中以诏书的形式对比干进行追赠、封墓，使祭祀制度化，而且亲自撰写祭文。另外据历史记载，唐朝以前以帝王之尊写文章祭祀比干的只有北魏孝文帝。《北史·高祖孝文帝本纪》称，太和十八年（494）“丁丑，幸邺。甲申，经比干墓，亲为吊文，树碑刊之”[①]。北魏孝文帝虽然亲自书写吊文，但没有追赠，这么一对比就能看出唐太宗多么重视这件事。《全唐文》中有李世民的《追赠殷太师比干谥诏》，全文是这样说的：

昔望诸列国之相，汉主尚求其后；夷吾霸者之臣，魏君犹礼其墓。况乎正直之道，迈青松而孤绝；忠勇之操，掩白玉而振彩者哉。殷故少师比干，贞一表德，臣邻成性，以明允之量，属无妄之辰。玉马遽驰，愍其邦之殄悴；宝衣将燎，惜其君之覆亡。见义不回，怀忠蹈节。谠言才发，轻百龄之命；淫刑既逞，碎七尺之躯。虽复周王封墓，莫救焚原之祸；孔圣称仁，宁追剖心之痛。固已冤深终古，悼结彼苍。朕观风赵北，问罪辽东，经途秀麦之墟，缅怀梓林之地。驻跸而瞻荒陇，愿以为臣；抚躬而想幽泉，思闻其谏。岂可使尽忠之义，久阙于往册；扬名之典，无闻于后代。宜锡宠命，以展夙心。可追赠太师，谥

① 李延寿：《北史》，中华书局，1974年10月版，第112页。

曰忠烈公。仍遣三品持节祭告，四品为副，封崇其墓，修葺祠堂。州县春秋二时，祀以少牢，给随近五户，以供祭享及洒扫。[1]

唐太宗此举可以说用意深远。

首先，继承传统。诏文开篇所说的“望诸列国之相，汉主尚求其后；夷吾霸者之臣，魏君犹礼其墓”，就是在告诉人们自己追赠、吊祭比干是有传统的，前朝已有皇帝礼重贤圣的传统。“望诸”指望诸君乐毅，燕昭王任乐毅为上将军，赵惠文王以相国印授乐毅，乐毅统赵、楚、韩、魏、燕五国兵伐齐，大破之；“夷吾”指管仲，经鲍叔牙推荐相齐桓公，辅佐齐桓公成为春秋霸主。两个人都受到后世皇帝的礼重，乐毅也成为以功福荫子孙的代表。《汉书·高帝纪下》记载，汉高祖十年（前197）九月，“又求：‘乐毅有后乎？’得其孙叔，封之乐乡，号华成君”（《汉书》，第68页）。前朝的佳话往往会成为后世学习的模范，唐太宗的这个做法无疑具有倡导向汉主、魏君礼贤学习的意义。

其次，旌扬忠义。唐太宗之所以追赠并吊祭比干，并不是因为比干出身高贵，而是因其“正直”“忠勇”“怀忠蹈节”的气节。殷末乱世，“道丧时昏，奸邪并用，暴君虐主，正直难居”，比干不是明哲以保其身，事不关己高高挂起，而是“愍其

① 董诰：《全唐文》，中华书局，1983年11月版，第88页。

邦之殄悴”“惜其君之覆亡”，以强烈的责任心选择了“以死争”。对于比干而言，前有“微子去，箕子狂”之鉴，他必然明白自己“以死争”的最终结果，因此才有了《史记》“正义”中所引《括地志》之“主过不谏，非忠也。畏死不言，非勇也。过则谏，不用则死，忠之至也”（《史记》，第109页）的慨叹。换句话说，比干这就是知其不可为而为之，明知道不会有什么好结果，但还是坚持去做。无怪乎唐太宗在《祭比干文》中发出“奋不顾身，有死无二，蹈斯节者，罕有其人”的浩叹。比干这种忘我牺牲的精神，对国君来说是忠，对百姓来讲是义，孔子称之为“仁”。

再次，教化时人。在这次追赠、吊祭活动中，唐太宗不仅意在肯定和宣扬比干“正直”“忠勇”的精神且使之“闻于后代”，更重要的是此举有现实教化意义，利于长治久安。应该说具有发思古之幽情的最终意义。《礼记·祭统》中说：“凡治人之道，莫急于礼。礼有五经，莫重于祭。”[①]强调了祭祀在“治人之道”中的重要性。又比如白居易在《议祭祀》中说：“臣闻祭祀之义，大率有三：禋于天地，所以示人报本也；祠于圣贤，所以训人崇德也；享于祖考，所以教人追孝也。三者行于天下，则万人顺百神和，此先王所以重祭祀者也。”（《全唐文》，第6851页）可见，祭祀本身也是教化活动。唐太宗是非常明白其中的道理的，所以他追赠、祭祀比干，与其说是追思往圣先贤，不

① 孔颖达：《礼记注疏》，中华书局，1998年11月版，第533页。

如说是做给世人看的。唐太宗意在以比干为楷模“训人崇德”，为当时的官员确立学习的道德标准。

最后，志成明主。比干精神是任何一个时代的官员队伍建设都需要的主导精神。而贞观时期正在推行文德政治，因此作为君主的李世民才有“岂可使尽忠之义，久阙于往册；扬名之典，无闻于后代”的忧虑，他只有“愿以为臣”“思闻其谏”才能开创盛世，免步纣王后尘。唐太宗有一篇《金镜》，其中说：

> 有明主，有暗主，高祖摄衣于郦生，比干剖心于辛纣，殷汤则留情于伊尹，龙逢则被诛于夏桀，楚庄暇隙而怀忧，武侯罢朝而含喜。暗主护短而永愚，明主思短而长善。观高祖殷汤，仰其德行，譬若阴阳调，四时会，法令均，万民乐，则麒麟呈其祥。汉祖殷汤，岂非麒麟之类乎！观夏桀商辛，嗟其悖恶之甚，犹时令不行，寒暄失序，则猛兽肆毒，蟊螟为害。夏桀商辛，岂非猛兽之俦乎？予以此观之，岂非大道之类也。①

通过对比“明主”与“暗主”的结局，不难明白唐太宗“思短而长善”以成为明主的政治愿望，而要做到这个，则需重视“招谏之道”。所以他对“比干剖心于辛纣”的反思和对比干的礼重可以说用心良苦。

① 李昉等：《文苑英华》，中华书局，1966年5月版，第1846页。

李世民的提倡真的起到了极好的作用，他的身边出现了像魏徵那样直言敢谏的人。魏徵我们太熟悉了，说一个学习比干牺牲精神的典范，他的名字叫周憬。《旧唐书 · 周憬传》记载：

> 初与同皎叶谋，有武当丞周憬者，寿州寿春人也。事既泄，遁于比干庙中，自刎而死。临终，谓左右曰："比干，古之忠臣也。倘神道聪明，应知周憬忠而死也。"
>
> （《旧唐书》，第4878–4879页）

周憬死于一次宫廷政治斗争。遗言中交代了自刎原因："韦后乱朝，宠树邪佞，武三思干上犯顺，虐害忠良。"短短几个字，说得非常清楚。武则天还政李唐后，中宗李显的韦皇后也想学武则天那样当一把皇帝过过瘾，韦皇后宠信武三思，导致"三思骄横用事"，"天下咸归于后"（《旧唐书》，第2172页），还真有点像武则天当政的意思了。这就造成了神龙二年（706）的政治事件，驸马都尉王同皎"以武三思专权任势，谋为逆乱"，召集了一批壮士，准备截杀武三思。但谋事不密，共同参与行动的抚州司仓冉祖雍把计划全部告诉了武三思，最终王同皎被杀，此事以悲剧告结。周憬是这次政治事件的参与者，自然也逃不了。周憬跑到比干庙中"自刎而死"。周憬说"比干，古之忠臣"，又慨叹自己"倘神道聪明，应知周憬忠而死"，自然周憬是以比干为楷模的，他的死虽属斗争失败的无奈结果，但也属于为国为民而牺牲，是对比干精神的最高礼赞。

程婴杵臼耀丹诚

诗人李白有一首《自广平乘醉走马六十里至邯郸，登城楼览古书怀》，这首诗不仅题目长，而且诗歌内容也是在历史中纵横驰骋，既有廉颇、蔺相如的将相斗，又有毛遂自荐的历史镜头，其中还有四句：

提携袴中儿，杵臼及程婴。
立孤就白刃，必死耀丹诚。

（《全唐诗》，第1891页）

这四句诗写到了历史上一个著名的故事“程婴救孤”，这个故事里的程婴和公孙杵臼高扬着自我牺牲精神。这个故事被纪君祥改成了戏剧，被陈凯歌拍成了电影，还有歌剧、豫剧及法国的伏尔泰改编的话剧，可见这个故事多么动人心魄，否则不会被人一再翻新创作。

这究竟是怎样一个故事呢？赵氏家族是春秋时期晋国的主要国卿，特别是到了赵盾时期，先后辅佐晋襄公、晋灵公、晋成公三代国君。由于国君的信任倚赖，赵盾的权力远大于其他大臣。

这对于赵氏家族来说标志着鼎盛辉煌，可是物盛极而必衰，同时也潜藏着危机。

晋景公三年（前597），赵氏家族遇到了前所未有的麻烦。晋灵公因为荒淫无道，导致民不聊生，这就是文献中说的“晋灵公不君”。晋灵公十四年（前607）九月二十六日，赵盾的弟弟赵穿在桃园突袭杀死了晋灵公。赵盾兄弟把晋灵公的叔叔扶到了国君的位上，是为晋成公。晋成公为了感激赵盾兄弟，便把姐姐嫁给了赵盾的儿子赵朔。

大臣为何敢刺杀国君呢？原来，晋灵公继位时尚且年幼，晋襄公临终前向赵盾托孤，希望赵盾扶儿子登基并好好辅佐。晋灵公继位以后，由于年幼开始还听命于赵盾。赵盾煞费苦心地教育、辅佐晋灵公，可是随着年龄渐长，赵盾发现晋灵公品行不端，贪图享乐亲近小人。赵盾不劝还好，越劝晋灵公就越恨赵盾。更要命的是晋灵公身边有一个特善于巴结逢迎的屠岸贾，不仅为晋灵公专门建造了豪华的享乐场所，而且到各地挑选良家美女强行招入庄园，供晋灵公淫乐。就这样，晋灵公把国家大事一股脑儿全抛到了脑后。

赵盾很担心这种局面，于是苦口婆心劝说晋灵公以国家大业为重，但是鬼迷心窍的晋灵公不但不听，甚至还和赵盾产生矛盾。再加上屠岸贾趁机煽风点火挑拨离间，更加激化了晋灵公与赵盾之间的矛盾。晋灵公一心想把赵盾除掉，屠岸贾为了扳倒赵盾这个政敌，也是积极地出谋划策。在刺杀赵盾的行动中，刺客明白了事情的真相，原来自己是被奸臣和昏君蒙骗，既不能违背君命又不想刺杀忠臣的他毅然选择了撞死在大树上。晋灵公和屠岸贾一看刺杀没有成功，又诬陷赵盾图谋不轨，要杀害赵盾。幸好有侍卫的极力保护，赵盾这才逃过一劫。至此，晋灵公和赵盾的矛盾已不可调和了。这才有了赵穿刺杀晋灵公的事情。

毕竟刺杀国君是件大事，在晋成公时代大家都害怕赵盾和赵穿的权势，没人敢说话，另外大家都觉得晋灵公也确实该死，没人想说话。但是屠岸贾一直在找机会为晋灵公报仇，也想借机扳倒赵氏家族。最终还是把刺杀晋灵公的罪名加在了赵盾的头上。晋景公三年（前597），赵氏全族除了赵朔的妻子，全被杀害。因为赵朔的妻子是晋成公的姐姐，所以可以躲在宫里避难，屠岸贾也不敢轻易拿她说事。

当时这位公主已经身怀六甲，如果能生个男孩，赵氏家族还能香火不断。所以，要保全赵家的人和要陷害赵家的人都盯上了这个即将出生的遗腹子。赵朔的门客公孙杵臼问程婴："你为什么不死？"程婴是赵朔的知己好友，古时候有士为知己者死的传统，你的朋友死了，你也得殉难。程婴说："朔之妇有遗腹，若幸而男，吾奉之，即女也，吾徐死耳。"（《史记》，第1783页）赵朔的夫人马上就要生了，如果生个男孩，我养着，如果是个女孩，我再自杀也不晚。也就是说，这个时候程婴已经抱定了殉难之心，但是他把保全赵氏后代放在了比自己生命更重要的位置。公孙杵臼和程婴心意相通，于是为了同一个目的结成了生死之交。

没过多长时间，孩子生下来了，是个男孩。屠岸贾听到后，马上派人到宫中搜捕。赵朔的妻子把婴儿藏在裤子里面，祷告说："如果赵氏家族该灭，孩子你就哭；如果上天保佑不该灭，那你就别哭。"果然上天保佑，孩子没有哭闹，所以才躲过了搜捕。屠岸贾肯定不会善罢甘休，于是程婴找到公孙杵臼商量万全之策。公孙杵臼问程婴："立孤与死孰难？"那意思是，个人一死难呢，还是把孤儿教育成人难?程婴回答说："那肯定是养育孤儿难了。"公孙杵臼果断地说："赵氏先君遇子厚，子强为其难者，吾为其易者，请先死。"你曾经得到了赵氏的礼遇尊重，你来抚养这个孩子，我去死。

死不能没有意义吧，原来公孙杵臼有个计划：两个人找了别人家的一个婴儿（一说是程婴的孩子），给孩子包上华贵的襁褓，带到山里，藏了起来。然后程婴出来自首，程婴告诉各位将军说："婴不肖，不能立赵孤。谁能与我千金，吾告赵氏孤处。"我没有能力养育赵氏遗孤，谁能给我千金，我就告诉他赵氏孤儿的藏身之处。将军们就答应了程婴的条件。程婴带着人来到公孙杵臼的住处，公孙杵臼见了程婴，装得义愤填膺，大骂："小人哉程婴！昔下宫之难不能死，与我谋匿赵氏孤儿，今又卖我。纵不能立，而忍卖之乎！"（《史记》，第1784页）程婴你个小人，你和我商量藏匿赵氏遗孤，原来是为了出卖我，你纵然不能帮忙养育，也不能害这个孩子啊！然后又抱着孩子大喊："天啊天啊，孩子有什么罪啊？求你们把我杀了，让孩子活着吧！”当然我们都知道结果，公孙杵臼和孩子双双遇难。其实这就是公孙杵臼和程婴演的一出戏，真的赵氏孤儿就在程婴身边。程婴背着卖友的恶名，忍辱偷生，隐姓埋名，把赵氏孤儿带进山里抚养成人。

十五年后，韩厥劝说晋景公不要让赵氏宗祀断绝，景公就问赵氏是否还有后人活着。韩厥曾是赵氏家族的家臣，赵盾对韩厥有知遇之恩，他知道赵氏孤儿跟着程婴，于是就一五一十地把事情告诉了晋景公，孤儿被召入宫中。孤儿此时已是十五岁的少年，名叫赵武，景公命赵武见群臣，宣布为赵氏之后，并让他复位。主将一看形势有变，赶紧说：“当年都是屠岸贾的主意，我们只是奉命行事，现在国君既然要立赵氏后代，我们唯命是从。”就这样，程婴、赵武带人攻杀屠岸贾，又把屠岸贾灭了族。

赵武二十岁那年，举行冠礼，标志着进入成年。程婴觉得自己已经完成夙愿，就对赵武说：“当年你家遇难的时候，我就该死了，之所以没死就是为了养育你，我这么多年苟活于世，丝毫没有为自己考虑的意思。现在你也长大了，也开始重振赵氏家族了，我也该到地下去找你父亲和公孙杵臼了。”原来，程婴一直没有忘记他殉难的初衷，这也是对公孙杵臼的一个交代。赵武哭着劝说程婴不要死，但是程婴认为：“不可。彼以我为能成事，故先我死；今我不报，是以我事为不成。”（《史记》，第1785

页）当年公孙杵臼觉得我能把你养大，这才选择了先死，我现在不去告诉他，那就意味着还没有完成任务。说完，程婴还是自杀了。

赵武为程婴穿了三年孝，年年春秋祭祀。程婴和公孙杵臼的事迹，后世广为传颂，他们舍己救人、坚守正义的牺牲精神，一直感动着人们。他们的牺牲是值得的，因为他们所救的赵氏孤儿并不只是一个家族的香火，更是一个国家的希望。赵武执掌国政后，力主与各诸侯国搞好关系，而且最终促成了晋楚弭兵之盟。

甘向岩前作死灰

再来说一个晋国的故事，也和牺牲精神紧密相关。先来看一首诗，胡曾的咏史诗《绵山》：

亲在要君召不来，乱山重叠使空回。
如何坚执尤人意，甘向岩前作死灰。

（《全唐诗》，第7433页）

说到绵山，我想到了两个历史人物——晋文公重耳和介子推。重耳为了请介子推出来当官，多次派人去请，没想到介子推竟然背着母亲躲进了绵山。晋文公派军队上山搞地毯式搜索，介子推藏得很严实，晋文公没找到。这时有人给晋文公出主意了，水火无情，干脆放火烧山。你不是藏得严实吗？烧得你受不了自然就跑出来了。晋文公觉得这个方法不错，于是就让士兵围着绵山四处点火，就这样大火烧了三天三夜。让人没想到的是，介子推并没有出来！这是怎么回事呢？火灭了之后，晋文公派人继续上山寻找，这才发现介子推和母亲抱着一棵大柳树已经被烧死了。是啊，那么大的火，别说烧不死，就是缺氧窒息也活不了。晋文公痛哭失声，安葬了介子推母子，下令把绵山改为“介山”，在山上修建祠堂。

晋文公为什么一定要请介子推出来当官呢？这还要从他逃难路上的一个故事说起。晋文公是“春秋五霸”之一，文治武功都没得说，与齐桓公并称“齐桓晋文”。但是他并不是一开始就是国君继承人的唯一人选，他在很长时期内受到了政治迫害，只能流落江湖。晋文公刚为公子，谦虚而好学，善于结交有才能的人。晋献公十一年（前666），备受宠爱的骊姬想让自己的儿子成为王位继承人，于是开始想方设法陷害太子申生以及重耳。申生后来被逼自杀，重耳也被逼逃出了国都，住在翟国。

晋献公二十六年（前651）九月，晋献公去世，骊姬的儿子继位。可是万万没想到，申生的支持者卿大夫里克、邳郑父等人在晋献公的灵堂上把骊姬的儿子给刺死了。托孤大臣荀息又立了一个国君卓子，这是骊姬的妹妹少姬所生，结果又被里克等人在朝堂之上杀掉了，而且用鞭子把骊姬活活打死了。岑参有一首

《骊姬墓下作》，其中说：

骊姬北原上，闭骨已千秋。
浍水日东注，恶名终不流。
献公恣耽惑，视子如仇雠。
此事成蔓草，我来逢古丘。
蛾眉山月苦，蝉鬓野云愁。

（《全唐诗》，第2042页）

这首诗里对骊姬充满了斥责与同情。大臣们想迎立重耳为国君，被重耳拒绝了，只好迎接夷吾为君，这就是晋惠公。

晋惠公为人不守信用，大臣们还是挺怀念重耳的。晋惠公担心大臣们归附重耳，于是派人追杀重耳。重耳只好离开自己的领地开始流亡。当时介子推跟在重耳身边，他是一个忠心耿耿的臣子。逃亡的日子是很艰难的，与锦衣玉食的宫廷生活天差地别，经常食不果腹。一次，重耳饥饿难耐晕了过去。介子推忠心救主，就从自己腿上割下一块肉烤熟了给重耳吃，这件事让重耳很感动也很感激。重耳颠沛流离十九年，经过了卫国、齐国、曹国、宋国、郑国、楚国、秦国，这一路几乎都在寻求各国援助。

晋惠公十四年（前637），晋惠公死了，当时还在秦国当质子的太子圉仓皇出逃，赶回晋国继位，史称晋怀公。晋怀公害怕秦国讨伐，下令所有跟随重耳流亡的人都要在规定时间内回国，否则就拿他们的家族开刀。当晋国大夫知道重耳就在秦国时，暗中劝他回国争夺王位，并表示会有很多人作为内应。看时机成熟，秦穆公就派军队护送重耳回晋国，当大家知道是重耳回国时都不愿意抵抗。秦国军队护送重耳到达黄河岸边时，重耳的舅舅狐偃说："我跟你周游天下的过程中，犯了太多的过错，你就让我离开吧。"实际上，这是舅舅在邀功。这个伎俩被介子推看出来了，介子推说："公子兴起这是天意，可狐偃却认为是自己的功劳，还好意思向君王索取，太无耻了。我可不愿和他在一起。"

重耳回到国内，在与晋怀公的斗争中获胜，成了大名鼎鼎的晋文公。重耳执政后，没有忘记那些曾经和自己同甘共苦的臣子，于是大加封赏。可是封来封去，竟然把介子推给漏掉了。原来，介子推看不惯狐偃邀功要赏，就偷偷地自己渡河走了。从介子推的言行中可以看出，他没有把是否有赏赐放在心上，所以也就没找晋文公去说。后来经人提醒，晋文公才发觉把介子推给漏了，若没有当时的介子推割肉救主，哪有今日的国君重耳啊，越想越惭愧，马上派人去请介子推来受赏封官。结果派人去了几趟，介子推坚决不来，晋文公为了表示真挚的谢意，亲自去请。可是，当晋文公来到介子推家时，介子推已经背着母亲躲进了绵山。这才有了荒唐的烧山决定。介子推被烧死后，晋文公下令，以后每年的这一天全国禁烟火，这就是寒食节的来历，卢象的《寒食》中说"子推言避世，山火遂焚身。四海同寒食，千秋为一人”（《全唐诗》，第1221页）。介子推的割肉救主和归隐绵山都是牺牲精神的具体表现。

赴死淮西颜鲁公

颜真卿世称颜鲁公，他不仅是一位杰出的书法家，还是一位具有牺牲精神的义士。当时，淮西李希烈作乱，他被宰相卢杞派去做招抚工作，大家都知道此行必然是有去无回，但是他依旧踏上了征程，把自己的性命留在了淮西。当他被杀的消息传到京城时，他曾经的同事戎昱写了一首《闻颜尚书陷贼中》：

闻说征南没，那堪故吏闻。
能持苏武节，不受马超勋。
国破无家信，天秋有雁群。
同荣不同辱，今日负将军。

（《全唐诗》，第3015页）

这首诗中把颜真卿比作苏武，为了国家利益，毅然不顾个人得失。

建中四年（783），淮西李希烈发动叛乱，攻占了汝州。宰相卢杞向皇帝建议派颜真卿到淮西招降李希烈，说不定就能达到

“可不劳师而定”的效果。唐德宗竟然答应了！这让很多人大惊失色，卢杞这是要借刀杀人啊！李勉秘密上奏，对皇帝说：“如果派颜鲁公去淮西，朝廷将会失去一位元老，到那个时候朝廷可就颜面无存了，所以请陛下收回成命，坚决不可派颜鲁公去见李希烈。”但是，德宗没有听李勉的建议。

卢杞和颜真卿到底有什么过节呢？原来，颜真卿为人刚直，又是抗击安史之乱的功臣。在工作中总有人不喜欢他，受不了他的刚直。卢杞当上宰相之后，就想把颜真卿“雪藏”起来。颜真卿去找卢杞，直接告诉他：“你父亲在安史之乱中被杀，还是我把他安葬的，你好意思给我穿小鞋吗？”确实，当年卢杞的父亲卢奕被安禄山杀害，脑袋送到了颜真卿那里，目的是逼颜真卿投降。颜真卿看卢奕的首级满脸是血，不忍心用衣服擦，生生用舌头舔干净。按一般人的思维，颜真卿是有恩于卢家的，应该多多照顾，可是卢杞正好相反，对颜真卿恨之入骨。

圣命难违，颜真卿便出发了。到了河南道，河南尹郑叔则劝颜真卿不要去冒险，可是颜真卿以君命不可违为由坚持前行。到了李希烈那里，颜真卿宣读了圣旨，希望李希烈能够迷途知返。哪知李希烈是铁了心要造反，而且还要给颜真卿一个下马威，他让“养子千余拔刃争进，诸将皆慢骂，将食之”[①]。李希烈的养子上千人，手拿兵刃冲了上来，恨不得将颜真卿碎尸万段；部将也围住颜真卿谩骂威胁，恨不得把颜真卿给吃了。但是颜真卿面

① 欧阳修等：《新唐书》，中华书局，1975年2月版，第4859页。

不改色。李希烈见来硬的对颜真卿不起作用，于是来软的。李希烈用身子护着颜真卿，命令众将退下，并安排他住进了驿馆。李希烈逼他给朝廷写信，为自己洗刷罪行，颜真卿自然不会答应。李希烈又以颜真卿的名义派他的侄子颜岘与几个随从到朝廷继续请求，也没有得到皇帝的答复。颜真卿每次给儿子写信，都是“但戒严奉家庙，恤诸孤，讫无它语”，只告诫孩子们敬奉祖宗，抚养孤儿，没有其他多余的话，早已经把生死置之度外了。

李希烈派李元平去劝颜真卿投降，颜真卿劈头盖脸斥责李元平说：“国家委派你职位，你不说报效国家，还来这里劝我，你是想我手里没兵杀不了你是吗？”李希烈见一计不成又设一计，这回李希烈召集了不少一起造反的同党，大设宴会，又指示唱戏的“斥辱朝廷”。颜真卿大怒：“你们都是皇帝的臣子，怎么能够这样呢？”起身甩袖子离去，李希烈也感觉脸上一阵阵发热。当时在座的还有朱滔、王武俊、田悦、李纳等藩镇的使者，大家对李希烈说：“我们早就听说颜真卿的名望和德行了，如果你李希烈真的想当皇帝，恐怕颜真卿是最好的宰相人选。”

颜真卿斥责说：“你们听说过颜常山吗？那是我的哥哥，安史之乱时，首先率义兵抵抗，后来即使被安禄山抓住了，依旧对叛贼破口大骂。我快八十岁了，官做到太师，我宁肯死也要保护我的名节，怎么会受你们胁迫呢？”颜真卿的堂兄颜杲卿，即颜常山，在代理常山太守时安禄山发动了叛乱。颜杲卿想方设法抵抗安史叛军，后来被活捉。安禄山劝他投降，告诉颜杲卿：“你只要投降，我就饶你儿子一条性命。”颜杲卿傲然不答，孩子被杀。

安禄山知道颜杲卿不可能投降自己，非常愤怒，让人把他绑到天津桥柱上，不仅将颜杲卿肢解，还生吃他的肉。颜杲卿骂不绝口，叛贼便钩断了他的舌头，颜杲卿虽然受尽折磨，依然含糊不清地叫骂。当时遇难的还有颜杲卿的小儿子颜诞、侄子颜诩以及袁履谦，他们都被残忍地截去了手脚。据正史记载：“杲卿宗子近属皆被害。”（《新唐书》，第5531页）这就是大义，这就是牺牲精神！

李希烈见颜真卿不肯屈服，“乃拘真卿”，派兵看守着。李希烈又派人在院子里挖了个一丈见方的坑，说是要把颜真卿活埋，颜真卿说：“生死有命，搞那些名堂干什么？”张伯仪兵败，李希烈命令把张伯仪的旌节以及首级拿给颜真卿看，颜真卿痛哭扑地。恰逢周曾、康秀林想偷袭杀掉李希烈，尊颜真卿为帅，这两个人原本是李希烈的同伙。没想到事情泄露，周曾被杀，李希烈就把颜真卿押送到蔡州。颜真卿估计自己必死无疑，于是给皇帝写了遗表，又给自己写了墓志、祭文，指着寝室西墙下说：“这就是我的停尸处。”李希烈称帝时，对相关仪式不懂，就派人向颜真卿咨询，颜真卿回答说：“我年龄大了，虽然曾掌管国家礼仪，但是只记得诸侯朝见皇帝时的礼仪！”那意思是，不知道！

后来战争形势发生转折，朝廷士气大振，李希烈考虑到好日子不多了，就派部将辛景臻、安华到颜真卿住所，在院子里弄了一堆干柴，威胁说：“再不投降，烧死你！”颜真卿根本不吃那一套，直接起身就要往火里跳，被辛景臻等人给拉住了。李希烈在淮西造反，他弟弟李希倩跟着朱泚叛乱，结果被杀了，李希烈为此大怒，派宦官前往蔡州杀害颜真卿。颜真卿是被生生勒死的，享年76岁。

颜真卿早在安史之乱中就已经表现出了牺牲自我的精神。当时颜真卿是平原太守，史思明围攻饶阳，派游军截断了平原郡的救兵，颜真卿担心打不过敌军，“以书招贺兰进明，以河北招讨使让之”（《新唐书》，第4855页），想通过这种办法激励贺兰进明的斗志。但是，贺兰进明在信都作战时还是失利了。正好在这个时候，平卢将领刘正臣在渔阳起义，颜真卿想利用这个机会激励大家的斗志，同时坚定刘正臣的信心，于是他采取了两个措施：一、“遣贾载越海遗军资十余万”（《新唐书》，第4856页），派贾载渡海送去十多万军费；二、“以子颇为质，颇甫十岁”，把自己刚刚十岁的儿子颜颇送过去做人质。第一个措施大家都好理解，第二个措施大家无论如何接受不了，因为大家已经看到了颜真卿的努力，也不至于把儿子作为人质吧？“军中固请留之”，大家一再劝说颜真卿将颜颇留下，但是颜真卿“不从”。

颜真卿、颜杲卿的牺牲精神和他们的家族学问有关系，他们是颜回的后代，家族世代以修习儒家文化为己任。儒家文化讲究舍弃小我成就大我，尊崇奉献精神。

人生自古谁无死

南宋是一个缺少英雄的时代，同时也是一个英雄辈出的时代。说缺少英雄是因为没有像唐宗宋祖那样的英雄，说英雄辈出是因为在国家危难时涌现出了很多像岳飞、辛弃疾、文天祥这样的英雄。我们已经从《满江红》中感受到了岳飞的壮怀激烈，下面来了解一下文天祥的英雄气概和他大无畏的牺牲精神。说到文天祥，我们便会想起那首《过零丁洋》：

辛苦遭逢起一经，干戈寥落四周星。
山河破碎风飘絮，身世浮沉雨打萍。
惶恐滩头说惶恐，零丁洋里叹零丁。
人生自古谁无死，留取丹心照汗青。[①]

这首诗是文天祥被元将抓获后在零丁洋所作的明志诗，格调高昂，表现出舍生取义的气节与决心。

文天祥生活在多灾多难的南宋，他不仅是个美男子，而且是

① 袁行霈等：《中国文学作品选注》（第三卷），中华书局，2007年6月版，第266页。

个学霸。《宋史 · 文天祥传》说他“体貌丰伟，美皙如玉，秀眉而长目，顾盼烨然”（《宋史》，第12533页），相貌堂堂，身材魁伟，皮肤白美如玉，眉清目秀，这是纯天然的美。为什么说他是学霸呢？“年二十举进士，对策集英殿。时理宗在位久，政理浸怠，天祥以法天不息为对，其言万余，不为稿，一挥而成。帝亲拔为第一。”在进士科考试殿试对策这个环节，文天祥洋洋洒洒写了上万字，而且没有打草稿，被宋理宗确定为状元。主考官王应麟当年这样评价：“是卷古谊若龟鉴，忠肝如铁石，臣敢为得人贺。”王应麟的话是什么意思呢？文天祥的试卷以古代的事情为借鉴，表现出铁石一般的忠心肝胆，这是一个难得的人才。

有一种说法，文天祥能坐上状元宝座还和他的“字”有关，文天祥有两个字，一是履善，一是宋瑞。他考试的时候，用的是“宋瑞”。当时宋朝已经苟延残喘了，无论是政治上还是外交上，都是暮气沉沉，用辛弃疾的话说就是“剩水残山无态度”。当宋理宗看到“宋瑞”两个字时，猛地一震，觉得是上天福佑，宋朝有了希望，所以说这是天之祥、宋之瑞。文天祥这个名字很抓人眼球，为他中榜添了不少情感分。

但是，文天祥的“宋瑞”并没有真的为宋朝带来福瑞。文天祥刚进入政坛，就和朝中的奸臣杠上了，不仅列举董宋臣的罪状，请求朝廷斩杀董宋臣，而且在起草的制诰中讽刺贾似道，当然他这样做的结果就是屡次被罢官。咸淳九年（1273），文天祥在担任荆湖南路提刑的时候，前宰相江万里觉得文天祥将来一定会当宰相。隔年，也就是德祐元年（1275），长江上游告急，朝廷诏令天下兵马勤王，文天祥马上响应，带领所召集的兵马入卫京师。当时有人劝他不要冒险以羊投虎，文天祥的回答就表现出了大无畏的牺牲精神，他说："国家养育臣庶三百余年，一旦有急，征天下兵，无一人一骑入关者，吾深恨于此。故不自量力，而以身殉之，庶天下忠臣义士将有闻风而起者。"（《宋史》，第12534页）意思是，没人响应我来，哪怕是死了都值得，只要能让天下的忠臣义士奋起就行。文天祥性格豁达豪爽，平生衣食丰厚，讲究生活质量和生活品位。这时，他不仅深刻反省自己，责骂自己，而且把家里的资产全部用作军费。每当与人谈到时事时，就痛哭流涕，拍着桌子说："乐人之乐者忧人之忧，食人之食者死人之事。"（《宋史》，第12535页）意思是说，以别人的快乐为快乐的人，也应该忧虑别人忧虑的事情，以别人的衣食为衣食来源的人，就应该为别人的事万死不辞。

德祐元年（1275）八月，文天祥受命平江知府，十月到任，马上投入到抗击元军的战斗中，但结果以失败告终。德祐二年（1276）正月，文天祥担任临安知府，没多久，宋朝投降，文天祥临危受命，先后被任命为枢密使、右丞相兼枢密使，与元军讲和谈判。文天祥在谈判中与元朝丞相伯颜针锋相对，伯颜发怒拘捕了他。好在到了镇江的时候，文天祥等人晚上逃入真州，结果还差一点被误认为是朝廷派来的劝降使者而被杀掉。

在国危时艰之时，文天祥劝益王登基。文天祥被任命为右丞相，继续在江西展开艰苦卓绝的抗元斗争。景炎二年（1277），文天祥受到元军江南西路宣慰使李恒的攻击，在撤退的过程中差一点被元军活捉。

益王死后，卫王继承王位，加封文天祥少保、信国公，命令文天祥继续在外抵抗元军。景炎三年（1278）八月文天祥的独子与母亲死于瘟疫。十一月，文天祥进驻潮阳，驱赶盗贼陈懿，杀死刘兴。陈懿投降了元军，并在十二月帮助、引导元军逼攻潮阳，文天祥正在五坡岭吃饭，张弘范的军队突然出现，文天祥被掳。

文天祥被押至潮阳，见张弘范时，虽然被逼行跪拜之礼，但文天祥依旧傲然站立。张弘范很佩服文天祥的气节，以礼相待，同他一起入厓山，并希望文天祥能够写信招降张世杰。文天祥说："吾不能扞父母，乃教人叛父母，可乎？"（《宋史》，第12539页）我不能保卫父母，还教别人背叛父母，那是人干的事吗？张弘范多次强迫文天祥劝降张世杰，文天祥就写下了《过零丁洋》给他们。这首诗的结尾两句让张弘范也肃然起敬，于是果断收藏。

南宋气数已尽，厓山之战宋军又失败了。张弘范再次劝说文天祥投降："国亡，丞相忠孝尽矣，能改心以事宋者事皇上，将不失为宰相也。"（《宋史》，第12539页）你对宋朝已经仁至义尽了，如果能够像对宋朝一样对待元朝皇帝，肯定也能当个宰相。文天祥流着眼泪说："不能救国家于危亡也就算了，怎么还能苟且偷生呢？”张弘范有感于文天祥的仁义，派人把他押送到京师。

文天祥在路上本来想通过绝食就义，但是连着八天没有吃饭，竟然没有饿死。到了燕京，元人对文天祥接待规格非常高，想方设法劝降。文天祥说：

> 国亡，吾分一死矣。傥缘宽假，得以黄冠归故乡，他日以方外备顾问，可也。若遽官之，非直亡国之大夫不可与图存，举其平生而尽弃之，将焉用我？
>
> （《宋史》，第12539页）

国家灭亡了，我只能以死报国。如果能够宽赦我，让我以道士的身份回归故乡，他日以方外身份作为顾问，还可以。假如立即给我高官，这不仅不是亡国大夫的生存之道，而且我也会抛弃自己平生的全部抱负，那么你们任用我有什么用呢？元人听了文天祥的话，觉得有道理，还真有人建议让文天祥当道士去。但是留梦炎认为不可，如果把文天祥放了，他一定会继续号召抵抗元军。

文天祥在燕京总共待了三年，忽必烈看文天祥始终不改本心，加上听说有人要救文天祥，于是决定杀掉他。元人问文天祥还有什么愿望，文天祥说：“天祥受宋恩，为宰相，安事二姓？愿赐之一死足矣。”（《宋史》，第12540页）我受宋朝皇恩，身为宰相只能忠于宋朝，你们给我来个痛快就行了。虽然忽必烈不忍心，但是文天祥还是从容就义了。妻子在为文天祥收尸时，发现了文天祥衣服中的绝命诗：

孔曰成仁，孟曰取义。
唯其义尽，所以仁至。
读圣贤书，所学何事。
而今而后，庶几无愧。

（《宋史》，第12540页）

读圣贤书的目的就是要杀身成仁，舍生取义，如今我做到了，可以无愧于天地了。

文天祥终其一生，都在践行他的“人生自古谁无死，留取丹心照汗青”的理念。这和他小时候所立的志向有很大关系。据《宋史·文天祥传》记载：“自为童子时，见学宫所祠乡先生欧阳修、杨邦乂、胡铨像，皆谥‘忠’，即欣然慕之。曰：‘没不俎豆其间，非夫也。’”（《宋史》，第12533页）小时候，看到学宫里供奉有同乡欧阳修、杨邦乂、胡铨等人的画像，而且谥号中都有“忠”字，就很羡慕，并发誓要成为他们中的一员。所以，文天祥这一辈子是为小时候的理想活着，他大义凛然、宁死不屈的牺牲精神也是读圣贤书的价值取向。

我自横刀向天笑

小时候看过一个电影《大刀王五》，演的是王五救“戊戌六君子”的事情。当时看到谭嗣同在监狱中写下的那首《狱中题壁》诗，虽然不懂什么意思，但是看他义愤填膺的样子，大概能猜到一些。看到谭嗣同等人被押解到刑场上，大声朗诵这首诗，老百姓纷纷流下眼泪时，越发感觉到这首诗带给人超强的震撼力。我们来看一下这首诗：

望门投止思张俭，忍死须臾待杜根。
我自横刀向天笑，去留肝胆两昆仑。[①]

这是一首七言绝句，表现了谭嗣同大义凛然、视死如归的雄心壮志。

谭嗣同参加了清末著名的“戊戌变法”，是维新志士之一。谭嗣同求学期间，深受王夫之思想的影响，具有爱国主义情结，喜欢经世济民的学问，讨厌八股文，仰慕那些锄强扶弱的草莽英雄，所以和义侠大刀王五成为挚友。谭嗣同读书广博，不仅系统学习了中国的典籍，而且阅读了大量的当时西方的科学和政治书籍，所以他是较早开眼看世界的人。

---

① 袁行霈等:《中国文学作品选注》（第四卷），中华书局，2007年6月版，第595页。

光绪二十一年（1895）4月17日，中日签订了丧权辱国的《马关条约》，这让有良心的国人很悲愤。谭嗣同当时在湖南，满怀忧愤，提倡新学，呼号变法。1895年5月2日，康有为联合在京参加会试的1000多名举人上书清政府，要求政府拒和、迁都、变法，这就是历史上的“公车上书”。

1896年2月，谭嗣同入京，结交了梁启超、翁同龢等人。在父亲的帮助下，谭嗣同很快成为江苏候补知府。在候缺期间，他开始撰写《仁学》，并于1897年1月17日完成，这是维新派的第一部哲学著作。1897年2月，谭嗣同回到湖南，任时务学堂中文教习，大力宣传变法革新理论，向学生灌输革命意识；1898年初，参与创办《湘报》，宣传变法，抨击旧政，成为维新运动的激进派。1898年6月11日，光绪帝颁布《定国是诏》，决定变法；同年8月，谭嗣同被光绪帝征召入京。

1898年9月5日，光绪帝下诏授给谭嗣同和林旭、刘光第、杨锐四品卿衔军机章京。光绪帝对他们四个人说：“只要是和变法有关的，随时可以奏报，对我的问题也可以直接指出来。”光绪帝通过这番话向几个人表明了变法的决心。1898年9月底光绪帝去天津阅兵时，慈禧太后发动政变，光绪帝被废，新政被一举扑灭。慈禧太后下令捉拿维新派。谭嗣同得知消息后将个人生死置之度外，想方设法营救光绪帝。

计划落空之后，谭嗣同决心以死来向封建顽固势力作最后一次反抗。他对劝他离开的人说：“各国变法无不从流血而成，今日中国未闻有因变法而流血者，此国之所以不昌也。有之，请自嗣同始。”9月24日，谭嗣同在浏阳会馆被捕；9月28日，在北京宣武门外的菜市口英勇就义，年仅33岁。同时被害的还有林旭、杨深秀、刘光第、杨锐、康广仁，因此被称为“戊戌六君子”。

谭嗣同在狱中写的这首诗表现了他视死如归的英雄气概。作者在诗中提到了两个历史人物——张俭和杜根。张俭是东汉末年的督邮，他因为弹劾宦官侯览残害百姓，被侯览打击报复，诬告他“结党”，于是张俭被迫逃亡。因为张俭是为了百姓受到迫害，所以大家都不怕受到牵连，愿意帮他躲藏。谭嗣同的意思是维新变法是为国为民，维新志士也会受到老百姓的拥戴，所以希望出亡的康有为、梁启超能像张俭一样受到人们的保护。

第二句用杜根的典故表明自己抱定了必死的决心。杜根是东汉末年定陵人，汉安帝时邓太后摄政、宦官专权，杜根上书要求太后还政，太后大怒，命人把杜根装到麻袋里摔死。“执法者以根知名，私语行事人使不加力，既而载出城外，根得苏。太后使人检视，根遂诈死，三日，目中生蛆，因得逃窜。”（《后汉书》，第1839页）行刑的人仰慕杜根的为人，没有用力，运出城外之后杜根就苏醒了。但是邓太后不放心，派人过去查验，杜根就装死三天，以至于眼中生蛆，邓太后信以为真，杜根这才逃过一死。邓太后被诛后，大家都说杜根忠诚可嘉。皇帝觉得杜根不在人世了，应该重用杜根的后代。后来，杜根刚返回故里，就被朝廷知道了，于是被公车征召，任命为侍御史。谭嗣同是希望流亡在外的康有为、梁启超等人能像杜根一样等待时机完成变法维新的大业。同伴保住命是为了变法，自己面对屠刀就义，也是为了变法，所以说“去留肝胆两昆仑”，这一选择挺像公孙杵臼的。

牺牲精神是一种忘我的精神，或为国家大义，或为知遇之恩，或为个人理想，但都是摒弃个人利益展现出的崇高精神。这种精神通过经典传承，已经沉淀成了国家的宝贵财富，融化到了国人的血脉之中，从而在国家经济、文化建设中发挥着不可低估的作用。

清风两袖朝天去

——廉洁精神

晚唐诗人李商隐在其《咏史》诗中说：

历览前贤国与家，成由勤俭破由奢。
何须琥珀方为枕，岂得真珠始是车。

（《全唐诗》，第6163页）

纵览历史，凡是贤明的国家无不是成功于勤俭，而衰败于奢华，为什么一定要在枕头上镶上琥珀，在马车上镶上珍珠呢？正是这些奢华的追求，人慢慢发生着蜕变。所以，无论古代还是今天，廉洁都是一个永恒的话题。如果大家到开封府游玩，你会发现那里有一块宋太宗写的《诫石铭》："尔俸尔禄，民膏民脂，下民易虐，上天难欺。"这十六个字是从蜀帝孟昶的《颁令箴》中删繁就简摘出来的，告诫那些为官的人，你们的俸禄来源于老百姓辛辛苦苦赚来并上缴的纳税钱，盘剥百姓容易，但是老天爷在盯着你呢，那是很难被欺骗的。可见宋太宗对吏治清廉的殷切期望。

“一个人能否廉洁自律，最大的诱惑是自己，最难战胜的敌人也是自己。一个人战胜不了自己，制度设计得再缜密，也会‘法令滋彰，盗贼多有’。”防腐倡廉不仅是制度建设，而且是自我斗争。中国历史上的廉政诗词和故事有很多，两者结合在一起会给我们怎样的启发呢？

自有不贪身内宝

我研究唐代试赋时，发现了《珠还合浦赋》，这是贞元七年（791）的进士科考试题目。后来再读《全唐诗》，又看到了邓陟的《珠还合浦》诗。于是我把两个作品拿到一起对读。我们先来看邓陟的诗：

至宝含冲粹，清虚映浦湾。
素辉明荡漾，圆彩色玢璸。
昔逐诸侯去，今随太守还。
影摇波里月，光动水中山。
鱼目徒相比，骊龙乍可攀。
愿将车饰用，长得耀君颜。

（《全唐诗》，第8825页）

这首诗看似通过“素辉”“圆彩”描写珍珠这个“至宝”的美轮美奂，实则是通过珍珠歌颂“今随太守还”中那位太守的清正廉洁品质。这个故事也被记录在《后汉书·孟尝传》中：

> 尝后策孝廉，举茂才，拜徐令。州郡表其能，迁合浦太守。郡不产谷实，而海出珠宝，与交阯比境，常通商贩，贸籴粮食。先时宰守并多贪秽，诡人采求，不知纪极，珠遂渐徙于交阯郡界。于是行旅不至，人物无资，贫者饿死于道。尝到官，革易前敝，求民病利。曾未逾岁，去珠复还，百姓皆反其业，商货流通，称为神明。
>
> （《后汉书》，第2473页）

汉代的合浦郡就是今天的广西合浦县，与越南离得很近。这个地方当时没有办法种植粮食作物，但是水里出产珍珠，所以当地的老百姓就从水里捕捞珍珠，与越南进行贸易换取粮食。珍珠是好东西，所以邓陟在诗中用了一个随侯珠的传说。随侯珠是与和氏璧并称的“春秋二宝”之一。春秋时期，随国的国君随侯在一次出游途中看见一条受伤的大蛇盘曲在路旁痛苦万分，随侯心生恻隐，让人给蛇敷药包扎，然后放归草丛。原来随侯救的那条蛇不是普通的蛇，而是龙王之子。等这条蛇伤好后，它就衔着一颗珍珠到随侯处报恩，这颗珍珠又被称为“灵蛇珠”。这颗珠子有多么珍贵呢？《太平御览》中引《淮南子》说：“随侯之珠，卞和之璧，得之而富，失之而贫也。”[①]谁能得到就富可敌国，可见其价值。

所以很多在合浦主政的太守就盯上了这些宝贝，利用职务之便，组织老百姓毫无节制地捕捞。最终的结果是，太守腰包鼓了，但是环境被破坏了，珠蚌为了自保游到了越南境内，老百姓因为捕捞不到珍珠换取粮食，也只能沦落到要饭讨生活。在这种情况下，朝廷派孟尝出任合浦太守。孟尝到任后首先走访民情，这就是史书中说的“革易前敝，求民病利”，然后采取保护与采捞相结合的方式进行治理，规定老百姓捕捞珍珠要有限度，注意抓大放小保护生态。就这样不到一年时间，生态得到了恢复，离开的珠蚌又游了回来，老百姓又有活干了，有饭吃了，合浦再次繁荣起来。

贞元七年（791），朝廷以这个历史故事为蓝本设计进士科考试题目《珠还合浦赋》。赋是需要押韵的，规定的韵脚是“不贪为宝，神物自还”。这一年考试的文章留存下来的有三篇，作者分别是尹枢、陆复礼、令狐楚，其中令狐楚的文章写得最好。他不仅写出了孟尝管理合浦郡之前，这里的太守多贪寡廉，结果搞得“真质斯闭”，珍珠为了“避无厌之心”而“去在他境”，而且写到了孟尝接管合浦后“惠政潜施”，“欲不欲之欲，为无为之为”，使远离故乡的珠蚌去而复返，“不召其珠，珠无胫而

① 李昉等：《太平御览》，中华书局，1960年2月版，第2169页。

至；不移其俗，俗如影之随”（《文苑英华》，第534页），这与《后汉书》所载是完全吻合的。这个故事，歌颂了孟尝的廉洁，同时歌颂明君用人得当，“岂惟彰太守之深仁，可以表天子之至道”。

“不贪为宝”映射出了孟尝高贵的品质，也是朝廷对官员们的期待。贪的结果是什么呢？“滥源既启，真质斯闭”。廉的结果又是什么呢？不仅仅是“不召其珠，珠无胫而至”，更有“不移其俗，俗如影之随”。据《后汉书 · 孟尝传》记载，因为孟尝“安仁弘义，耽乐道德，清行出俗”的品质，当他“以病自上，被征当还”的时候，“吏民攀车请之。尝既不得进，乃载乡民船夜遁去”，大家都不想让孟尝离开，抓住孟尝的车子恳求他留下，孟尝只好夜里偷偷躲到百姓的船上离去。归去之后，“隐处穷泽，身自耕佣。邻县士民慕其德，就居止者百余家”（《后汉书》，第2473页）。孟尝回去后隐居在僻野水边，亲自耕田做工。邻县的士人百姓仰慕他的高尚道德，搬来和他住在一起的有一百多家，可见其移风改政之功及人格魅力之大。尚书杨乔曾以“南海多珍，财产易积，掌握之内，价盈兼金，而尝单身谢病，躬耕垄次”（《后汉书》，第2474页）叹服孟尝为“廊庙之宝”。意思是孟尝在管理合浦郡的时候，多少贪一点就够他花一辈子了，而他却始终坚持廉洁为政。

孟尝的“不贪为宝”不禁让人想起了最初说出这句话的子罕，这个故事在《左传 · 襄公十五年》里记载着：

宋人或得玉，献诸子罕。子罕弗受。献玉者曰：“以示玉人，玉人以为宝也，故敢献之。”子罕曰：“我以不贪为宝，尔以玉为宝，若以与我，皆丧宝也。不若人有其宝。”稽首而告曰：“小人怀璧，不可以越乡。纳此以请死也。”子罕置诸其里，使玉人为之攻之，富而后使复其所。

（《左传译注》，第726页）

春秋时期，宋国有一个人在采石时意外得到一块宝玉，他既担心宝玉被人抢去，又担心被人欺骗，于是决定把宝玉献给宋国的贤臣子罕。子罕不肯接受，献玉的人说：“我已经拿给玉工看过了，玉工判定这是一个宝物，所以我才敢进献给您呀！”子罕说：“我把不贪婪当作我的宝物，你把美玉当作你的宝物。如果你把这块宝玉给了我，那么我们两个人都丧失了自己的宝物，所以我们还是各自善待自己的宝物吧。”献玉的人跪在子罕面前叩头请求说：“我怀中揣这么个宝玉，走到哪里都不安全，还是把它送给您吧。这样就不会被人惦记，可以免于被人谋财害命了。”于是子罕就让他把美玉放在自己这里，让玉工进行雕琢，然后又卖了出去，把钱给了献玉的人，让他成了富翁，然后送他回家去了。

周昙写有一系列咏史诗，其中“春秋战国门”有一首《宋子罕》：

子怜温润欲归仁，吾贵坚廉是宝身。

自有不贪身内宝，玉人徒献外来珍。

（《全唐诗》，第8350页）

无论是《左传》记载的子罕，还是《后汉书》记载的孟尝，他们都有一个共同的特点，就是周昙诗中所说的“自有不贪身内宝”。一个人只要把自己的品质视为宝物，那么所有的财物也就失去了常人眼中的珠光宝气，而也只有有这种品质的人才能成为人们心中的道德典范。

南宋有一位叫张浚的人，他是唐朝贤相张九龄的后代，是抗金派领袖和民族英雄，还担任过宰相。张浚曾经得罪过秦桧，所以秦桧对张浚恨之入骨，“令台臣有所弹劾，论必及浚，反谓浚为国贼，必欲杀之”（《宋史》，第11306页），秦桧要求大家奏报问题时，不管和张浚有没有关系，想方设法也要绕到张浚身上，这样给人的印象就是，张浚就是个国贼。张浚是不是这样的人呢？《宋史·张浚传》中说：

浚去国几二十载，天下士无贤不肖，莫不倾心慕之。武夫健将，言浚者必咨嗟太息，至儿童妇女，亦知有张都督也。金人惮浚，每使至，必问浚安在，惟恐其复用。

（《宋史》，第11306页）

张浚不当宰相二十多年了，大家还怀念他，不管是武将还是儿童妇女，没有一个不留恋他的，甚至金人也总是担心张浚再次被起用。

张浚的经历很容易让人想到东方朔《七谏》中的几句话："世俗更而变化兮，伯夷饿于首阳；独廉洁而不容兮，叔齐久而逾明；浮云陈而蔽晦兮，使日月乎无光；忠臣贞而欲谏兮，谗谀毁而在旁。"[①]世俗之人改清正为贪邪，伯夷宁愿守节饿死在首阳山；独行廉洁虽不容于世上，叔齐的美名最终还是得到传扬；层层乌云遮得天昏地暗，使日月竟然失去光芒；忠臣坚贞有意进谏，无奈佞人总是谗言诽谤。在这种环境中，再好的人一旦被坏人惦记上也会是心力交瘁满身伤。

据说，张浚得罪了秦桧以后，被贬到了零陵。张浚上任的时候随身只带了几箱子旧物，但是秦桧等人竟诬告说，箱子里面全是张浚和蜀地旧部往来策划谋反的书信。秦桧是有证据呢还是胡乱说呢？肯定是胡乱说，但是他总觉得，抄来之后里面一定会发现对张浚不利的东西。宋高宗赵构对秦桧言听计从，还真派人把张浚的箱子给抄走了。当赵构命人在朝廷上打开箱子时，只看到里面有一些书和几身破旧的衣服。据《宋史·张浚传》讲，张浚"学邃于《易》，有《易解》及《杂说》十卷，《书》《诗》《礼》《春秋》《中庸》亦各有解"（《宋史》，第11311页），张

① 严可均：《全上古三代秦汉三国六朝文》，中华书局，1958年12月版，第262页。

浚是个读书人，走到哪里都带着书籍是很正常的一件事。

秦桧不相信找不到收拾张浚的蛛丝马迹，于是让人仔细翻检。结果还真从书中翻到了几封信件，打开一看，信上写的全是忧国忧君的话。秦桧被打脸了，赵构高兴了，因为这次抄张浚的东西，竟然意外看到了张浚忠君和廉洁的品质。赵构自然非常感动，说："没想到张浚竟然一贫如洗。"于是派人为张浚送过去三百两金子。秦桧见一计不成又生一计，对外造谣说要赐死张浚，目的是希望张浚听到这个消息时会有错误的反应，要么为了名节自杀，要么为了保命反叛。当消息传到零陵时，张浚的手下信以为真，都哭了。张浚说："我的罪过如果真的像传的那样，也确实该以死向国家谢罪，这有什么好哭的呢？"当他得知朝廷派来的使者是杨存中时，张浚说自己死不了了，因为杨存中是自己的老部下，如果朝廷真的要他的命，肯定会派别人来，不可能让杨存中执行任务。大家一听有道理，也就止住了悲声。没过多久，杨存中到了，向张浚等人宣读了皇帝的圣旨，不仅没有要他的命，还赐给张浚三百两黄金。后来张浚去世的消息传到京城，"孝宗震悼，辍视朝，赠太保，后加赠太师，谥忠献"（《宋史》，第11311页）。皇帝不仅停止了工作，还追赠了张浚一些名号，这就是朝廷对廉洁之士的敬重。

清代王尔烈被人们称为"关东第一才子""名满关东第一人"，《辽阳县志》称誉他为"词翰书法著名当世者，清代第一人"，他是嘉庆皇帝的老师。一次，嘉庆帝召见老师王尔烈闲聊，聊着聊着问了一句："恩师家境如何？"王尔烈回答说："数间草房，半藏农器半藏书；几亩薄地，一望春风一望雨。"那意思是，除了几间草房几亩薄地之外，没有别的财产。嘉庆一听，够清贫的，于是说："恩师为官清廉，朕是知道的。这样吧，朕委派你去安徽铜山监督铸钱吧！"

王尔烈在铜山一待就是三年。嘉庆再次见到王尔烈的时候，问："恩师，这次是否足以富享晚年了？"王尔烈一听笑了，说："臣依旧是两袖清风。"嘉庆摇着头说："恩师，此言未必真吧？"嘉庆知道，那是铸钱的地方，随便克扣一点就够花一辈子了。王尔烈见嘉庆不信，一伸手从袖筒里摸出三个铜钱，一个是当十钱，一个当十个花；一个是五铢钱，钱重五铢；一个是嘉庆通宝。三个铜钱溜光发亮。嘉庆不明白什么意思，王尔烈解释说："这三个铜钱是我掌管铸钱炉时用的钱样子，每天拿它去检验钱的质量。攥在手里时间长了，铜钱就被盘成这个样子了。"嘉庆这才明白恩师清廉如此，老实如此，于是封他为"老实王"。有人给王尔烈送了一副对联，来赞颂他的清廉："双肩明月，两袖清风。"

酌泉依旧只清廉

广州有一眼贪泉，据说这个泉水饮之会使人变得贪得无厌。吴隐之是个以清廉著称的官员，不信邪，就喝了，结果依旧不改本心。周昙在他的咏史诗“晋门”中有两首咏吴隐之的作品：

闻说贪泉近郁林，隐之今日得深斟。
徒言滴水能穿石，其那坚贞匪石心。

（《全唐诗》，第8359页）

诗中写到的就是吴隐之饮贪泉的故事。这个故事被收录在《晋书·吴隐之传》中：

未至州二十里，地名石门，有水曰贪泉，饮者怀无厌之欲。隐之既至，语其亲人曰：“不见可欲，使心不乱。越岭丧清，吾知之矣。”乃至泉所，酌而饮之，因赋诗曰：“古人云此水，一歃怀千金。试使夷齐饮，终当不易心。”及在州，清操逾厉，常食不过菜及干鱼而已，帷帐器服皆付外库，时人颇谓其矫，然亦终始不易。[1]

---

① 房玄龄等：《晋书》，中华书局，1974年11月版，第2341—2342页。

在广州石门有一眼泉水，人们都叫它贪泉。人一旦喝了这个泉水，就会变得很贪婪。吴隐之为了打破这个迷信，表明自己立志清廉，特意来到泉边捧着喝了几口，还写了一首诗，意思是：人们都说喝了这泉水，就会贪财爱宝，如果让品行高洁的伯夷、叔齐那样的人喝了，我想终究不会改变那颗廉洁的本心。果然，吴隐之在广州期间，廉洁奉公，清简勤苦，一直粗茶淡饭，穿着简朴，住处的帐帷摆设均交到库房，保持着廉洁的操守。甚至有人认为他这是故意矫情摆样子，假装清廉，吴隐之笑而不语。大家后来慢慢发现，吴隐之并没有什么变化。再来看周昙的第二首咏吴隐之的诗：

贪泉何处是泉源，只在灵台一点间。
必也心源元自有，此泉何必在江山。

（《全唐诗》，第8359页）

一个人贪婪不贪婪和泉水没有关系，关键在“灵台一点间”，也就是一个人的内心意志，如果你的心中本就有贪念，无论这个泉水在哪里，你喝了都会贪得无厌。周昙的意思是，我们不能让贪泉替你内心的贪婪背锅。

仔细看《晋书·吴隐之传》会发现，吴隐之的廉洁是一以贯之的，从小就有“清操”，即使每天喝粥，也不接受外来之财。说到这里，又引出另外一个故事，这个故事《晋书·吴隐之传》

中也有记载，故事的名字叫“卖狗嫁女”。吴隐之在为谢石做主簿的时候，姑娘该出嫁了，可家里穷得连嫁妆都置备不起，于是谢石就想帮帮他。谢石是东晋名将，太保谢安之弟。谢石吩咐手下人带齐办喜事所需的各种物品去帮忙操办。帮忙的人到了吴隐之家，只见冷冷清清，一点也没有办喜事的气氛。这时，一个婢女牵了一只狗出来，大家就问干什么，婢女回答说：“拉到集市上去卖，给小姐作嫁资。”谢石惊叹，吴隐之一个朝廷命官，竟然清贫到了卖狗嫁女的地步！

这个故事听了让人哑然失笑，甚至有点心疼。可是吴隐之就是这样一个人，都当了晋陵太守了，还清俭到老婆要亲自上山砍柴下厨做饭的地步。再后来升任左卫将军，很显要的职位，朝廷给的待遇很高了，吴隐之依旧是“冬月无被，尝浣衣，乃披絮，勤苦同于贫庶”（《晋书》，第2341页），冬天没有棉被，和一般老百姓没有什么差别。

或许有人会有疑问，吴隐之怎么会到这个地步呢？都当到将军了，“禄赐皆班亲族”，和皇族的工资待遇差不多，怎么还会连个像样的衣服都没有呢？他的钱都去哪里了？有人说吴隐之贫穷的原因应该是乐善好施。

《晋书·吴隐之传》中记录，元兴初年，朝廷给吴隐之的一道诏书中有一句“龙骧将军、广州刺史吴隐之孝友过人，禄均九族，菲己洁素”，又“后迁中领军，清俭不革，每月初得禄，裁留身粮，其余悉分振亲族，家人绩纺以供朝夕”（《晋书》，第

2342页）。原来他贫穷的原因是每次发了工资之后，除了留够一家的生活费，其他的都分给亲戚朋友了。宁肯让家人自己动手丰衣足食，也不多留原本属于自己的俸禄。吴隐之对自己很严苛，他曾经因为饭菜的味道好而拒绝食用。这让人挺难理解的，这也正是吴隐之保持清廉的根本原因。

吴隐之曾任广州刺史。广州经济发达，“包带山海，珍异所出，一箧之宝，可资数世”。广州面海环山，出产很多名贵的物品，只要随便弄上一箱珍珠宝物，就够几辈子享用的。所以被委任到广州的官员无不被财富迷惑而成为贪官。朝廷把吴隐之派到广州难道是可怜他家里穷？让他在做广州刺史期间利用职务之便弄点贴补家用的外快？如果真的这样想，那就大错特错了，没有一个朝廷不希望自己的官员清廉的。

朝廷之所以派吴隐之去主政广州，是为了“革岭南之弊”。朝廷就是要让这个有“清操”、对自己下手狠的吴隐之去改善甚至改变那里“前后刺史皆多黩货”的官风的。可是，吴隐之没进广州城先喝了贪泉里的水，所以大家都不看好他，认为这又是一个贪官，朝廷派他来治贪不过是做做样子走走形式罢了，就是表演给老百姓看的。但是出人意料的是，吴隐之严于律己，甚至对自己的要求比以前更严格。

能严到什么程度？举个例子，“账下人进鱼，每剔去骨存肉，隐之觉其用意，罚而黜焉”（《晋书》，第2342页），部下做鱼给他吃，每次都小心翼翼地剔去鱼骨。按说这是很正常的一件事，我们今天在饭店吃鱼，有时候还专门让服务员把鱼刺挑出来呢。可是吴隐之觉得，这就是媚上作风，非常让人讨厌，所以，吴隐之总是对送鱼的人进行喝斥，然后惩罚并赶出去。从这一件小事能够感受到，吴隐之改革广州官风雷厉风行，经过他的惩贪官、禁贿赂，广州官风明显有了改善，所以元兴初年的圣旨中有一句“革奢务啬，南域改观”。

吴隐之在主政广州的时候，被卢循抓住了。卢循带领大军攻打广州，虽然吴隐之率众抵抗一百多天，但还是失败了，卢循放火杀人，“焚烧三千余家，死者万余人”，很惨。卢循抓住吴隐之后，本意是希望朝廷把吴隐之杀掉，但是“诏不许”。刘裕写了一封信给卢循，让他把吴隐之放回来。“归舟之日，装无余资”，吴隐之被放回来的时候，船上没有多余的东西。

“及至，数亩小宅，篱垣仄陋，内外茅屋六间，不容妻子”，回到家里，篱笆墙，茅草房，要多简陋有多简陋，这哪像一个曾经在广州当官的人的府邸啊，房间数连老婆孩子都安排不过来。刘裕本想帮他建造大一点的宅子，给他牛和车子，都被吴隐之拒绝了。后来，吴隐之升任度支尚书、太常，依旧洁身自好，清俭不改，不仅妻子不沾一分俸禄，就连他自己身上的衣服也没有囫囵过。有时候遇到饥荒日子，就“并日而食”，两天吃一顿饭。这就是他“清操不渝”的品性，朝廷为此多次褒奖，这对于当时的廉政教育是有积极意义的。

中国历史上廉洁公正官吏的典范当数包青天包大人。王永宽的《包公戏·包公》是这样写的：

铁面铜铡明镜心，清官形象镇邪神。
全倾肝胆为天子，多致恩泽到庶民。
不讲私情遵国法，难饶罪犯恃皇亲。
如今恶霸横行处，百姓犹呼包大人。[①]

诗中的文字为我们树起了一个刚正不阿为国为民的包青天形象。包拯以廉洁著称，他不畏权贵，执法严峻，惩处贪官污吏从不手软。

《宋史·包拯传》记载："端土产砚，前守缘贡，率取数十倍以遗权贵。拯命制者才足贡数，岁满不持一砚归。"（《宋史》，第10315页）包拯曾经做过端州知府，端州就是今天的广东省肇庆市。端州的砚台很出名，刘禹锡有《唐秀才赠端州紫石砚，以诗答之》，其中说"端州石砚人间重，赠我因知正草玄"（《全唐诗》，第4051页），李贺也在《杨生青花紫石砚歌》中说"端州石工巧如神，踏天磨刀割紫云"（《全唐诗》，第4420页）。能惊动"诗豪"和"诗鬼"来歌咏，可见端砚算得上宝贝。

宋朝时，端砚是贡品，几乎所有士大夫都想拥有一方端砚。所以凡是到端州当官的人，都会利用职务之便搞一些。进贡数量

① 王永宽：《春华秋实集》，大象出版社，2009年10月版，第37页。

朝廷有规定，官员们就改一下规定的数字，于是经常出现多出进贡规定数量几十倍的情况。这些官员拿着富余出来的砚台打点上层关系，这自然也加重了端州百姓的负担，甚至出现伤害人命的事件。

包拯到了端州任上之后，马上访查民情，结合着朝廷具体需要，下令只能按规定数量生产端砚，州县官员一律不准私自加码，违者重罚。这就打破了多年来的潜规则。包拯表示，自己虽然是一把手，也绝不会中饱私囊要一方端砚。这一规定让端州百姓欢呼雀跃，当然也在朝中引起轩然大波，因为牵涉的利益不止一个人。三年后，包拯圆满完成了端州知府的任务，被调到京城开封任职，果然一块砚台都没有带走，实现了“岁满不持一砚归”的诺言。

后来，人们根据这个故事编了台戏剧《包公掷砚》，但版本不一。一个版本是包拯乘船离开端州，快要驶离端州界的时候，家人拿出一方端砚，说是老百姓送的，包拯把它丢到了水中；另一个版本是百姓亲自送了一方端砚给包拯，包拯站在城头说：“端砚来自大山，还让它留在大山吧。”于是把端砚丢向了山中。不管什么样的版本，包拯掷砚的故事很经典。1973年，安徽省博物馆清理包拯墓时，在包拯及其子孙墓中仅发现一方普通砚台，没有看到端砚的影子，也证实了《宋史》的记载是真实不虚的。

包拯在端州任职期间，写了一首《书端州郡斋壁》：

清心为治本，直道是身谋。
秀干终成栋，精钢不作钩。
仓充鼠雀喜，草尽兔狐愁。
史册有遗训，毋贻来者羞。

这是一首五言律诗，第一联讲治理世事以清廉无私为根本，为人处世以刚直不阿为准则，这是包拯的为人处世之道；第二联通过比喻的方法写直的品性，只有树干笔直挺拔，最后才能成为栋梁之才，精钢宁折不弯，根本没有办法做成弯曲的钩子，这是自勉自励，也是自信；第三联写除暴安良的壮举，又用了比喻手法，无论是鼠雀还是兔狐，他们都属于贪官污吏、害民之徒，铲除它们最好的办法，就是从根上消灭它们赖以生存的条件；最后一联讲的是流芳千古的渴望。这首诗很好理解，掷地有金石声，字里行间透出一股正气。习近平同志在2014年中央政法工作会议上的讲话中专门引用了这首诗，目的是劝勉干部要廉洁自律，也表明了中央整顿吏治的决心。

东汉时期有一个人叫刘宠，做事比吴隐之和包拯有人情味，也同样以廉洁为人所敬重。刘宠是东汉王朝宗室，是西汉齐悼惠王刘肥的后代，孝廉出身。担任东平陵县令时，“以仁惠为吏民所爱”，以至于母亲患病需要辞官奉养时，“百姓将送塞道，车不得进，乃轻服遁归”（《后汉书》，第2478页），送行的老百姓把路都给堵上了，车子根本走不了，刘宠只能穿着便装偷偷离开了。

刘宠做过豫章太守、会稽太守。在任会稽太守时，山里的老百姓太朴实厚道，有的竟然一辈子都没有离开过生养自己的地方，也没进过城镇集市。所以官吏们总是欺负他们，老百姓不堪其扰，但又没有办法，只能忍气吞声。刘宠到任之后，下令除去那些烦琐的规章制度，禁止下属扰民等不法行为，郡中秩序变得井然，“狗吠竟夕，民不得安”的现象没了，老百姓安居乐业，再也不用整天提心吊胆了。

朝廷征召刘宠出任将作大匠时，山阴县有五六个须发苍然的老先生从山谷走出来为刘宠送行。当时老人们每人都拿着百钱要送给刘宠，刘宠自然是不收的。老先生们说：“我们住在穷乡僻壤，也没有知识，没见过太守。别的太守在任时，总是派官吏到民间勒索财物，从早到晚没有消停过，闹得鸡飞狗跳，我们生活不得安宁。可是自从您来了以后，鸡不飞了，狗不叫了，官吏也不下乡折腾我们了。我们老了老了遇到了太平盛世，现在听说您要离开我们，因此我们几个特意赶过来送您。”

刘宠表示自己并没有老人们说得那么好，而且所做都是自己的分内之事，反而让老先生们走这么远的路，辛苦了。最后，刘宠实在盛情难却，便“为人选一大钱受之”，从每人的钱中挑了一枚大钱留作纪念。也是因为这件事，大家亲切地称呼刘宠为“一钱太守”。刘宠“前后历宰二郡，累登卿相，而清约省素，家无货积”（《后汉书》，第2479页），连着出任两个地方的最高长官，又多次担任卿相等朝廷要职，竟然清廉朴素到家里没有什么财产，这是让人赞叹不已的。

还有一位虽然收了别人的礼物，依旧受到敬重的，他就是人们非常喜欢的大词人苏轼。苏轼诗词文赋俱佳，还是个美食家，民间有不少与他有关的有趣故事流传下来。东坡先生马上要到五十岁大寿了，见家人要为他张罗过寿，就一再制止。但是家人只当没听到，依旧准备各种过寿的物品，东坡先生见状只好交待不要声张，弄得街坊四邻都知道了不好。但是没想到，过寿那天，还是有人登门贺寿来了。

好在来人不多，只有一个。就见来人双手抱着一盆盛开的月季花，家人就问：“请问您尊姓大名？”来人回答说：“我叫赵钱孙李，是来给苏大人祝寿的。”家人听了觉得奇怪，便想一问究竟：“怎么会有这样奇怪的名字呢？”来人回答说：“我本姓赵，周围的几家邻居分别姓钱、孙、李。听说今天是苏大人的五十大寿，大家就推荐我送一盆月月红，来给苏大人作寿礼。”苏轼听了，知道原来是百姓的一番心意，就想收下，但自己从不收礼，又不能破了规矩，于是叫来人说出理由，那人想了一会儿，说：

花开花落无间断，春去春来不相关。

但愿大人常康健，勤为百姓除赃官。

这就是一首打油诗，祝福东坡先生身体健康，多为老百姓做好事。也确实，苏轼不管在哪里执政都能以百姓为先，把老百姓的事当成头等大事，所以走到哪里都能深受老百姓的爱戴。苏轼接过月季花，也做了一首诗回礼：

赵钱孙李张王陈，好花一盆黎民情。
一日三餐抚心问，丹心要学月月红。

苏轼的这首诗首先表达了对黎民百姓的感谢，然后承诺自己要一日三省，要学这盆月月红，一心为民。可以说，这既是苏轼的决心，也是他一生为官的真实写照。

要留清白在人间

中国历史上有讲不完的廉洁故事。下面几位“要留清白在人间”的主人公，分别是鲁恭、于谦、杨震、崔鉴、白居易，这些人里有我们熟悉的，也有陌生的，但他们都是值得历史记忆、后人赞扬的人物。

河南省中牟县刘集乡有一个鲁庙村，为什么叫“鲁庙村”呢？当地人说，因为这个地方供奉着一位历史人物鲁恭。鲁恭是东汉人，民间有很多关于他的传奇故事。当地人为了纪念他，先后为他修建了祠堂、庙宇，由庙成村为鲁村，后鲁村便改为了鲁庙村。

根据《后汉书 · 鲁恭传》中的记载，鲁恭的廉洁主要体现在两个方面，一不贪财物，二不贪名位。鲁恭十二岁的时候，父亲死在了武陵太守任上，按照当时当地的风俗，武陵郡的同事捐助了他们一些财物。毕竟鲁恭和弟弟鲁丕还需要读书，家里没有了进项恐怕会影响其学业，所以大家纷纷施以援手。可是鲁恭对“郡中赙赠无所受”（《后汉书》，第873页），对郡里赠送的财物一概没有接受。“太尉赵憙慕其志，每岁时遣子问以酒粮，皆辞不受”（《后汉书》，第874页）。太尉赵憙仰慕鲁恭的志向，每年春节前都派儿子送酒肉和粮食给他们，这一来是表达敬意，二来是想帮助他，但是每次鲁恭都婉言谢绝。这是鲁恭不贪财的表现。俗话说一分钱难倒英雄汉，一个人在最需要钱的时候能拒绝金钱的诱惑，那他即便是面对珍宝堆积如山，自然也就不会动心了。

鲁恭的廉洁还表现在不贪名位上。因为鲁恭的人品学问，州郡多次以礼相邀，希望鲁恭能够出来当官为老百姓办事，但都被鲁恭拒绝了，这就是《后汉书》中所说的“郡数以礼请，谢不肯应”。鲁恭的弟弟鲁丕学习也很刻苦、很优秀。鲁恭照顾弟弟，想先成就他的名声，于是把这个机会给了弟弟。

好人当官能为老百姓造福，于是州郡邀请一次不行就邀请两次，后来发现鲁恭意志挺坚决，只好请鲁恭的母亲出面帮忙。鲁恭是个孝子，母亲是鲁恭的软肋。后来在母亲的劝说下，“恭不得已而西，因留新丰教授”，鲁恭迫不得已才到新丰做了教授的学官。就鲁恭这经历，如果换了一心想当官的人，能把鼻涕泡乐出来。甚至等不到任命的红头文件下发，听到消息就开始收拾行李准备上任了。

有这种品质的人，他肯定是全心全意为老百姓着想的。鲁恭在中牟当县令的时候，留下了“鲁恭三异”的传奇故事，关于这个故事我们将会在下文中分享。

做好人是做好官的前提和基础，鲁恭的人品好，所以官德也好。只要对老百姓有好处，鲁恭就会直接说出来，这就是《后汉书·鲁恭传》中所说的“每政事有益于人，恭辄言其便，无所隐讳”（《后汉书》，第878页）。汉和帝刘肇刚即位不久，就要派车骑将军窦宪和征西将军耿秉去攻打匈奴。鲁恭觉得不合适，一来当时国库财力不足，后勤供给跟不上；二来当时百姓多年没有经历战争了，渴望和平；三来是春天，不是打仗的时候，老百姓还得生产呢。于是鲁恭建议“修仁行义，尚于无为，令家给人足，安业乐产”（《后汉书》，第876页），因为鲁恭相信“以德胜人者昌，以力胜人者亡”。虽然鲁恭把道理掰开揉碎了去解释，但是汉和帝依旧没有接受。

汉和帝末年，朝廷原本规定秋后处理犯人，但是一些州郡长官为了政绩竟然盛夏断狱。鲁恭也认为不合适，一来有违常规，二来盛夏断狱牵连太多，“上逆时气，下伤农业”，这是地方官不以民为本的体现。鲁恭坚持处理案子还是要放到秋后，理由是这样能够“以顺天时，育成万物，则天地以和，刑法以清矣”。鲁恭这种以民为本的官德还曾让土匪感动归降。在鲁恭任乐安相的时候，东州一带有许多盗贼，他们劫掠百姓，扰乱郡县。鲁恭到任后，广施恩信，盗贼的统帅张汉等人带着党羽前来归降，鲁恭上书朝廷任命张汉为博昌尉。当然那些没有归降的盗贼不能留着，鲁恭命张汉带人进行捕杀，最后盗贼被扫平，州郡得以安宁。

我们所熟悉的于谦也曾经向鲁恭表达过敬意。于谦是明朝著名的清官，忧国忘身，口不言功，为人刚直，与岳飞、张煌言并称“西湖三杰”，被称为“于少保”“于忠肃”。于谦还是个诗人，曾经写过《入京诗》，其中有两句“清风两袖朝天去，免得闾阎话短长”，被后世传为经典；他十七岁时写的《石灰吟》更是流传古今，“千锤万凿出深山，烈火焚烧若等闲。粉身碎骨浑不怕，要留清白在人间”，表现了他要做一名清官的初心和本心。

于谦曾经以兵部右侍郎的身份奉旨巡抚河南，在鲁恭庙前，他挥笔写下了《过中牟鲁恭祠》，这是一首七言律诗：

长民曾美鲁恭贤，民物熙然各遂天。

境外遗蝗徒扰扰，桑间驯雉自翩翩。

闾阎风俗犹前日，史传声华纪昔年。

寄语郎官勤抚字，循良衣钵要人传。[1]

这首诗首先对当年鲁恭在中牟所取得的政绩进行了肯定，也是对“鲁恭三异”的诗歌再现。仔细品味不难发现，这首诗不仅是于谦对历史的追忆，而且是他对当时官场的慨叹，为什么历史上能出现鲁恭这样的好官，今天却只能庙前兴叹呢？结句“循良衣钵要人传”已经说得很直白了，当时的官场比较糟糕。写这首诗后不久，于谦入京觐见，别人都为了升官向权臣王振送礼，于谦没有，结果被诬陷下狱，因百姓、官吏乃至藩王力请而复任。看来鲁恭对于谦还是有一定影响的！

杨震也是东汉人，他是“暮夜却金”的主人公。杨震乃名门之后，“八世祖喜，高祖时有功，封赤泉侯。高祖敞，昭帝时为丞相，封安平侯”（《后汉书》，第1759页）。他的父亲杨宝曾经被王莽征召为官，但是杨宝不愿意当官便躲起来了。汉光武帝刘秀对杨宝一直很仰慕，“建武中，公车特征，老病不到”，再次征召他入朝为官依旧没有成功。杨震人称“关西孔子”。在杨震五十岁的时候，朝廷终于把他请出来了。

杨震先后升任荆州刺史、东莱太守。他在去东莱赴任的路上，为我们带来了著名的“暮夜却金”故事：

---

① 王士祥：《中原诗旅》，文心出版社，2008年4月版，第13页。

当之郡，道经昌邑，故所举荆州茂才王密为昌邑令，谒见，至夜怀金十斤以遗震。震曰：“故人知君，君不知故人，何也？”密曰：“暮夜无知者。”震曰：“天知，神知，我知，子知。何谓无知！”密愧而出。

（《后汉书》，第1760页）

他去东莱上任途中经过昌邑，这里有他一个老熟人叫王密，是他在做荆州刺史时推荐的茂才，王密当时为昌邑县令。茂才就是秀才，因为避刘秀的讳改成了茂才。杨震是王密的伯乐，一辈子的恩人，所以王密很感激杨震的知遇之恩。当他知道恩人从自己这里经过时，晚上就带着十斤金子去看望。杨震很生气，质问他：“我这个老朋友了解你，你为什么就不了解我呢？”王密知道是说金子的事，赶紧解释说：“现在是夜深人静的时候，没有人会知道的。”杨震说：“天知，神知，我知，你知，怎么说没有人知道呢。”王密听了，很惭愧地离开了。在杨震看来，看似没人知道的行贿事件，实际上是对不住天地良心的。胡曾有一首咏史诗，题作《关西》，写的就是这件历史往事：

杨震幽魂下北邙，关西踪迹遂荒凉。
四知美誉留人世，应与乾坤共久长。

（《全唐诗》，第7427页）

这件事足以让杨震流芳后世了，所以胡曾说“应与乾坤共久长”。后来，杨震转任涿郡太守。他在任内公正廉明，不接受私人的请托。他的子孙生活俭朴，吃穿用度和老百姓没有差别。一些老朋友和长辈就提醒杨震为子孙张罗点产业，没想到杨震竟说：“使后世称为清白吏子孙，以此遗之，不亦厚乎！”（《后汉书》，第1760页）让后代被称作清官的子孙，我把这个美誉馈赠给他们，不是很好吗？后来，民族英雄林则徐曾说：“子孙若如我，留钱做什么？贤而多财，财损其志；子孙不如我，留钱做什么？愚而多财，益增其过。”不知林则徐是否受了杨震的影响与启发。

还有一位相对陌生的人物，他叫崔蠡。崔蠡为官很清廉，《太平广记》中记载：

> 唐崔蠡知制诰日，丁太夫人忧，居东都里第。时尚清苦俭啬，四方寄遗，茶药而已，不纳金帛。故朝贤家不异寒素。虽名姬爱子，服无轻细。崔公卜兆有期，居一日，宗门士人有谒请于蠡者，阍吏拒之，告曰：“公居丧，未尝见他客。”乃曰：“某崔家宗门子弟，又知尊夫人有卜远之日，愿一见公。”公闻之，延入与语。直云：“知公居缙绅间，清且约，太夫人丧事所须，不能无费。某以辱孙侄之行，又且背用稍给，愿以钱三百万济公大事。”蠡

见其慷慨，深奇之。但嘉纳其意，终却而不受。[1]

开成元年（836）的时候，崔蠡当时的官职是司勋郎中、知制诰。他母亲去世了，按照礼制，他得回家为母亲守孝。而在守孝期间是不能工作的，不工作，就没工资，没了收入就影响生活。崔蠡在任期间非常清廉，虽说是皇帝身边的近臣，会有人给他送礼，但送的都是什么呢？朋友们给他送的是茶叶、药材，有人送金银财宝他一概不收。因此，他给母亲守孝期间过得非常清贫，以至于跟一般的老百姓没什么区别。而且，夫人、孩子连件像样的衣服都没有。要给母亲下葬得花钱啊，钱从哪来？马上母亲都要下葬了，还没钱呢，两手空空，崔蠡发愁啊。

这一天，崔蠡在给母亲守灵的时候，听到外边有吵闹的声音，高一声低一声。说啥呢？原来，有一个姓崔的小伙子来拜访崔蠡，看门的不让进。这个小伙子说："我不是外人，我也姓崔，是一家人，我知道老太太马上就要下葬了，你让我见一见崔大人行不？"声音很高，崔蠡就听到了。于是，他就让家人把这个小伙子请进家里。小伙子一看到崔蠡直接就说："我知道您在任的时候非常俭约，非常清廉，老夫人下葬不可能不花钱，按辈分我是您的晚辈，我手上有点闲钱，我想出300万资助您给老夫人办丧事。"

崔蠡一听很感动，有钱了。古往今来，贫居闹市无人问，富在深山有远亲。这倒好，这小伙子我不认识他，人家没躲着我，

---

① 李昉等：《太平广记》，中华书局，1961年9月版，第1354页。

反而主动要资助我300万给老太太下葬，这是什么啊？这叫义，因此他非常感动。但“嘉纳其意，终却而不受”，好意心领了，钱，一分不要。

与崔蠡人品相似的还有一位大诗人——白居易。白居易字乐天，人如其名，他的乐天精神在其诗作《池上篇》中即有体现：

十亩之宅，五亩之园。
有水一池，有竹千竿。
勿谓土狭，勿谓地偏。
足以容膝，足以息肩。
有堂有庭，有桥有船。
有书有酒，有歌有弦。
有叟在中，白须飘然。
识分知足，外无求焉。
如鸟择木，姑务巢安。
如龟居坎，不知海宽。
灵鹤怪石，紫菱白莲。
皆吾所好，尽在吾前。
时饮一杯，或吟一篇。
妻孥熙熙，鸡犬闲闲。
优哉游哉，吾将终老乎其间。

（《全唐诗》，第5250页）

从这首诗中，我们还能感受到白居易的清廉和知足常乐。白居易的这种精神和心态一直都是伴随着他的，如其诗作《寄张十八》中有：

饥止一箪食，渴止一壶浆。
出入止一马，寝兴止一床。
此外无长物，于我有若亡。

（《全唐诗》，第4738页）

饿了就是一碗饭，渴了就是一壶水，出去只能骑一匹马，晚上睡觉只要一张床。生活就是这么简单。他还有一首《狂言示诸侄》，其中说：

一裘暖过冬，一饭饱终日。
勿言舍宅小，不过寝一室。
何用鞍马多，不能骑两匹。

（《全唐诗》，第5132页）

这就是白居易对颜回箪瓢陋巷精神的践行。甚至，他在自己的《醉吟先生墓志铭并序》中交待妻子和侄子们：

吾之幸也，寿过七十，官至二品，有名于世，无益于人。褒优之礼，宜自贬损。我殁，当敛以衣一袭，送以车一乘，无用卤簿葬，无以血食祭，无请太常谥，无建神道碑；但于墓前立一石，刻吾《醉吟先生传》一本可矣。[1]

白居易反复强调“一”，“衣一袭”“车一乘”“立一石”“《醉吟先生传》一本”，可见白居易是个知足节俭的人。

白居易之所以有这样的品质，除儒家思想带给他的“先师有遗训，忧道不忧贫”的价值观外，还和他对道家文化的深入体会相关。《道德经》中说：“咎莫大于欲得，祸莫大于不知足，故知足之足，常足矣。”[2]祸患往往是因为不能知足常乐引起的。《庄子·逍遥游》中也讲：“鹪鹩巢于深林，不过一枝；偃鼠饮河，不过满腹。”[3]如果每个人都能将这些词句的蕴意内化为价值观，将这些历史故事作为一面镜子，那么我们都会变得更加平和，更易满足，我们的干部自然也会更加廉洁自律。

---

① 谢思炜：《白居易文集校注》，中华书局，2011年1月版，第2031页。

② 陈鼓应：《老子注译及评介》，中华书局，1984年5月版，第238页。

③ 郭庆藩：《庄子集释》，中华书局，1961年7月版，第24页。

一言为重百金轻
——诚信精神

《论语·颜渊》中，有一段子贡和孔子的对话：

> 子贡问政。子曰："足食，足兵，民信之矣。"子贡曰："必不得已而去，于斯三者何先？"曰："去兵。"子贡曰："必不得已而去，于斯二者何先？"曰："去食。自古皆有死，民无信不立。"[①]

子贡向孔子请教治理国家的方法，孔子说："有足够的粮食吃，国家军队强大，老百姓信任政府。"子贡说："如果必须去掉一项，那么在这三项中您先去掉哪一项呢？"孔子说："去掉军队。"子贡又问："如果不得不再去掉一项，那么剩下的两项中您认为应该去掉哪一项呢？"孔子回答说："去掉粮食。自古以

① 杨伯峻：《论语译注》，中华书局，2006年12月版，第141页。

来人总是要死的，如果老百姓对政府失去了信任，那么国家就危险了。”从这段对话中我们可以很明显地感受到，孔子把“信”看得多么重要，那是决定国家生死存亡的关键。

德国诗人海涅曾经说过“生命不能从谎言之中开出灿烂的鲜花”。对于一个人来说，诚信是立身之基；对于一个国家来说，诚信是立国之本。儒家有“五常”，即仁、义、礼、智、信，这也说明“信”是一个人最起码的道德准则。诚信是人与人之间交往的前提，诚信是情感与情感汇聚的基石，没有诚信，就像生活没有阳光的温暖；没有诚信，就像生命没有爱心的支持。

曾参烹彘立贞信

储光羲是唐朝山水田园诗派代表诗人之一，曾经写过一首《晚次东亭献郑州宋使君文》，开头几句是这样说的：

自初宾上国，乃到邹人乡。
曾点与曾子，俱升阙里堂。
武皇恢大略，逸翮思寥廓。
三居清宪台，两拜文昌阁。
为道既贞信，处名犹蹇谔。

（《全唐诗》，第1391页）

诗中写到了一个著名的历史人物曾子。曾子是孔子晚年的弟子之一，儒家学派的重要代表人物。他的父亲叫曾点，也就是曾皙，是孔门七十二贤人之一。曾子在儒学发展史上占有重要的地位，后世尊他为“宗圣”，仅次于“复圣”颜渊，也配享孔庙。曾子在思想上主要倡导“孝恕忠信”，所以诗中讲“为道既贞信”。下面我们讲一个与曾子有关的诚信故事。这个故事可以在《韩非子·外储说左上》中看到：

> 曾子之妻之市，其子随之而泣。其母曰：“女还，顾反为女杀彘。”妻适市来，曾子欲捕彘杀之，妻止之曰：“特与婴儿戏耳。”曾子曰：“婴儿非与戏也。婴儿非有知也，待父母而学者也，听父母之教。今子欺之，是教子欺也。母欺子，子而不信其母，非以成教也。”遂烹彘也。①

这个故事叫“杀猪教子”。其中，“女”即“汝”，是“你”的意思；“彘”是猪。

一天，曾子的妻子要到集市上去，孩子跟在后边一直哭哭啼啼的，想跟着母亲一起去赶集。小孩子嘛，总是想到集市上看看热闹，弄点好吃的。或许是集市上人多，车马来往不安全吧，

① 王先慎：《韩非子集解》，上海书店，1986年7月版，第214页。

曾子的妻子就想让孩子待在家里，于是就信口哄孩子说："宝贝儿，你在家里等妈妈回来好吗？妈妈给你买好吃的。说吧，想吃什么？"儿子擦着眼泪说："我要吃肉。"原本就是哄儿子嘛，还能真的给孩子买肉吃啊，于是曾子的妻子又说了："行。你看咱家不是喂的有猪吗，等妈妈回来就给你杀猪吃肉，好吗？"儿子这才止住哭声，留在家里等妈妈回家杀猪吃肉。

妻子从集市上回来了，还没进院子就听到有猪的叫声。妻子赶紧推门一看，发现自己辛辛苦苦养的猪被曾子绑了个四脚朝天，再看曾子正在旁边磨刀呢，儿子就站在曾子的旁边。妻子赶紧走到曾子跟前，问："你这是要干什么？"曾子停下手中的活回答说："这还看不出来？杀猪。"妻子说："不逢年不过节的，你杀哪门子猪啊？"曾子头都没抬："你去集市前，不是已经答应孩子，等你从集市回来就给孩子杀猪吃肉吗？"妻子有些哭笑不得地说："我就是逗孩子玩儿呢。他一个小孩子能知道什么？过去也就忘了。你怎么还当真了！"

曾子很严肃地说："你怎么能这样呢？你觉得是和孩子开玩笑，哄骗孩子，可是孩子可没有和你开玩笑，他是信以为真的。"妻子自然不愿意因为自己随口一句话，就杀掉家里的猪，于是想方设法阻拦。曾子说："虽然孩子什么也不懂，但也不能随意欺骗他啊，孩子有样学样，他是看着我们的行为长大的，我们就是他最好的老师。"妻子还是不愿意，就劝曾子："说杀就一定要杀吗？你这不是死心眼吗？我再哄哄孩子。"

曾子变得越发严肃了："你现在不杀猪给孩子吃，就等于是欺骗孩子，也就等于是教孩子欺骗人。做母亲的欺骗自己的孩子，孩子以后还会相信你吗？他不相信你，你以后还怎么教育他？这不是教育孩子成人的好办法。"曾子的话让妻子感到羞愧，她无论如何也不会想到自己的一句谎话会给孩子带来这么大的影响，仔细想想丈夫说的句句在理，虽然心里依旧舍不得，但不再阻拦。就这样，曾子磨好刀之后，把猪给杀了。

这个故事触及到两个教育问题：一是诚信教育。兑现诺言最好的办法就是不要轻易许诺，既然许诺就要兑现诺言，只有这样才能赢得信任与尊重。诚信教育往小处说有助于一个孩子的成长。记得读过一个小故事，一个孩子爬到梯子上，爷爷对他说："蹦下来，我接着你。"可是当孩子蹦下来的时候，爷爷把手收了回去，孩子摔到了地上。然后爷爷告诉孩子："不要轻易相信任何人。"故事中的爷爷用这样的办法教育孙子：这个世界是不值得相信的。那我们可以去想一下，这个孩子今后在成长的过程中，会是什么样子？他不相信别人，又如何让别人相信他呢。

诚信问题往大处说还可能会影响到国家的安危，民心的向背。隋炀帝是中国历史上有名的昏君。周昙在他的《炀帝》诗中说：

拒谏劳兵作祸基，穷奢极武向戎夷。
兆人疲弊不堪命，天下嗷嗷新主资。

（《全唐诗》，第8362页）

隋炀帝杨广因为穷兵黩武，让老百姓处于水深火热之中，才导致天下大乱。还有人把隋朝的灭亡归咎于大运河的修建和隋炀帝到扬州巡游。当然，隋炀帝还有很多条罪状，比如营建东京洛阳，建造龙舟楼船，为满足骄奢淫逸的生活，在各地大兴土木等，这些都耗费了巨大的人力财力，加重了人民的苦难，加速了隋朝的灭亡。

不过，有一个原因我们可能忽略了，那就是诚信的缺失。据《隋书·虞世基传》记载：

> 后从幸雁门，帝为突厥所围，战士多败。世基劝帝重为赏格，亲自抚循，又下诏停辽东之事。帝从之，师乃复振。及围解，勋格不行，又下伐辽之诏。由是言其诈众，朝野离心。[①]

大业十一年（615），隋炀帝按照惯例北巡长城，结果被始毕可汗率兵围在了雁门关，军事上一时占不了上风。当时虞世基跟在杨广身边，就建议皇帝对勇于作战的将士实行重赏，因为重奖之下必有勇夫，同时下令取消对辽东的作战计划。隋炀帝听从了虞世基的建议，将士们这才重整旗鼓，奋勇争先，始毕可汗还真就退了兵，隋炀帝得以解围。但是一等到安全了，杨广马上就不认

① 魏徵：《隋书》，中华书局，1973年8月版，第1572—1573页。

账了，不仅不赏救驾有功的将士，还下令继续对辽东用兵。至高无上的皇帝，这样失信于众将士，让将士们很心寒。所以，“由是言其诈众，朝野离心”，众将士与杨广离心离德。

杨广的行为就是对将士们的一次诚信教育，从他耍赖那一刻起，大家已经认清了他的品质，民心向背已定。从此之后，虞世基再也没有对杨广提过任何有价值的建议。杨广失信于人一定程度上也加速了隋朝的灭亡。

《战国策》中有一个“文侯与虞人期猎”的故事，讲了文侯取信于人从而推动国家强大的道理：“魏文侯与虞人期猎。是日，天雨。文侯将出，左右谏止。曰：‘吾与虞人期，不可失。’乃往。魏于是始强。”（《太平御览》，第52页）魏文侯和掌管山泽的官员约定打猎。到了约定的日子，天下起雨来，于是大臣们都劝魏文侯不要出去。可是魏文侯觉得，既然约定了，就要遵守，不能因为天气有变化就不履行。于是还是毅然前往了。魏国从此变得强大。魏文侯是魏国最高领导人，不要说与人约定打猎遇到了坏天气，就是艳阳高照他也可以有一百个理由取消计划。但是魏文侯没有那样做。在他看来，信守承诺应该是一个人最基本的品德。作为国君能够如此取信于自己的臣民，大家当然愿意为他兢兢业业地工作了。只要人们各安其业，不人浮于事，必然能使国家富强起来。

二是示范教育。就像曾子说的那样，孩子“非有知也，待父母而学者也”，这就是示范教育。孩子的模仿能力很强，整天看着父母的一言一行长大，所以家长的行为就会变成孩子的习惯，甚至慢慢变成孩子的品质，真是“谁家的孩子像谁家的大人”。网上曾经有个小视频，一个妈妈教几个月大的孩子翻身。说真的，开始我并不相信，这么小个孩子会学妈妈翻身？可是当妈妈翻过去那一刻，小婴儿也像妈妈那样学着翻了过去，妈妈笑得很开心。小婴儿尚且具有模仿能力，何况更大一点的孩子呢。

老家有一户邻居，祖孙三代，孩子比我小不了几岁，我们常在一起玩。这个邻居家里开了个代销点，卖油盐酱醋，虽然挣不了大钱，但也比一般人家幸福很多。可是当老人把代销点交给儿子打理之后，家里就发生了很大的变化。儿媳妇对老人呼来喝去，让老人饥一顿饱一顿，特别是冬天，穿的衣服、盖的被子都很寒酸，老人饥寒交迫而亡。老人死的时候，孩子对他妈妈说了一句话：“你这样对我爷爷，我对你老不养死不葬。”当时大家都觉得这是孩子的气话，可是随着孩子慢慢长大，大家发现他们母子关系真的很糟糕。儿媳妇是在一年春节得急病死的，曾经说“老不养死不葬”的孩子果真不愿意为他妈妈送终。

自古驱民在信诚

文章开头所引的那段孔子和子贡的对话中，孔子说“民无信不立”就是在强调政府“自古驱民在信诚”。这句话来自王安石的《商鞅》：

> 自古驱民在信诚，一言为重百金轻。
> 今人未可非商鞅，商鞅能令政必行。[①]

诗里讲到商鞅通过取信于民推行政令的故事。商鞅是战国时期卫国国君的后代，法家代表人物，曾经辅佐秦孝公实行变法，使秦国成为当时的强国，也正是因这些成绩，商鞅被公认为政治家、改革家、思想家。

《史记·商君列传》记载，商鞅从小喜欢刑名法术之学，曾经侍奉魏国国相公叔座任中庶子。公叔座发现商鞅是个人才，可是还没有等到提拔他呢，公叔座便得了重病。魏惠王去探望公叔座时，咨询如果公叔座有什么不测，魏国将让谁来接替国相一职。公叔座说：“座之中庶子公孙鞅，年虽少，有奇才，愿王举国而听之。”（《史记》，第2227页）我手下的中庶子商鞅年轻有才，可以担任国相治理国家。魏惠王没有表态。魏惠王要离去的

① 李壁：《王荆文公诗笺注》，上海古籍出版社，2010年12月版，第1243页。

时候，公叔座让其他人都退了下去，然后又对魏惠王说：“如果您不能重用商鞅，一定要杀掉他，千万不要让他投奔别的国家。”

魏惠王走后，公叔座把商鞅叫到跟前，说：“今者王问可以为相者，我言若，王色不许我。我方先君后臣，因谓王即弗用鞅，当杀之。王许我。汝可疾去矣，且见禽。”国王问我谁能接替我当国相，我推荐了你，我看国王脸色，他是不答应。我又向他建议如果不用你就杀掉你，惠王已经答应我了。你赶紧逃走吧，别被他们抓住。商鞅觉得，既然魏惠王不能听公叔座的建议重用自己，自然也就不会听公叔座的建议杀掉自己，于是也就没有离开。还真是商鞅想的那样，魏惠王觉得，公叔座是病糊涂了，胡言乱语，一会儿让重用商鞅，一会儿让杀掉商鞅，这不就是语无伦次吗？于是对公叔座的建议置之不理。

商鞅在公叔座死后，听说秦孝公到处求访人才，想要学习秦穆公，收复失地，建立宏图伟业，于是就去投靠秦国。商鞅通过秦孝公的宠臣景监见到了秦孝公，先后数次交流，但都没有被重视，甚至商鞅第一次向秦孝公谈“帝道”的时候，秦孝公老在那里打瞌睡，根本就听不进去。景监因为这个还被秦孝公训了一顿。第二次交流，商鞅向秦孝公大谈“王道”，结果秦孝公还是听不进去，又把景监臭骂了一顿。第三次交流中，商鞅向秦孝公谈起了“霸道”，这次秦孝公听得津津有味，直夸景监推荐的人好。

秦孝公希望能够有立竿见影的方法，让秦国快速富强，让自己显名天下。商鞅告诉孝公，变法。可是，以甘龙、杜挚为代表的旧贵族强烈反对变法，他们认为“利不百，不变法，功不十，不易器”，老祖宗留下的东西，不能轻易改变。商鞅与他们针锋相对，指出历朝历代的法律都有变化，“三代不同礼而王，五伯不同法而霸”，都是因为不因循才有所发展，称王称霸；智者制定法律，蠢人去执行；贤能的人去修改礼制，普通人去遵守。“治世不一道，便国不法古。故汤武不循古而王，夏殷不易礼而亡。反古者不可非，而循礼者不足多”。（《史记》，第2227页）商鞅从历史事实出发，认为商汤、周武就是因为没有按照传统规矩办，所以称王，而夏桀、殷纣因为没有变法，所以国家亡了。因此他认为，反传统敢变法的不应该受到批判，规规矩矩照章办事的也不值得称赞。商鞅以历史进化的思想与旧贵族展开论战，他的观点得到了秦孝公的支持。秦孝公任命他为左庶长，决定实行变法。

商鞅变法的内容都有什么呢？《史记·商君列传》中指出：

令民为什伍，而相收司连坐。不告奸者腰斩，告奸者与斩敌首同赏，匿奸者与降敌同罚。民有二男以上不分异者，倍其赋。有军功者，各以率受上爵；为私斗者，各以轻重被刑大小。戮力本业，耕织致粟帛多者，复其身。事末利及怠而贫者，举以为收孥。宗室非有军功论，不得为属籍。明尊卑爵秩等级，各以差次名田宅、臣妾、衣服以家次。有功者显荣，无功者虽富无所芬华。

（《史记》，第2230页）

概括起来改革的主要内容包括：改革户籍制度，实行什伍连坐法，明令军法、奖励军功，废除世卿、世禄制度，实行十二等爵制，严惩私斗，奖励耕织，重农抑商，推行小家庭制等。新政对犯法的人处理很严酷，比如对不主动告发犯罪的人处以腰斩之刑，窝藏犯罪的人与投降敌人同等处罚；从事商业和手工业以及因懒惰而贫穷的人，全家罚为官奴。

在商鞅改革的法令制定完毕还没有公布之前，他采取了一个取信于民的办法："乃立三丈之木于国都市南门，募民有能徙置北门者予十金。民怪之，莫敢徙。复曰：'能徙者予五十金。'有一人徙之，辄予五十金，以明不欺。卒下令。"（《史记》，第2231页）商鞅命人在国都集市的南门外竖起一根高有三丈的木头，然后贴出告示称："谁能把这根木头扛到集市北门，就奖励他十两黄金。"大家都觉得不可能，这钱挣得也太容易了吧！没人愿意相信，所以这根木头自然没有被搬走。商鞅见大家不相信，于是又贴出新的告示，把奖励提高："谁愿意把这根木头搬到集市北门，奖他五十两黄金。"一下子升到了原来的五倍，吸引力明显大多了。虽然大多数人还是不相信，但有的人已经心痒难耐了，再说了也没有损失什么，于是就有人跃跃欲试，壮着胆子把那根木头扛到了集市北门，商鞅马上兑现诺言，命人给他五十两黄金。

这个故事叫“商鞅立木建信”。据说，秦时的千金相当于我们今天的一百万元，那么五十金就是五万元，这个钟点工的报酬确实够高的！从这个数额也能看出商鞅取信于民的决心。大家一看商鞅是个说到做到的人，马上对政府改变了看法，就这样，新政令得以颁布并实施。

变法刚实行一年，便遇到了考验，太子竟然犯法了。古人经常强调“刑不上大夫”，如果太子犯法不接受处罚，那么法令就只是对老百姓的约束，那是不公平的，恐怕会激起民怨。商鞅指出，法令之所以推行有困难，就是因为“自上犯之”，有身份有地位的人，犯法不被处理，对他们来说法令只是个概念，没有实际的约束意义。

商鞅提出，必须对太子进行处罚，这是对老百姓的交待。大家会觉得，既然太子都受到了应有的惩罚，自己也就不要以身试法了。但是，问题出来了，“太子，嗣君也，不可施行”，太子是将来的国君，无论是摁着他打一顿还是在他脸上留个记号，都不合适。既然太子犯法，说明他的老师教得有问题，至少没有及时提醒。于是，商鞅决定惩罚他的老师，就这样“刑其傅公子虔，黥其师公孙贾”，“刑”就是打一顿，养些日子伤就好了；“黥”则是在脸上刺字，这可是要带一辈子的。

惩罚了太子的两位老师，臣民都看到了法令的威严，也看到了商鞅的诚信。臣民自此皆恪守法规。法令推行十年之后，老百姓高兴了，因为效果奇好，“道不拾遗，山无盗贼，家给人足。民勇于公战，怯于私斗”，社会安定了，百姓富裕了，老百姓把精力放在了为国作战上，没有谁愿意去打架斗狠；“乡邑大治”，到处都是祥和的气氛。商鞅认为，开始指责法令这不好那不好，现在又处处夸法令完美的人，“此皆乱化之民也”，这些都不是真正的好人，商鞅对他们也不客气，直接“尽迁之于边城”。从此以后，再也没有人敢议论法令了。

其实，一味拒绝别人的批判也不合适，毕竟法令初行，可能会存在不切实际的地方。如果有人能够指出其中的瑕疵，则更有利于法令的进一步完善。应该说，这也是取信于民的措施。据说当年尧舜时，为了广开言路听取大家的意见，还专门让人在交通要道上立根木头，不过这个木头不是让人扛着挣钱的，而是让人写意见的，这就是谤木。这是让全民参与政治建设的好办法，商鞅还真应该学一下。商鞅变法总共有两次，后来又废除贵族的井田制，推行土地私有制，实行郡县制，统一度量衡等。经过商鞅变法，秦国的经济得到了发展，面貌焕然一新，成为战国七雄中最强的国家，为后来一统天下打好了坚实的基础。

荆公先生说“今人未可非商鞅，商鞅能令政必行”，从法令的推行上来说，商鞅确实居功至伟，没得说，所以“今人未可非商鞅”。但是杜甫指出了商鞅的问题，“秦时任商鞅，法令如牛毛”（《全唐诗》，第2312页），商鞅使秦国的法令多如牛毛。需要指出的是，商鞅在变法中忽视了教化的作用，总是强调轻罪重罚，在一定程度上加重了老百姓所受的剥削与压迫，给广大百姓带来了更多的痛苦。

可叹的是，商鞅怎么也不会想到，他能被自己制定的法令逼得走投无路。公元前338年，秦孝公去世，太子驷即位，也就是秦惠王。公子虔等人告发商鞅“欲反”，秦惠王下令逮捕商鞅。公子虔当年被商鞅处罚过，和商鞅有私怨。商鞅知道没有好果子吃，只能逃跑。当他逃到边关时，要住客店，客店主人见他没有带凭证，就告诉他根据商鞅颁布的法令，留宿没有“身份证”的客人是要治罪的。商鞅真的是给自己挖了个坑。不过，我觉得商鞅在感叹个人命运悲哀的同时应该也会高兴的，毕竟法令取信于民了，当年的心血没有白费。

意气兼将身命酬

在历史上，有人为了实践自己的诺言，竟能引颈自尽。这个人叫侯嬴，《史记·魏公子列传》及王维的诗《夷门歌》中都对他的故事进行了文学化描写：

七雄雄雌犹未分，攻城杀将何纷纷。
秦兵益围邯郸急，魏王不救平原君。

公子为嬴停驷马，执辔愈恭意愈下。
亥为屠肆鼓刀人，嬴乃夷门抱关者。
非但慷慨献良谋，意气兼将身命酬。
向风刎颈送公子，七十老翁何所求。

（《全唐诗》，第1256页）

这个故事叫“窃符救赵”，还有一部戏叫“盗虎符”，其中有几个关键的历史人物：魏王、信陵君、侯嬴、朱亥、晋鄙；牵涉的国家有：秦国、魏国、赵国；故事背景：秦国攻打赵国，赵国向魏国求援。

在战乱纷争的时代，国与国之间没有永远的朋友，也没有永远的敌人。魏国欺负过赵国，也帮过赵国。这个故事的男主角是“战国四公子”之一的信陵君，人们又称他无忌公子。周昙有《公子无忌》诗：

按剑临笼震咄呼，鹞甘枭戮伏鸠辜。
能怜钝拙诛豪俊，悯弱摧强真丈夫。

（《全唐诗》，第8351页）

热情歌颂了信陵君抑强扶弱的英雄行为。明朝诗人谢榛也在《大梁怀古》诗中说：“至今豪侠士，犹说信陵君。”《史记·魏公子列传》中有这么一段话：

公子为人仁而下士，士无贤不肖皆谦而礼交之，不敢以其富贵骄士。士以此方数千里争往归之，致食客三千人。当是时，诸侯以公子贤，多客，不敢加兵谋魏十余年。

（《史记》，第2377页）

信陵君为人仁爱宽厚，礼贤下士，所以士人争相去投奔他，以至于手下有三千门客。所以当时他声名远扬，各诸侯国也因为这个原因十多年不敢对魏国打歪主意。大家对英雄都是充满敬仰之情的。

魏安釐王二十年（前256），秦昭王击破了赵国的长平军，又进军包围了赵国的首都邯郸。信陵君的姐姐是赵惠文王弟弟平原君的夫人。赵国多次送信给魏王和信陵君请求援救，魏王派晋鄙将军带领十万兵马援救赵国。但是魏王又怕秦国报复，回过头来收拾自己。其实，当秦昭王得知魏王派兵驰援赵国后，已经派使臣告诫魏王："我拿下赵国只是时间问题，诸侯中如果有谁没眼色敢救赵国的，等我拿下赵国后，一定调兵收拾它。"这让魏王心里直紧张，就派人阻止晋鄙再进军，让他把军队留在邺城扎营驻守，于名义上是救赵，实际上抱观望态度。

平原君赵胜的使臣接连不断向魏国来告急，还责备信陵君不顾及自己姐姐的安危。信陵君也是反复到魏王那里催促，但是由于魏王害怕秦国，始终没有实际行动。信陵君见魏王见死不救，决定亲自带门客去支援姐夫平原君。信陵君请来门下的宾客，凑齐战车一百多辆，打算带着这些人赶到战场上去和秦军决一死战。当他率领随从经过国都大梁东门时，拜访了守门的老人侯嬴。当时大梁东门叫夷门，侯嬴的身份是夷门监。

侯嬴家境贫困，在这里守了一辈子城门，信陵君本想资助他，但侯嬴不接受。后来，信陵君设下酒宴，亲自赶着马车去邀请侯嬴，而且请侯嬴坐在上位。这就是《史记·魏公子列传》中说的“公子从车骑，虚左，自迎夷门侯生。侯生摄敝衣冠，直上载公子上座，不让”（《史记》，第2378页），信陵君留给侯嬴上座，这老先生也不客气，穿得破破烂烂的，就直接坐在那里了。侯嬴不是不懂礼貌，他是要观察信陵君礼贤下士到底是真是假。结果信陵君“遍赞宾客”，侯嬴一个守门人，竟然能够让身份尊贵的信陵君这么尊敬，把他介绍给在座的所有宾客。这让大家很意外，侯嬴为此很感动，和信陵君从此成了朋友。

信陵君经过侯嬴看守的城门，自然少不了要向他辞行了。侯嬴淡淡地说：“希望公子您多加保重！我年老体衰不能随行，请您别见怪！”然后闭口不再说话，信陵君只好离去。信陵君走在路上，想想侯嬴不该如此对待自己，难道他就没有什么话对我讲？想到这里，他让随从在路上等着，自己又折回头来见侯嬴。侯嬴看见信陵君返回，哈哈大笑说：“你带着千余名宾客去与秦军作战，秦军是虎狼之师，强大蛮横，你无疑是以肉投饿虎，结果必然是有去无还啊！”

信陵君向他请教有什么妙计，侯嬴说：“我听说魏王有个宠爱的如姬，如姬当年为了给父亲报仇，整整求人三年，都没能如愿。最后，还是公子你派人帮她报了仇。为此，如姬很感谢你，愿为你效力。现在，晋鄙的兵符就在魏王卧室之内，恐怕只有如姬可以盗出。公子为什么不请如姬帮忙窃符？公子如果能够拿到兵符，就可以从晋鄙手中夺过兵权，挥军救赵。依我看来，只有这样，救赵抗秦才能成功！”

听侯嬴这么一说，信陵君如梦初醒。信陵君求如姬帮忙，果然像侯嬴说的那样，如姬为了感谢信陵君当年帮自己报仇的恩情，答应在所不辞。如姬借着魏王饮酒，一杯一杯地劝酒，魏王喝了个烂醉如泥，如姬顺利盗出了兵符。信陵君又听了侯嬴的计策，带隐居的屠夫朱亥一起去找晋鄙要兵权。

信陵君起程之日，来到夷门感谢侯嬴，侯嬴说：“臣宜从，老不能。请数公子行日，以至晋鄙军之日，北向自刭，以送公子。”侯嬴表示，自己原本应该随军出征，但是年龄大了力不从心，就不给公子添麻烦了。我会查着指头数日子，等你到晋鄙军中的那一天，我就面向北边抹脖子自杀，以答谢公子的知遇之恩。信陵君带着兵符来到了邺城，假传魏王的命令取代晋鄙。他挑选了八万精兵，向士兵们说：“父子都在军中的，父亲回家；兄弟同在军中的，长兄回家；没有兄弟的独生子，回家去奉养双亲。”这也展现了信陵君仁义的一面。信陵君带领这八万人攻击秦军，秦军败退，邯郸得救，赵国得以保全。

再回过头来说侯嬴，他说当信陵君到达晋鄙军营的时候会自杀，是真的吗？《史记·魏公子列传》中说：“公子与侯生决，至军，侯生果北向自刭。”信陵君与侯嬴诀别之后，在到达邺城军营的当天，侯嬴果然面向北方刎颈而死。王维在《夷门歌》中说“向风刎颈送公子，七十老翁何所求”，一求感谢信陵君的知遇之恩，二求信守承诺。周昙写有《侯嬴朱亥》一诗：

屠肆监门一贱微，信陵交结国人非。
当时不是二君计，匹马那能解赵围。

（《全唐诗》，第8351页）

读着诗句，这些历史人物仿佛一下子回到了眼前，特别是夷门监侯嬴慷慨献计与刎颈送别的情节，感人肺腑。

田光伏剑涕沾衣

虽然信陵君不惜得罪国君也要去救自己的姐姐保全赵国，但是赵国后来还是没有逃脱被秦国灭亡的命运。赵国一灭，燕国就紧张了，毕竟两国挨着，唇亡齿寒。特别是秦国把兵驻扎在燕国的边境上，更让燕太子丹害怕得要命。于是燕丹找田光商量对策。

田光是燕国的豪侠，学识渊博，智勇双全，被时人称为“节侠”。由于对当时诸侯争霸、连年战乱的社会现实不满，田光不肯出来为官，一直行侠仗义，广交朋友。他的朋友里有几个牛人，比如大刺客荆轲、燕国太傅鞠武。陈子昂在《燕太子》中说“一闻田光义，匕首赠千金”（《全唐诗》，第897页），可见燕丹对田光很是礼重。

燕丹向田光施礼并问道：“先生，燕国与秦国势不两立，秦国现在又屯兵边境，您有什么办法保护燕国吗？”其实，燕丹向田光咨询计策也并不只是因为秦军压境。燕丹在赵国做人质的时候，与嬴政相识。后来嬴政做了秦王，燕丹又被父亲燕王喜派到秦国去做人质，但是秦王对他很不友好，所以燕丹就从秦国逃回燕国。这就是陈子昂在《燕太子》中所说的“秦王日无道，太子怨亦深”。燕丹和秦国原本就有过节，现在秦国又大军压境，虎视眈眈，燕丹便想与秦国新仇旧怨一起算。

田光听了燕丹的话，回答说：“臣闻骐骥盛壮之时，一日而驰千里；至其衰老，驽马先之。今太子闻光盛壮之时，不知臣精已消亡矣。虽然，光不敢以图国事，所善荆卿可使也。”（《史记》，第2530页）田光首先很客气地说：“我听说宝马良驹盛壮年的时候，一天能奔跑上千里，可是等到它老了，连一般的劣等马也赶不上。太子您光听说我年轻时的壮举了，如今的我已经是年老力衰，精力跟不上了。”这话听得挺让人泄气的。田光紧接着话锋一转说：“虽然我不能冒昧地为您谋划国事，但是我有个好朋友荆卿，他是可以担此大任的。”

太子丹见有生机，于是请求田光介绍自己认识荆轲，田光答应了。燕丹把田光送到门口，反复交代：“丹所报，先生所言者，国之大事也，愿先生勿泄也！”我对您讲的，您对我所说的，都是决定国家生死存亡的秘密，希望您不要泄露给别人。田光笑着答应了。为了国家，田光弯腰驼背地走着去见荆卿，他对荆轲说：“太子丹找我寻求救燕国的方法，可是我这老胳膊老腿的，什么也干不了了，燕丹听说的都是我以前的事情。举国上下都知道咱们两个关系好，我已经把你推荐给燕丹了。”荆轲答应会按照田光说的去宫里拜见太子。田光接着说：

> 吾闻之，长者为行，不使人疑之。今太子告光曰“所言者，国之大事也，愿先生勿泄”，是太子疑光也。夫为行而使人疑之，非节侠也。
>
> （《史记》，第2530页）

我听说，年长成熟的人办事情，不能让别人怀疑他。如今太子竟然告诫我，不要把我们两个交谈的事情告诉别人，这说明太子怀疑我，对我不够信任。我一心一意为他办事，却还不能取得他的信任，我还算什么节侠啊。于是田光想通过自杀来激励荆轲，他对荆轲说：“愿足下急过太子，言光已死，明不言也。”希望你马上去见太子，就说我已经死了，告诉他死人是不会泄露机密的。说完就刎颈自杀了。陈子昂为此写过一首《田光先生》：

自古皆有死，徇义良独稀。
奈何燕太子，尚使田生疑。
伏剑诚已矣，感我涕沾衣。

（《全唐诗》，第892页）

荆轲见到太子丹，告诉他田光已死，并向他转达了田光的话。太子丹哭着跪下去，说：“我所以告诫田先生不要讲，不是因为别的，是想使大事谋划成功。可是他却用死来取信于我，这不是我的初衷啊！”

不管燕丹如何痛哭，田光已无法死而复生。下面的戏份便是荆轲刺秦王了，我们都知道是以失败告终，所以李远在《读田光传》中说：

秦灭燕丹怨正深，古来豪客尽沾襟。
荆卿不了真闲事，辜负田光一片心。

（《全唐诗》，第5935页）

荆轲刺秦王失败了，田光白死了。不过这种说法挺让荆轲扎心的，历史发展大势哪里是荆轲能阻挡得了的！田光和荆轲都是历史发展中的一瞬，甚至可以说是燕丹的牺牲品。田光为我们留下了自刎守信的形象，荆轲也给我们留下了“风萧萧兮易水寒，壮士一去兮不复还”（《史记》，第2534页）的悲壮形象。

说以死守信，我还要再介绍两个历史人物，一个是为了等候心爱姑娘被水淹死的尾生，另一个是为了取信于伍子胥投水而死的浣衣姑娘。为爱守信而死的尾生的故事记载在《庄子·盗跖》中：“尾生与女子期于梁下，女子不来，水至不去，抱梁柱而死。”[①]据说这个尾生还是孔子的老乡，为人正直，乐于助人，特别是和朋友交往的时候很守信用。他曾经喜欢上一个姑娘，两个人一见钟情，经常在桥下约会。

有一次，尾生又赶到约会的地点，可是也不知道什么原因，姑娘姗姗来迟。偏偏遇到天降大雨，河水猛涨。尾生坚守自己与姑娘的约定，死活不肯离开。水慢慢没过了尾生的膝盖，尾生为了不被大水冲走，就双手抱住桥柱子。很快，水淹到了尾生的头顶，尾生被活活淹死在水里。我们今天再看这个故事，会觉得不可思议，这不就是死心眼吗？但是这在当时的环境中就是一种信念，更是一种品质。“尾生抱柱”或“抱柱信”也成了中国文学史上一个惊心动魄的爱情悲剧。《玉台新咏·古诗八首》称：

穆穆清风至，吹我罗裳裾。

① 郭庆藩：《庄子集释》，中华书局，1961年7月版，第998页。

青袍似春草，长条随风舒。
朝登津梁上，褰裳望所思。
安得抱柱信，皎日以为期。①

诗中的女主人公在风和日丽的春天，穿着漂亮的衣服，痴情地怀念着远行在外的心上人。当她来到桥上的时候，也渴望自己的心上人能像尾生一样对自己贞信不渝。李白在《长干行》中也说："常存抱柱信，岂上望夫台。"（《全唐诗》，第1695页）诗中刻画了一个对爱情充满向往和忠贞的女性。当然，尾生抱柱并没有被纯粹定格在爱情上，比如《史记·苏秦列传》中以"孝如曾参，廉如伯夷，信如尾生"（《史记》，第2264页）来赞誉苏秦，嵇康《琴赋》中有"比干以之忠，尾生以之信"②，显然也与爱情无关，是形容一个人的品质的。

为伍子胥投水而死的浣衣姑娘的故事见于《吴越春秋》，《太平御览》卷五十九引录：

伍子胥奔吴，至溧阳。溧阳女子击缥濑水之上，子胥过，跪而乞食。女子箪食壶浆而食之。子胥食而去，谓女子曰："掩子壶浆，勿令其露。"女子曰："行矣。"子胥行五步，还顾女子，已自投濑中。后，子胥伐楚，师

① 吴兆宜：《玉台新咏笺注》，中华书局，1985年6月版，第5页。
② 李善等：《六臣注文选》，浙江古籍出版社，1999年3月版，第320页。

还，过溧阳濑上。欲报以百金，不知其家，乃投金濑水而去。后有妪行哭而来，曰："吾女年三十，不嫁，击漂于此，遇穷人饭之，恐事泄，投水而死。"乃取金归。

（《太平御鉴》，第283页）

伍子胥的父亲是楚国太子的老师伍奢，因为太子被诬告而受到牵连。奸臣甚至建议国君杀掉伍奢的两个儿子伍尚和伍子胥。楚王派人去找伍尚和伍子胥，并告诉他们："你们两个去了，就能保住你们父亲的性命，否则马上就杀掉他。"伍尚为人仁厚，马上就要随着使者走。可是伍子胥认为："楚王肯定是以这个为借口，想杀掉我们父子三人。与其坐以待毙，不如投奔别的国家，借他国的力量来为父亲报仇雪恨。"于是，伍子胥逃离楚国，他决定到吴国去借兵为父亲和兄长报仇。

当他逃到溧阳时，经过濑水的时候饥饿难耐。这时他发现一个女子正在水边洗衣服，伍子胥就过去向她讨吃的。女子虽然不认识他，但是看伍子胥风尘仆仆的样子，不像个坏人，于是就拿出食物给伍子胥。伍子胥狼吞虎咽吃饱之后，唯恐后边追兵赶来，决定抓紧时间赶路。临走之前，伍子胥告诉这个女子："麻烦您把您的食物藏起来，后边有追兵在追我，千万不要告诉他们我从这里经过了。"女子回答说："你只管赶路吧。"伍子胥走了五步，还是不放心，可是等他回头一看，女子已经跳入水中自杀了。女子并不认识伍子胥是谁，但就是为了取信于他，竟然跳水自尽。

后来伍子胥辗转到了吴国，通过公子光的关系求见吴王。公子光野心勃勃，一直想杀掉吴王自立，于是伍子胥投其所好，将专诸推荐给公子光。后来，公子光刺杀吴王僚成功，就自立为王，这就是吴王阖闾。伍子胥成了阖闾眼前的红人，经常与他商议国家大事。阖闾当上国君第三年，就兴兵攻打楚国，后来吴楚之间不断有战争发生，最终楚国的郢都被吴国攻破。楚昭王逃跑，伍子胥就掘开楚平王的坟墓，挖出尸体，抽打了三百鞭才算解恨。

班师的路上，伍子胥又经过濑水，想起了当年那个为自己投水而死的女子，很感激。如果没有那位女子的舍生保密，说不定自己早就被抓了，又怎么会有今天替父兄报仇的事呢？伍子胥是个知恩图报的人，他决定酬谢这个女子的家人，但是女子的家人在哪呢？不知道。伍子胥只好把打算用来报恩的百金扔进了濑水里以示心意。

良会若同鸡黍约

“范张鸡黍”的故事想必很多朋友都听过，与其说它是重视友情的经典，不如说是信守承诺的典范。唐彦谦的《道中逢故人》便写到了这个故事：

兰陵市上忽相逢，叙别殷勤兴倍浓。
良会若同鸡黍约，暂时不放酒杯空。
愁牵白发三千丈，路入青山几万重。
行色一鞭催去马，画桥嘶断落花风。

（《全唐诗》，第7675页）

“良会若同鸡黍约”便是对范张鸡黍的诗化表现。这个故事还见于《后汉书·独行列传》：

范式字巨卿，山阳金乡人也，一名氾。少游太学，为诸生，与汝南张劭为友。劭字元伯。二人并告归乡里。式谓元伯曰：“后二年当还，将过拜尊亲，见孺子焉。”乃共克期日。后期方至，元伯具以白母，请设馔以候之。母曰：“二年之别，千里结言，尔何相信之审邪？”对曰：“巨卿信士，必不乖违。”母曰：“若然，当为尔酝酒。”至其日，巨卿果到，升堂拜饮，尽欢而别。

（《后汉书》，第2676–2677页）

后汉范式与张劭是好朋友，范式字巨卿，张劭字元伯，两个人都在京师太学读书。范式是山阳（今属山东济宁）人，张劭是汝南（今河南汝南）人。两个人一起返回乡里，临分手的时候，范式对张劭说："两年后我就回来了，到时候我去看望你。"而且定好了相见的具体日期。

离约定日期越来越近了，张劭把范式要来拜访的消息告诉了母亲，然后请母亲帮着张罗酒菜好招待范式。母亲说："你们两个两年前的一个约定，山阳离我们这里又那么远，你怎么能信以为真呢？"母亲觉得，范式可能就是客套一下，谁会跑上千里路吃一顿饭？

可是张劭说："我这个朋友一诺千金，说到一定会做到，他不会违约的。"母亲看儿子如此言之凿凿，就说："既然这样，我就得给你们酿酒了。"到了约定的日子，范式果然如约而至。范式拜见张劭的母亲，看了张劭的孩子，然后围着饭桌开怀畅饮，尽欢而别。这件事在当时传为佳话，一是因为两个人的友情，二是因为范式的守信。

范式和张劭的关系确实让人感动，后来张劭得了重病，卧床不起，郅君章、殷子征尽心尽力照料。张劭临终时长叹说："不能看到我至死不相负的朋友，真是万分遗憾啊！"殷子征问："我们两个精心照顾你，还不算至死不相负的朋友吗？"张劭说："你们是我活着时的好朋友，范巨卿才是我至死不相负的朋友。"说完不久就死了。

一天夜里，范式突然梦见张劭，张劭告诉他自己已经死了，要在某天某时下葬，希望能再见最后一面。范式惊醒，大哭一场，然后请假过去送葬。到了下葬那天，灵柩无论如何下不到墓穴里。张劭的母亲摸着棺材问：“儿子，难道你还有什么心事未了吗？”于是就停下灵柩等了一段时间，不一会儿范式哭着赶到了灵前。范式叩拜灵柩说：“元伯，你可以走了。生死异路，从此永别了。”参加葬礼的一千多人全都感动不已。范式拉着引棺的绳索牵引灵柩，灵柩这才缓缓向前。范式和张劭的故事真可以用感天动地来形容了。

刘义庆的《世说新语·方正第五》中有一个故事，失约的人被狠狠地打脸了：

> 陈太丘与友期行，期日中，过中不至，太丘舍去，去后乃至。元方时年七岁，门外戏。客问元方：“尊君在不？”答曰：“待君久不至，已去。”友人便怒，曰：“非人哉！与人期行，相委而去。”元方曰：“君与家君期日中。日中不至，则是无信；对子骂父，则是无礼。”友人惭，下车引之，元方入门不顾。[1]

陈太丘和朋友相约一起出行，约定的时间是中午，可是过了中午朋友还迟迟未到，于是陈太丘便不再等候，自己先出发了，这个朋友在陈太丘离开后才到。当时陈太丘的儿子陈元方刚刚七岁，在门外玩耍。陈太丘的朋友问元方：“你的父亲在吗？”陈元方回答说：“我父亲等了您很久，您一直没有到，已经出发了。”

---

① 杨勇：《世说新语校笺》，中华书局，2006年6月版，第259页。

朋友很生气地说："这真不是人干的事啊！和别人约好了一起走，却丢下别人自己先离开了。"别看元方小，但思路很清晰，直接对朋友说："您与我父亲约好的时间是正午，到了正午您还没有到，这明明是您没有诚信；对着我骂我父亲，这就是您没有礼貌。"朋友听了孩子的话，感到很惭愧，下车想去拉元方的手，没想到元方头也不回，往家里走去。朋友顿时羞愧不已。

鱼玄机也曾经遇到过《期友人阻雨不至》的情况，她又是什么心情呢？"雁鱼空有信，鸡黍恨无期"（《全唐诗》，第9052页），这两句诗透露出鱼玄机是有情绪的。

大军事家吴起也是一个守信的典范，明代宋濂曾经写过一篇文章《吴起守信》。这篇文章的大致意思是说，吴起遇到了老朋友，让他留下来一起吃饭。朋友说："可以，等我回来就吃饭。"吴起表示会等他一起进餐。可是，朋友到傍晚还没有来，吴起就一直等到第二天早上，朋友来了才一起吃饭。虽然故事中的吴起有点迂，但正是因为吴起是个守信之人，才令军队信服。

还有一个有关诚信的有趣故事发生在齐鲁两国之间。齐国攻打鲁国，目的是要索取鲁国的镇国之宝岑鼎。既然是镇国之宝，鲁国自然就不愿意轻易送人，于是鲁国国君悄悄地换了另外一个鼎献给齐国，并请求齐国订立合约。齐国国君留了个心眼，他不相信鲁国会把真的岑鼎送来，于是说："如果柳季说这个鼎是真品，那我就接受它。"鲁国国君只得去请求柳季。柳季说："您把岑鼎当作是国家的重器，而我把信用看成立身处世的根本。眼下您想破坏我的根本来保全您的国家，这对我来说恐怕很难办到。”鲁国国君最后无奈地将岑鼎献给了齐国国君。但如果一个国家侵略另一个国家，被侵略国家的国民就不能为了自己的信誉而损失国家的利益了，这不符合民族大义。

卢照邻说“若有人兮天一方，忠为衣兮信为裳”（《全唐诗》，第512页），这是对爱人的诚信；李白说“海岳尚可倾，吐诺终不移”（《全唐诗》，第1814页），这是对朋友的诚信。孔子说：“人而无信，不知其可也。”一个人一旦失去了诚信，便会成为他人唾弃的对象。总之，诚信已不仅仅是个人品质，它早已沉淀为整个中华民族的美德。

尽说君王江海量

——宽容精神

几年前曾读过这样一首诗：

暗中牵袂醉中情，玉手如风已绝缨。
尽说君王江海量，畜鱼水忌十分清。

其中讲到一个著名的历史故事“夜宴绝缨”，后来被改编成了粤剧《摘缨会》。它告诉人们，只有宽容的人，懂得体谅他人的人，才能赢得他人的真心和帮助。

“宽”和“容”在古代应该是两个概念，现代汉语中将它们合在一起。《尚书·皋陶谟》中有皋陶与大禹的一段对话，当说到人有九德时，皋陶回答说第一德便是“宽而栗”[①]，“宽”是宽宏大量的意思。《诗经·卫风·淇奥》中有“宽兮绰兮”

① 李民等：《尚书译注》，上海古籍出版社，2004年7月版，第37页。

（《诗经译注》，第85页），“宽”为度量宽宏。《说苑·君道》中说：“大道容众，大德容下。”[①]容是包容，体现了一个人的心胸和魅力。网上有一首诗，题目就是《宽容》，其中有几句极具感染力：“天空宽容，才有百鸟飞翔；土地宽容，才有万物生长；高山宽容，才有珍宝蕴藏；大海宽容，才有烟波苍茫。宽容是一种胸怀，宽容是一种涵养，宽容是一朵美丽的花，春夏秋冬四季开放！”我们下文就从诗、史切入，来讲一下宽容的那些事儿。既然开头引出了楚庄王“夜宴绝缨”的故事，不妨就从这里说起吧。

君王赦过不之罪

“夜宴绝缨”这个故事在刘向《说苑·复恩》中有收录：

> 楚庄王赐群臣酒，日暮酒酣，灯烛灭，乃有人引美人之衣者，美人援绝其冠缨，告王曰：“今者烛灭，有引妾衣者，妾援得其冠缨，持之，趣火来上，视绝缨者。”王曰：“赐人酒，使醉失礼，奈何欲显妇人之节而辱士乎？”乃命左右曰：“今日与寡人饮，不绝冠缨者，不

① 向宗鲁：《说苑校正》，中华书局，1987年7月版，第2页。

欢。”群臣百有余人，皆绝去其冠缨，而上火，卒尽欢而罢。居二年，晋与楚战，有一臣常在前，五合五获首，却敌，卒得胜之。庄王怪而问曰：“寡人德薄，又未尝异子，子何故出死不疑如是？”对曰：“臣当死，往者醉失礼，王隐忍不暴而诛也。臣终不敢以荫蔽之德，而不显报王也。常愿肝脑涂地，用颈血溅敌，久矣。臣乃夜绝缨者也。”遂斥晋军，楚得以强。此有阴德者必有阳报也。

（《说苑校正》，第125−127页）

楚庄王与大臣们一起喝酒，晚上大家推杯换盏喝得很高兴。正在兴头上呢，风把灯烛刮灭了，殿内顿时暗了下来。就在这时，不知道是谁趁机拉了一下庄王美人的衣服。这个美人也留了个心眼，顺手就把这个将军头上的盔缨给拽断了，然后跑到楚庄王跟前，趴在楚庄王耳朵上轻声说：“大王，刚才灯灭的时候，有人拽我衣服，我把他头上的盔缨拽断了，就在手里拿着呢，您赶紧让人点灯，看看是谁轻薄我呢！”

这个美人之所以不高声说，是为了楚庄王的面子和自己的名节。楚庄王一听，为难了，如果不点灯等于没有给美人面子，甚至不把别人欺负美人当回事儿。可是如果点灯了呢？也很麻烦，必然知道谁头上盔缨没有了。怎么处理？

楚庄王思前想后，还是觉得不能马上点灯，于是悄悄对美人说：“这场酒宴是我张罗的，有人喝醉拉扯你的衣服，这个我也有责任。”楚庄王认为王国的发展还要靠这些大臣，不能为了美人的名节，而去杀掉或者羞辱一个大臣。

想到这里，楚庄王站起身来对大家说：“各位，今天很高兴，大家一定要喝尽兴，来各位，我们都把盔缨拽断如何？”当时一起喝酒的有一百多人，大家一听国王这样说，也不知道玩的什么套路，怎么喝个酒还拽盔缨啊？看来国王玩嗨了。“君让臣死臣不得不死”，更何况只是拽个盔缨，无所谓了。于是大家就把帽子摘下来，纷纷把盔缨折断扔到了地上。楚庄王听听没有什么动静了，这才命人点灯。美人拿着盔缨傻了，因为大家头上的盔缨都没有了，找谁去啊？楚庄王就用这个办法保护了那位犯了错的臣子。

过了两年，楚国和晋国打起来了。楚庄王发现，有一个人总是冲在前面，五次冲锋他都是身先士卒，表现得很英勇。晋军最终败退而去，楚国获胜。楚庄王把这位勇敢的大臣找了过来，想问个究竟，他为何如此卖命？楚庄王说：“我不记得对你有什么恩惠，你为什么在战斗中这么勇敢呢？”这个大臣回答说：“您曾经宴请我们喝酒，我因为醉酒办了一件失礼的事，您没有惩罚我。那时我就想，如果有机会，我一定用满腔热血，为您冲锋杀敌，以报您不罚之恩。”

楚庄王这才明白，原来他就是当年自己保护的那位大臣，他是在报恩和弥补愧疚呢。看来吃小亏占大便宜啊，一时的宽容拯救了一位肯为国卖命的良将。

因为这个故事很经典，而且富有趣味性和启示性，所以李颀写了一首《绝缨歌》，下面的这个版本经过李颀改编的：

楚王宴客章华台，章华美人善歌舞。
玉颜艳艳空相向，满堂目成不得语。
红烛灭，芳酒阑。
罗衣半醉春夜寒，绝缨解带一为欢。
君王赦过不之罪，暗中珠翠鸣珊珊。
宁爱贤，不爱色。
青娥买死谁能识，果却一军全社稷。

（《全唐诗》，第1356页）

在李颀的诗作中，故事更具戏剧性。地点明确了，楚王在章华台上大宴群臣。章华台是楚灵王时修建的，据说当年为了修建章华台，举全国之力，用了好几年才完工。章华台被誉为当时的“天下第一台”，可见有多么宏伟豪华。在这里招待大臣们是用来表示对大臣的爱重，同时也烘托了宴会的规格和气氛。

关于楚灵王有个典故叫“楚王好细腰”，楚灵王特别喜欢细腰女子在宫内轻歌曼舞，所以不少宫女为了得到楚灵王的关注而忍饥挨饿。也是因为这个原因，章华台有个别名叫“细腰宫”。能在章华台工作的女孩子肯定是要形有形，要才有才。所以接下来诗人说“章华美人善歌舞”，为大臣们侍宴的美人们能歌善舞。在歌舞表演的时候，这些平时被豢养在笼子里的“金丝鸟”表现得很活跃，因为除了国君偶尔过来欣赏她们以外，更多的时间是空闺寂寞，就像白居易在《上阳白发人》中写的上阳宫女，“宿空房，秋夜长，夜长无寐天不明”[1]。当她们看到那么多大臣时，不自觉地就会表现得格外热情，“满堂目成不得语”。她们与大臣们眉目传情，虽然“不得语”，但是那一个眼神，已经不言自明了。“目成”出自屈原的《楚辞·九歌·少司命》“满堂兮美人，忽独与余兮目成”（《楚辞补注》，第72页），意思是满屋子的美人就看上我一个人。

李颀写得很大胆，让诗中的主人公不仅有了心灵的交流，还让他们有了进一步的发展。夜深灯灭，酒也喝高了，两个人竟然偷偷摸摸地做起了苟且之事。“绝缨解带一为欢”，如果只有“绝缨”我们会想到刘向《说苑》中的故事，这里的美人受欺负了，所以她拽断了欺负她的人的盔缨。可是这里多了个“解带”，再有“一为欢”衬托着，两个人的主动性可就暴露无遗了。姑娘没有被欺负，而是对自然人性的追求！

不管怎样空闺寂寞，章华美人与大臣这样做都是有失体统的，说得严重点那就是作死！但是楚庄王没有处罚他们，“君王赦过不之罪”。为什么楚庄王情愿戴绿帽子呢？原来是他“宁爱贤，不爱色”。他这个做法虽然有点丢面子，但是如果因为这件事把与美人偷情的大臣杀了，又如何会有“果却一军全社稷”

① 谢思炜：《白居易诗集校注》，中华书局，2006年7月版，第298页。

呢？我感觉这里故意把楚庄王拔高了。但是转念一想，楚庄王是“春秋五霸”之一，之所以能够成就那么大的功业，必然有他的过人之处。遇到这种情况，宽宏大量饶了犯错的大臣也不是没有可能，毕竟那个时候的女人就是男人的附属品。历史上确实发生过类似的事件，下面要讲的故事发生在宋仁宗与宋祁之间。

据说，宋祁有一天去参加宴会后回家，经过繁台的时候，迎面遇上了皇家的车队。为了表示尊重和礼节，宋祁退到了一边避让。就在车队经过时，宋祁突然听见车里面有人轻轻叫了一声“小宋”。为什么宋祁叫小宋呢？因为天圣二年（1024），宋祁和哥哥宋庠同时考上了进士，而且还考了个第一名。可是章献太后认为，弟弟不应该在哥哥前边，于是哥哥宋庠变成了第一，宋祁只得了个第十。时人称兄弟二人为“大小宋”，京城的年轻女子们把这哥俩视作偶像。

宋祁下意识地顺着声音抬头朝车里看去，正好看见一个妙龄宫女对他莞尔一笑。这一笑让宋祁失了魂，等车队走远了也没回过神来，心旌摇荡。回到家中，宋祁还是无法忘记妙龄宫女的笑容，有感而发，写了一首《鹧鸪天》：

画毂雕鞍狭路逢，一声肠断绣帘中。身无彩凤双飞翼，心有灵犀一点通。金作屋，玉为笼，车如流水马如龙。刘郎已恨蓬山远，更隔蓬山几万重。

（《全宋词》，第148页）

这首词缠绵悱恻，描写了这一段如梦的经历，同时也表达了对那位宫女的思念以及无法相见的怅然之情。这首词是有感而发，所以最能打动人。词的前一部分主要讲了一个浪漫的邂逅，因为车中女子的一声轻唤，爱情不期而至，让词人对这位姑娘一见钟情。接下来，词人用李商隐《无题》中的名句“身无彩凤双飞翼，心有灵犀一点通”（《全唐诗》，第6163页）来表现自己与佳人的心意相通、两情相悦，不仅词句本身有文采，而且感情得到了升华。这一部分让人物形象跃然纸上，鲜明生动，使人读来如临其境，真有点看电影的感觉。

词的第二部分主要写词人的单相思，求而不得，让人发愁。为什么呢？因为这个佳人住的地方是“金作屋，玉为笼”，这句话是化用了韩偓《无题》中的“绣屏金作屋，丝幰玉为笼”（《全唐诗》，第7844页），同时还有汉代“金屋藏娇”的影子，总之就是提醒自己，这个姑娘可不是一般人，人家是皇宫里的人。再者来说两个人就是在“车如流水马如龙”的街上偶遇，很快就又消失在茫茫人海中，所以要想亲近，几乎是不可能的。宋祁为了突出这个不可能，又把李商隐给搬出来了，“刘郎已恨蓬山远，更隔蓬山几万重”，李商隐原来是“更隔蓬山一万重”，宋祁这一改，让人觉得愁绪和苦闷更加突出。

这里还用了刘晨、阮肇入天台的故事。这个故事出自《幽明录》，说汉明帝时剡县的刘晨、阮肇一起到天台山采药，结果迷路了。后来巧遇两个姑娘，又是管饭又是留宿，两个人住了很久才想起来回家。可是回到家中才发现发生了翻天覆地的变化，家里已经过了七代，无人认识他们了。等两个人再想返回天台山找那两个姑娘时，又找不到原来的路径了。宋祁的意思是，想也是白想，还真有点《大话西游》的味道了。

这首词写好之后，就在京师传唱开来。后来，居然传到了宋仁宗的耳朵里。宋仁宗倒没有问罪的心思，就问："谁叫的小宋？"当初那个叫了宋祁的宫女，不敢隐瞒，承认了。宋仁宗问那个宫女："你为什么会叫宋祁呀？"宫女回答说："当时我们去侍宴，在车子里偶然看到他，就叫了一声，没有别的意思。"

宋仁宗并没有责怪宫女，而是派人把宋祁找来了，先和宋祁东一句西一句漫无目的地聊，聊着聊着，话锋一转问："宋卿家，听说你最近又写了一首好词，而且还是为朕的一位宫女写的，京城都传遍了，看来你是真的喜欢这位宫女啊。"宋祁一听吓得赶紧磕头认罪，你一个臣子敢惦记皇帝的女人，这还了得！宋祁浑身哆嗦，心想看来要为这次的风流债付出代价了。结果没想到，宋仁宗笑着说："宋卿家不要紧张，蓬山不远。"于是下令将那个宫女赐给了他。这就是卓珂月说的"天子闻而赐焉，事甚佳"[①]。因为一首词而抱得美人归，真是让人羡慕嫉妒恨！这里更让人感动的是，宋仁宗用他的宽厚仁慈包容了宋祁的潇洒风流。

---

① 吴熊和：《唐宋词汇评》，浙江教育出版社，2004年12月版，第181页。

关于“夜宴绝缨”，有人认为这个故事是瞎编的，因为那个时候还没有蜡烛。从文献记载来看，汉朝时南越国进贡的礼物里有蜡烛，这就说明至少在汉代蜡烛还是很珍稀的东西。楚庄王时代照明用的是庭燎，就是在一根树枝或者木棒上浸上油脂，这种东西具有极强的抗风能力。那么大的宴请活动不可能只点一根，应该是两排，只有这样才能显得壮观。而且一下子全灭了，恐怕也是不可能的。退一万步讲，就是真灭了也不用国君亲自命令点燃吧？所以说，从时代背景来说，明显是不切合实际的。

君恕臣忠成大业

我们不去过分追究楚庄王“夜宴绝缨”的真假，只需要体会其中所蕴含的宽容精神就足够了。因为楚庄王有这样的胸怀，能宽恕并包容曾经犯错的臣子，所以才会让臣子们有“常愿肝脑涂地，用颈血溅敌”的决心。作为国君应该有大肚能容的心胸，只有这样才能赢得臣民的爱戴拥护，齐桓公和李世民便有这样的心胸。我们来看一首关于齐桓公的诗，周昙写的《齐桓公》：

三往何劳万乘君，五来方见一微臣。
微臣傲爵能轻主，霸主如何敢傲人。

（《全唐诗》，第8384页）

这首诗讲了齐桓公礼贤下士去见一个叫稷的小吏。据《吕氏春秋·慎大览·权勋》记载，齐桓公去拜访稷，一天去了三次都没有见到，随从看不下去了，说："您作为一个大国的国君，主动见一个布衣之士，竟然一天三次见不到，已经仁至义尽，可以不再搭理他了。"齐桓公说："不然。士骜禄爵者，固轻其主。其主骜霸王者，亦轻其士。纵夫子骜禄爵，吾庸敢骜霸王乎？"[1]齐桓公的意思是，有才能的人傲视爵禄，当然也会轻视他们的君主；君主如果不把霸业当回事，自然也会轻视那些有才能的人。即便是稷看不起爵禄，我又怎能拿霸主大业开玩笑呢?就这样齐桓公坚持去拜访稷，终于在第五次的时候见到了稷。这件事被广为传颂，一是因为齐桓公能礼贤下士，二是因为齐桓公的心胸格局。如果齐桓公采取强硬手段把稷绑过来，又怎能让有本事的人心甘情愿跟着他打天下呢?

齐桓公手下有一个叫管仲的人，在他的辅佐下，齐桓公成为春秋五霸之一。《史记·齐太公世家》中讲，管仲最初是公子纠的老师，而公子小白（也就是后来的齐桓公）的老师是鲍叔牙。齐桓公元年（前685）的春天，齐国国君在雍林被人杀害，这就需要重新确立国君。当时的候选人有两位，一位是公子纠，另一位是公子小白，于是这两位本在国外避难的公子便着急忙慌地赶回国内准备继位。

---

① 吕不韦：《吕氏春秋》，上海书店，1986年7月版，第166页。

管仲智勇双全，为了帮助公子纠得到王位，带兵堵截公子小白，而且一箭射中了公子小白的腰部。公子小白的腰部有一个带钩，正好挡住了这支箭。公子小白很聪明，立马倒在车上假装死去，目的是迷惑管仲。管仲果然上当了，一看公子小白倒下，真以为他死了，于是马上派人报告公子纠。公子纠听到这个消息自然很高兴，回国的脚步就放慢了，因为他觉得公子小白一死，自己就是齐国国君的唯一继承人了。而这个时候的公子小白正日夜兼程往齐国赶，把公子纠远远甩在了后面。

公子小白即位之后，成为齐桓公。齐桓公马上派兵威胁鲁国，因为鲁国是公子纠的后台。齐桓公写了一封信给鲁国，说："我和公子纠是弟兄，不忍心杀害他，请你们替我杀了吧。但是管仲是我的仇人，你们得交给我，要不然，我就对鲁国不客气了。"鲁国挺担心齐国兴兵发难的，于是杀了公子纠，把管仲给关押了起来。齐桓公发兵攻打鲁国，目的只有一个，就是要干掉管仲，以报一箭之仇。看来这一箭让齐桓公恨透管仲了。鲍叔牙劝齐桓公说：

> 臣幸得从君，君竟以立。君之尊，臣无以增君。君将治齐，即高傒与叔牙足也。君且欲霸王，非管夷吾不可。夷吾所居国国重，不可失也。
>
> （《史记》，第1486页）

鲍叔牙告诉齐桓公：如果只是治理齐国，有自己和高傒辅佐就足够了，但是如果想称霸诸侯，必须要管仲加入我们的战队。因为鲍叔牙知道管仲的才能，只有他在，齐国才能有长远发展。虽然管仲射了你一箭，但那个时候是各为其主，毕竟他是公子纠的老师，他替公子纠考虑是对的。鲍叔牙劝齐桓公宽宏大量不计前嫌饶了管仲，并把他吸纳过来，只有这样齐国才可能将来称王称霸。

齐桓公知道鲍叔牙不会骗自己，于是就听了鲍叔牙的话，让鲍叔牙去请管仲。鲍叔牙见到管仲说明情况，齐桓公不仅不杀他，还要重用他。管仲很信任鲍叔牙，于是跟着他去见齐桓公。为什么管仲那么相信鲍叔牙呢？因为俩人年轻的时候就是好朋友。那个时候管仲家里一贫如洗，还有高龄老娘需要养活。鲍叔牙主动找到管仲一起做生意，而且还拿了本钱。按说谁拿本钱谁分到的红利多吧，可是鲍叔牙每次都会多给管仲一些。后来两个人一起从军打仗，每次冲锋陷阵管仲都表现得不够积极，大家都以为管仲胆小怕死，只有鲍叔牙知道管仲是担心自己战死就没有人照顾老娘了。因此管仲说："知我者鲍叔牙也。"

既然有这种交情，管仲自然信得过鲍叔牙了。所以鲍叔牙一说，管仲便跟着他去见了齐桓公。果然齐桓公不再提那一箭之事，隆重接待管仲，还给他安排了很重要的职位。管仲的才能马上施展了出来，通过改革使齐国国富兵强，到了齐桓公七年（前679），"诸侯会桓公于甄，而桓公于是始霸焉"（《史记》，第

1487页），齐桓公从此成为春秋第一个霸主。这就是齐桓公宽宏大度、不计前嫌、知人善用的结果。

李世民和魏徵的关系也属于这种情形。魏徵曾经做过李建成的太子洗马，是李世民的死对头。特别是魏徵发现李世民“数平剧寇，功冠天下，英豪归之”时，“每劝建成早为之所”（《旧唐书》，第2546页），偷偷劝李建成要早做防备，甚至建议李建成随李世民一起出征，这样好分他的军功，为将来登帝位铺好路子。可以这么说，当年李建成对付李世民时，魏徵没少出主意。所以玄武门之变，魏徵被李世民活捉后，李世民很生气地问他：“汝离间我兄弟，何也？”为什么要挑拨我们弟兄之间的关系？换成一般人早就磕头求饶了，可是魏徵傲然站立回答说：“皇太子若从征言，必无今日之祸。”如果皇太子能够把我的建议当回事，恐怕就不会有玄武门之变发生了。可是李世民没有生气，因为“素器之”，还让魏徵做了詹事主簿，登基之后又提拔魏徵做了谏议大夫，还封他为巨鹿县男。

魏徵跟了李世民之后，由于“性又抗直，无所屈挠”，没少惹李世民生气。比如在公主出嫁这件事上，李世民说要给公主的陪嫁是长公主的两倍，这就是“敕有司资送倍于永嘉长公主”（《旧唐书》，第2549页），大臣们都觉得很合理，没有表示反对的。唯独魏徵引经据典说不可以，公主的陪嫁只能是长公主的一半，否则就“礼相踰越”了。搞得李世民在大臣们面前很没有面子。再比如魏徵指出李世民在接受建议方面的前后变化：“贞观之初，恐人不言，导之使谏。三年已后，见人谏争，悦而从之。一二年来，不悦人谏，虽黾勉听受，而终有难色。”[①]魏徵说，您刚登基的时候，鼓励大家给您提意见，三年之后不鼓励了，但有人进谏还能欣然接受，再后来勉强接受，脸上明显不悦！

李世民是皇帝，是最需要脸面的人，可是魏徵犟劲一上来，就是不把李世民的面子当回事，什么难听说什么。其实不是魏徵不顾及李世民的面子，魏徵考虑得更长远，考虑的是李世民的里子，只要成了明君，面子就全有了。可是当局者迷，李世民有时会陷入其中，所以很生气地说“会须杀此田舍翁”[②]，下决心要杀掉魏徵。亏得长孙皇后向他晓明利害：“只有皇帝英明，大臣才敢说直话说实话，现在魏徵直言敢谏，不正好反过来证明陛下您很英明吗？如果您容不下他，早杀他多少回了！”

所以，魏徵能够寿终正寝还真的是因为李世民胸怀大，可以杀魏徵的理由，恐怕不止一百个。魏徵去世的时候，李世民很伤心，不禁感叹“今魏徵徂逝，朕亡一镜矣”（《旧唐书》，第2561页），把他的画像悬挂在凌烟阁，还为他写有《送魏徵灵座》诗：

劲筱逢霜摧美质，台星失位夭良臣。

① 谢保成：《贞观政要集校》，中华书局，2003年11月版，第142页。

② 司马光：《资治通鉴》，中华书局，1956年6月版，第6096页。

唯当淹泣云台上，空对余形无复人。[1]

李世民在诗中对魏徵赞誉有加。

魏徵临死前向李世民提出了一个重要建议：“天下之事，有善有恶，任善人则国安，用恶人则国乱。公卿之内，情有爱憎，憎者唯见其恶，爱者唯见其善。爱憎之间，所宜详慎，若爱而知其恶，憎而知其善，去邪勿疑，任贤勿贰，可以兴矣。”（《旧唐书》，第2561页）这是李世民在魏徵死后从他的废旧信函中发现的。魏徵告诉李世民，每个人都有长处有短处，不能因为个人爱好只见其长处或短处，而应该客观认识，避其所短用其所长，只有这样才能实现国家振兴。

在这方面做得好的，恐怕要数汉高祖刘邦了。刘邦手下有一个叫陈平的谋士，原本是跟着楚霸王项羽的，后来投靠了刘邦。刘邦对陈平很器重，不仅和他出入同乘一辆车，而且给他安排了很重要的职位。没过多久，绛侯周勃、灌婴等人就在刘邦那里打陈平的小报告：

平虽美丈夫，如冠玉耳，其中未必有也。臣闻平居家时，盗其嫂；事魏不容，亡归楚；归楚不中，又亡归汉。今日大王尊官之，令护军。臣闻平受诸将金，金多者得善

① 陈贻焮：《增订注释全唐诗》，文化艺术出版社，2001年5月版，第19页。

处，金少者得恶处。平，反覆乱臣也，愿王察之。

（《史记》，第2054页）

周勃、灌婴等人认为，别看陈平长得很帅，但一身毛病。一是与嫂子有奸情，二是没有忠心反复无常，三是贪财受贿，希望刘邦能把陈平给撵走甚至杀掉。开始的时候，刘邦真的挺生气的，把魏无知叫过来训了一顿。可是当他听魏无知说，之所以推荐陈平是因为其才能，有利于国家建立才是根本时，气儿便消了一半。

刘邦又叫来了陈平本人，问他为什么反复易主，为什么收受贿赂。陈平解释说："臣事魏王，魏王不能用臣说，故去事项王。项王不能信人，其所任爱，非诸项即妻之昆弟，虽有奇士不能用，平乃去楚。闻汉王之能用人，故归大王。臣裸身来，不受金无以为资。诚臣计画有可采者，大王用之；使无可用者，金具在，请封输官，得请骸骨。"我跟着魏王的时候，魏王不听我的建议，我因此又投奔了项羽；可是项羽只信任他身边那几个人，于是我又离开了他。听说汉王您能够信用人，所以我到您这里来了。刚到这里，我分文没有，我也得生活，这才接受了别人的馈赠。您如果觉得我的计策有用，您留着我，我留着钱，您如果觉得我的话没有价值，您留着钱，我走人。刘邦听后赶紧道歉，不仅没有处理陈平，反而又奖励他很多东西，还"拜为护军中尉"。

陈平身上的确有不少毛病，可是刘邦能够包容他，发挥他的强项。陈平是刘邦建国过程中的重要谋士，不仅用离间计让项羽乱了阵脚，而且在韩信“申请”当代理齐王的时候通过提醒刘邦避免了不可预知的损失。当听说韩信有谋反嫌疑时，又是陈平出的计策，没动兵刃就把韩信生擒活捉。刘邦驾崩后，他采取欲夺之必先予之的方法灭了诸吕，保证了刘汉王朝的国运绵延。假如刘邦真的听了周勃等人的话，不分青红皂白把陈平杀掉，还真不知道刘邦在遇到这些问题时谁来帮他谋划解决。

宽容是一种智慧，宽容是一种力量，宽容有的时候会带来意想不到的收获。我们再来感受一下北魏孝文帝宽容的魅力。北魏孝文帝时期，边关定州不太安定，经常会出现一些骚乱，这就需要一位得力干将去镇守。孝文帝通过全盘考虑，心里有了目标，他觉得赵黑可以胜任此事。于是，他找来赵黑一起用餐，吃饭时向赵黑布置任务。孝文帝没有直接强硬地分配工作，而是先征求赵黑的意见。赵黑是个很谨慎的人，他知道去定州是个苦差事，平定骚乱没那么容易，于是，他推辞说：“我的才能有限，出身又不好，恐怕难以担当此任。”

正在这时，御厨端上一道菜，偏偏有一只苍蝇掉进菜里去了。御厨一看，这给皇帝吃的菜里竟然落进一只苍蝇，这还了得？吓得赶紧跪下来，满头大汗等着皇帝发落。孝文帝并没责备御厨，因为他知道这不是御厨的错，于是微微一笑，用筷子把苍蝇挑出去，跟没事儿似的，继续用餐。不一会儿，御厨又做好了汤端来，热腾腾的冒着烟。可能是刚才那件事让他还处于紧张状态吧，御厨的手有点儿哆嗦，于是又出事了，碗里的热汤竟然洒到了孝文帝的手上。孝文帝被烫得也顾不得自己是皇帝了，大叫一声。御厨吓了个半死，赶紧又跪到地上磕头。没想到，孝文帝看了看自己被烫的手，只是红了一点，和颜悦色地说："这是多大个事儿啊，我没事，你起来吧。"

这一切好像是故意演给赵黑看的。当赵黑看到孝文帝对御厨都这么宽容时，深受感动，于是马上向孝文帝表示愿意去平息定州的骚乱，一定会为皇帝守好边关。可见，宽容是一股真情，让人觉得春风浩荡。一个人的胸怀有多大，就能容得下多少人，自然才能赢得他人的信任与拥戴。

宰相肚里能撑船

李白在《自广平乘醉走马六十里至邯郸，登城楼览古书怀》中有两句话"两虎不可斗，廉公终负荆"（《全唐诗》，第1891页），这两句诗写了一个著名的历史故事"将相和"，或者叫"负荆请罪"。这个故事记载在《史记·廉颇蔺相如列传》中，有两个关键性主角，高傲嫉妒勇于改过的廉颇和宽容大度深明大义的蔺相如。

在战国时代，秦国仗着国富兵强，总是对别的国家颐指气使，赵国就是个倒霉蛋，老被秦国欺负。好在赵国有个蔺相如，给赵国挣回不少面子，也让秦国再想欺负赵国时，不免心里得掂量掂量。蔺相如在两件事上为赵国挣了面子，一是完璧归赵，二是渑池会见。

赵国有一块和氏璧，秦国想据为己有，就说要拿十五座城来换。赵国知道这是套路，答应，可能上当，不答应，就为秦国留下了出兵攻打的理由。在大家不知如何是好的时候，蔺相如说他有办法保证完璧归赵。

蔺相如带着和氏璧到了秦国，献给了秦王，结果秦王一直夸和氏璧漂亮，就是只字不提交换城池的事。蔺相如就以要把和氏璧上的瑕疵指给秦王看为由，拿回了和氏璧，并义正辞严地说要把和氏璧摔碎。秦王只好承诺蔺相如选定时间交换城池，蔺相如见秦王没有诚意，就叫手下人变了装，带着和氏璧抄小路先回赵国去了。等到了约定日期，蔺相如实话实说："和氏璧已经送回赵国，您如果杀了我，天下人都知道秦国不讲信用。"秦王没有办法，只得客客气气地把蔺相如送回赵国。"完璧归赵"记蔺相如大功一件。

又过了几年，秦王约赵王在渑池会见。赵王很紧张，去了怕有危险，不去又显得胆小没面子。蔺相如觉得不能示弱，答应陪着赵王一起去赴会。大将军廉颇带着军队把他们送到边界上，做好了与秦军决一死战的准备。在渑池会上，秦王故意让赵王难堪，让赵王鼓瑟，并让人记录了下来。蔺相如见赵王被秦王侮辱，于是很生气地让秦王为赵王击缶，秦王自然不会答应。蔺相如说："五步之内，相如请得以颈血溅大王矣！"（《史记》，第2442页）意思是，咱两个离这么近，您要不答应击缶，我就和您同归于尽。汪遵有一首《渑池》，记述了这件事：

西秦北赵各称高，池上张筵列我曹。
何事君王亲击缶，相如有剑可吹毛。

（《全唐诗》，第6961页）

秦王被逼无奈，只好敲了一下缶，蔺相如也叫人记录下来，这就算扯平了。秦王本想发飙，但当他知道廉颇已经做好了战斗准备时，也不敢硬拿赵王如何。

经过这两件事，赵国的尊严保住了，赵王对蔺相如刮目相看。"既罢归国，以相如功大，拜为上卿，位在廉颇之右"（《史记》，第2443页）。"上卿"相当于后来一人之下万人之上的宰相。当时以右为上，"位在廉颇之右"，就是官职比廉颇还要大。这下子廉颇不干了，他认为，自己拼命为赵国打仗，功劳竟然比不上一个长着三寸不烂之舌的蔺相如，这也太欺负人了。廉颇越想越生气，他发誓："我见相如，必辱之。"等我碰到蔺相如，一定给他点难堪！

廉颇的这个"豪言壮语"很快就传到了蔺相如的耳朵里，蔺相如没有正面回应，而是交代手下人，以后遇到廉颇的人一定要让着点，不要发生冲突。他自己每次坐车出去，只要碰到廉颇的车，就会让车夫把车赶进旁边的小巷子里，避开廉颇，等廉颇过去再赶路。蔺相如的退让，助长了廉颇的傲慢，甚至廉颇手下的人也狐假虎威，更加得意忘形，恨不得走路都横着走，对蔺相如的手下极尽挖苦嘲讽。

下人们实在受不了这个窝囊气，就找蔺相如诉苦："我们之所以远离家乡跟着您干，就是敬重您的品行。您和廉颇将军同朝为官，他那么侮辱您，您总是躲着让着，我们看您简直就是害怕他害怕得不得了。您这么尊贵的身份，何至于此？这么下去，我们可受不了，实在不行，您就让我们回去吧。"蔺相如一再劝阻大家，平心静气地问大家："你们说说，廉颇将军和秦王相比，谁更厉害？"大伙儿异口同声地回答秦王厉害。

蔺相如说："你们说得对！秦王那么厉害我见了都不怕，你们说我会怕廉颇将军吗？你们想过没有，秦国为什么不敢欺负我们，最主要的原因不就是我们一条心吗？"大家听了频频点头，蔺相如接着说："今两虎共斗，其势不俱生。吾所以为此者，以先国家之急而后私仇也。"我和廉颇将军好像两只老虎，两只老虎如果打起架来，肯定会有一只受伤，甚至有可能死掉，秦国巴不得我们两个发生矛盾呢！一旦我们两个争斗，就会为了一己之私忘记了国家安危，这不就给秦国留下可乘之机了吗？所以我这么做不是怕廉颇将军，而是为国家的安全着想。个人面子在国家存亡大事面前，根本就不算什么事情。

蔺相如的话让手下人豁然开悟，感动佩服，对蔺相如更是实心实意，当然再遇到廉颇的手下人时，示弱也就没有了心理纠结。当蔺相如的话传到廉颇耳朵里时，廉颇羞愧得无地自容。既然认识到了错误，廉颇马上付诸行动，脱下战袍，光着膀子，背了一把荆条到蔺相如府上道歉请罪。廉颇见到蔺相如说："鄙贱之人，不知将军宽之至此也。"我是一个粗鲁无礼的人，没想到您胸怀这么大，我错了，请您重重地责罚我吧。蔺相如把荆条扔在地上，双手搀起廉颇，给他披上衣服，然后请他坐下，以礼相待。从此之后，两个人成了刎颈之交，同心同德为赵国办事，也是因为两个人勠力同心，秦国才放慢了灭赵国的进程。"将相和"这个故事体现了蔺相如有容乃大的心胸与大家同心其利断金的道理。

汉朝公孙弘与汲黯的故事与"负荆请罪"类似，不过汲黯不像廉颇那样勇于改错。公孙弘和汲黯都是汉武帝时期的名臣，公孙弘因"其行敦厚，辩论有余，习文法吏事，而又缘饰以儒术"（《史记》，第2950页），因此受到汉武帝的重视，历任左内史、御史大夫、丞相，封平津侯，成为后世仰慕的贤相；而汲黯"为人性倨，少礼面折，不能容人之过，合己者善待之，不合己者不能忍见"，"好直谏，数犯主之颜色"（《史记》，第3106页），连皇帝的情面都不顾及，所以当他和公孙弘出现矛盾时可以想见他的咄咄逼人。

公孙弘儒、法皆通，加上曾经遭受挫折，所以他办事很灵活，能够随机应变。一次他和汲黯一块给汉武帝提建议，本来提前已经商量好了，但是当汲黯直谏时，汉武帝明显很不耐烦。于是公孙弘及时改变策略，顺着皇帝的意思说，不再考虑和汲黯提前商量的结果。汲黯很生气，当场指责公孙弘说："齐人多诈而无情实，始与臣等建此议，今皆倍之，不忠。"（《史记》，第2950页）这个齐地人太狡猾了，我们明明是商量好的，你怎么说变就变呢？背盟谓之不忠。封建时代，这个"不忠"是死罪啊。

可能您也会觉得公孙弘这个人品质有问题，他怎么能背盟呢？不过再想一想，谁的方法可取？不管是汲黯还是公孙弘，给皇帝提建议的目的是什么？希望皇帝采纳，采纳了你的建议才有价值，否则只是一句空言。如果说直谏不行，为什么不能换种皇帝容易接受的方式呢？据说当年孔子向老子问礼，临分手的时候，老子张开嘴伸了伸舌头，意思是说牙齿坚硬但已经没有了，舌头柔软却依旧存在。如果说汲黯是容易磨损的牙齿，那公孙弘就是柔软的舌头。以至柔克至坚，变换方式以成就初衷是通达的处世法则，而且具有这样品质的人总能赢得领导的青睐，所以公孙弘给皇帝提的建议"天子常说，所言皆听"。这是值得学习的。

有个故事可能大家都不陌生，"公孙布被"。公孙弘当到御史大夫的时候，已然是朝中的重臣，皇帝身边的红人，可是他穿着非常朴素，即便在自己的家里也盖着粗布被子。汲黯很看不惯他的这种作为，认为公孙弘是沽名钓誉，于是就到汉武帝面前告他的恶状。汉武帝就问公孙弘，有没有这回事，公孙弘回答说：

夫以三公为布被，诚饰诈欲以钓名。且臣闻管仲相齐，有三归，侈拟于君，桓公以霸，亦上僭于君。晏婴相景公，食不重肉，妾不衣丝，齐国亦治，此下比于民。今臣弘位为御史大夫，而为布被，自九卿以下至于小吏，无差，诚如汲黯言。且无汲黯忠，陛下安得闻此言。

（《史记》，第2951页）

公孙弘的回答坦诚无欺。齐国的管仲和晏婴都曾是国相，一个奢侈一个朴素，但都没有影响齐国的繁荣强盛，说明自己的简朴并没有过错，更何况已经有齐相晏婴作为学习的榜样了。公孙弘这样敢为天下先的目的是向下看齐，打破贵贱的差别。公孙弘已经把自己的问题说明白了，他完全可以借机回击汲黯，但是公孙弘没有这样做，不仅没有中伤汲黯，还以“忠”来评价他。

当别人伤害自己的时候，看到的是伤害自己的人的优点，可谓以德报怨。即便是汲黯，他就是再不能容人之过，也没有反抗之力了。因为他心里清楚，他越是贬斥公孙弘，越是让自己陷入孤立无援的境地。所以，“天子以为谦让，愈益厚之”，没过多久，汉武帝“以弘为丞相，封平津侯”。心胸有多大，生活就有多美好，汲黯就像一勺盐，如果公孙弘的心胸只有酒杯那么大，那这杯水咸得就没有办法喝了，但是公孙弘拥有湖泊一样的心胸，所以他的水依旧是甘甜的。

魏武帝曹操是个具有雄才大略之人，挟天子以令诸侯。想成事就必须有团队，手下得有能用之人，所以曹操曾经在他的《短歌行》中说：

青青子衿，悠悠我心。但为君故，沉吟至今。
呦呦鹿鸣，食野之苹。我有嘉宾，鼓瑟吹笙。
明明如月，何时可掇？忧从中来，不可断绝。
越陌度阡，枉用相存。契阔谈宴，心念旧恩。
月明星稀，乌鹊南飞。绕树三匝，何枝可依？
山不厌高，海不厌深。周公吐哺，天下归心。[①]

可见曹操是非常渴望有人才加入自己的战队的。他还发布了《求贤令》，其中说“自古受命及中兴之君，曷尝不得贤人君子与之共治天下者乎”，有成就的人都需要君子贤人辅佐帮忙，所以他希望“二三子其佐我明扬仄陋，唯才是举，吾得而用之”[②]，自己身边能够多些有才能的人。

当时有个叫祢衡的人，很有才，孔融多次向曹操推荐他。但是这个祢衡一向恃才傲物，天下人没几个他看得起的，如果有也就是两个，一个是孔融，另一个是杨修。他曾经很傲慢地说过：“大儿孔文举，小儿杨德祖。余子碌碌，莫足数也。”（《后汉

---

① 逯钦立：《先秦汉魏晋南北朝诗》，中华书局，1983年9月版，第349页。

② 严可均：《全上古三代秦汉三国六朝文》，中华书局，1958年12月版，第1063页。

书》，第2653页）除孔融和杨修之外，其余的人平平庸庸，不值得提。这么说来，祢衡也看不上曹操，所以一直不愿意见曹操，理由很简单，有病起不来床。这就是《后汉书·文苑列传·祢衡传》中所说的“操欲见之，而衡素相轻疾，自称狂病，不肯往”（《后汉书》，第2655页）。这让曹操气不打一处来，换一般人早就动了杀心。但曹操是个爱才之人，考虑到祢衡的才气和名声，没有杀他。

祢衡有一项特长击鼓，曹操就请他表演，万万没想到祢衡竟然来了个击鼓骂曹。这个故事在《三国演义》里有很精彩的描写，京剧剧目叫《击鼓骂曹》。《后汉书·祢衡传》中并没有说祢衡怎么骂曹操，只是说祢衡所敲的曲子“声节悲壮，听者莫不慷慨”。按照规定，鼓手有专门的衣服，敲鼓之前是需要换衣服的，可是祢衡还是穿着自己的衣服。后来有人怒斥让他换衣服，祢衡才当着大家的面脱得赤条条的把衣服换了。曹操很尴尬地说：“本欲辱衡，衡反辱孤。”本打算让祢衡丢人，没想到自己讨了个没趣。不过，祢衡后来被曹操送给了刘表，刘表也受不了祢衡的傲慢无礼，又将他送给了江夏太守黄祖。黄祖这个人很暴躁，受不了祢衡的羞辱，就把他杀了。

曹操对待祢衡，虽然三番五次忍了，但最后明显属于借刀杀人。不过对待陈琳，曹操可真是够大度的，不仅没有追究陈琳骂自己的历史往事，还把他招在了身边。唐代诗人吴融有一首《陈琳墓》：

冀州飞檄傲英雄，却把文辞事邺宫。

纵道笔端由我得，九泉何面见袁公。

（《全唐诗》，第7873页）

诗里写到一段陈琳和曹操的恩怨情仇。汉灵帝时，陈琳是何进的主簿。何进是国舅、大将军。当时，宦官专权，何进想借助地方豪强诛杀宦官，陈琳坚决反对，但是人微言轻，何进不听。结果，董卓率兵进京，皇帝被废，汉献帝即位，国家乱成了一锅粥。何进死在了兵变中，陈琳为避难投奔了袁绍。

袁绍的势力很大，四世三公，拥有河北大片疆土，手下又有颜良、文丑等名将，所以袁绍也想过一把做皇帝的瘾。建安五年（200），著名的"官渡之战"爆发，这场战争的两大主角是曹操和袁绍。袁绍不仅兵多将广，还让陈琳写了一篇《为袁绍檄豫州文》，把曹操骂得体无完肤，甚至把曹操的祖宗三代全给捎带上了，骂得是七荤八素。陈琳这篇文章很给力，竟然把曹操的头风病骂好了。这件事在《太平御览》中有收录：

《魏书》曰：陈琳作檄，草成，呈太祖。太祖先苦头风，是日疾发，卧读琳所作，翕然而起，曰："此愈我疾病。"太祖平邺，谓陈琳曰："君昔为本初作檄书，但罪孤而已，何乃上及父祖乎？"琳谢曰："矢在弦上，不得不发。”太祖爱其才，不咎。

（《太平御览》，第2689页）

陈琳写的檄文被转到了曹操手中，曹操那天正好头风病发作了，就躺在床上看陈琳写的《为袁绍檄豫州文》，他竟然惊出一身冷汗，猛地坐了起来，脑袋不疼了。后来，袁绍手下的许攸投降了曹操，为曹操献火烧粮仓之计。袁绍失败，冀州被破，陈琳成了阶下囚。曹操很生气，质问陈琳："你为袁绍写檄文，数落我的过错我还能忍，为什么还牵涉我的祖上？”陈琳怎么骂的？“司空曹操：祖父中常侍腾，与左悺、徐璜并作妖孽，饕餮放横，伤化虐民；父嵩，乞丐携养，因赃假位，舆金辇璧，输货权门，窃盗鼎司，倾覆重器。操赘阉遗丑，本无懿德，僄狡锋协，好乱乐祸。”（《六臣注文选》，第803-804页）曹操的爷爷是个太监，不办好事；爸爸是领养的，也不是个东西。曹操是太监的后代，更不是个好人，喜欢为非作歹。总之，曹操家没有一个好人。曹操一质问，陈琳赶紧道歉说："我当时也是被形势所迫，必须那样做，所谓箭在弦上不得不发啊！”曹操也明白这个道理，很爱惜陈琳的才华，也就不再追究此事了。

再来说说蜀国宰相蒋琬的故事。蜀国的宰相不是那位“出师未捷身先死，长使英雄泪满襟”的诸葛孔明吗？诸葛亮曾经对刘备这样评价蒋琬说："蒋琬，社稷之器，非百里之才也。其为政以安民为本，不以修饰为先。”（《三国志》，第1057页）蒋琬在诸葛亮眼中是块美玉，诸葛亮曾经告诉刘禅："臣若不幸，后事宜以付琬。"意思是，我死之后，蒋琬可接我的班当宰相。所以，诸葛亮死后"以琬为尚书令，俄而加行都护，假节，领益州刺史，迁大将军，录尚书事，封安阳亭侯"（《三国志》，第1058页）。

在任宰相期间，蒋琬的雅量多次表现得淋漓尽致。《三国志·蒋琬传》中记载了两件事：

> 东曹掾杨戏素性简略，琬与言论，时不应答。或欲构戏于琬曰："公与戏语而不见应，戏之慢上，不亦甚乎！"琬曰："人心不同，各如其面；面从后言，古人之所诫也。戏欲赞吾是耶，则非其本心；欲反吾言，则显吾之非，是以默然，是戏之快也。"又督农杨敏曾毁琬曰："作事愦愦，诚非及前人。"或以白琬，主者请推治敏，琬曰："吾实不如前人，无可推也！"主者重据听不推，则乞问其愦愦之状。琬曰："苟且不如，则事不当理，事不当理，则愦愦矣。复何问耶？"后敏坐事系狱，众人犹惧其必死，琬心无适莫，得免重罪。
>
> （《三国志》，第1058页）

东曹掾杨戏平时话不多，即便是蒋琬和他交谈，也是经常没有应答。于是有人就在蒋琬面前说杨戏的坏话："您和杨戏交谈的时候，他居然敢不做回应，他对您也太傲慢了！"但蒋琬没有往心里去，反而替杨戏考虑，他说：“人和人是不一样的，当面一套背后一套的人才是我们要小心的。如果杨戏当面夸奖我，那不是他的本意；如果当面指出我的错误反对我，又会让我难堪，所以他才沉默不语。这正说明杨戏是个痛快人啊。”

督农杨敏曾经评价蒋琬做事稀里糊涂，和诸葛亮根本就不是一个档次。有人就把这个话学给蒋琬，主管刑罚的官员觉得，杨敏非议上司，应该治罪。但是蒋琬说：“我确实和诸葛丞相没有办法相提并论，杨敏说的不错，你为什么要治他的罪？”主管刑罚的官员听蒋琬这样说，就问蒋琬做什么事糊里糊涂了，蒋琬说：“他说我不如诸葛丞相，就是因为事情处理得不当，事情处理得不当不就是做事糊涂吗？这有什么难理解的？”后来杨敏犯罪蹲了监狱，大家都以为杨敏这回死定了，蒋琬肯定会挟私报复。但是大家都想错了，蒋琬公正处理，没有因为杨敏曾经对自己不敬故意给杨敏加罪。所以大家都觉得，蒋琬的雅量不是一般人能及的，这就是“宰相肚里能撑船”。

以德报怨成佳话

《论语·宪问》说：“或曰：‘以德报怨，何如？’子曰：‘何以报德？以直报怨，以德报德。’”[①]有人问孔子以德报怨

① 金良年：《论语译注》，上海古籍出版社，2004年7月版，第175页。

行不行，孔子反问，那你拿什么报德呢？应该以直报怨，以德报德。从这个简短的对话中可知，孔子是不主张以德报怨的。但是《礼记·表记》中又有这样的话："子曰：'以德报怨则宽身之仁也，以怨报德则刑戮之民也。'"[①]孔子说，用恩惠来报答仇怨是求宽身息祸的人，用仇怨来报答恩惠是该受惩罚的人。这里孔子对以德报怨持正面态度。不管孔子同不同意以德报怨，中国历史上依旧发生了很多以德报怨的故事，而且被传为佳话。

《太平御览》中收录了贾谊《新书》中的一个故事：

> 昔梁大夫宋就为边县令，与楚邻界。梁亭楚亭皆种瓜，梁亭劬而数灌，其瓜美；楚人窳而稀灌，其瓜恶。楚令以梁瓜之美怒其瓜之恶，因往夜窃搔梁瓜，皆有焦者矣。梁亭觉，请其尉，欲报搔楚瓜。宋就曰："是构怨分祸之道也。令人窃为楚亭夜灌其瓜，令勿知也。"楚亭旦而往，瓜则已灌，瓜日以美。楚亭往察之，则梁亭之为也。楚令大悦，因其闻楚王。楚王闻之，悦梁之阴让也，乃谢以重币，而请交于梁王。
>
> （《太平御览》，第4334页）

宋就是梁国的大夫，在梁国与楚国的边境上当个小县令。边境的小县城里住着两国的百姓，经常会出现一些小摩擦。两国的百姓

① 杨天宇：《礼记译注》，上海古籍出版社，2004年7月版，第716页。

都喜欢在自己的边境上种瓜，这一年又像往常那样种了瓜。由于天旱需要人工浇水，梁国的人很勤劳，经常浇灌，所以瓜苗长势很好。楚国的人比较懒惰，浇水三天打鱼两天晒网的，所以瓜苗动不动就蔫儿了。

楚国的百姓看着梁国的瓜苗就嫉妒，于是有人趁着夜幕的掩护偷偷到梁国去祸害瓜苗。梁国的百姓看到楚国这种无耻的行为，很生气，就把这件事报告给县尉，并说要以其人之道还治其人之身。县尉把这件事报告给了宋就，宋就马上制止，并说："大家都消消气，你们这种办法只会加重两个国家的矛盾，是解决不了问题的。"

大家一听更生气了，只许他们欺负我们，我们就只能吃亏吗？宋就耐心解释："大家可以想想，你这次解了气，以后呢？总是这么斗来斗去，什么时候是个头呢？而且这样下去，我们的瓜都不会有收获。"百姓问宋就究竟应该怎样解决这个问题，宋就出了个主意："你们与其去破坏他们的瓜，还不如每天晚上去偷偷帮他们浇水，别让楚国人发现，很快你们就会看到是怎样的结果。"大家接受了宋就的建议，经常夜里去楚国帮他们浇水。

楚国人要去浇灌的时候，总是发现瓜苗已经浇过水了，慢慢地，楚国的瓜苗恢复了生机，绿油油的。楚国的县令就派人留意观察，看看到底是怎么回事，后来发现是梁国的人晚上偷偷帮着浇的，既惭愧又感动。楚国县令就把这件事报告给了楚王，楚王原本还想对梁国用兵，听了这件事之后也有点无地自容了：你老是想着怎样欺负人家，人家却在暗中帮你，这差距实在太大了。于是，楚王准备了很多礼物，主动和梁国搞好关系。宋就在处理这件小事的时候，表现出宽容大度，因此改善了两国之间的关系。

我们非常熟悉“胯下之辱”的故事。韩偓在《息兵》诗结尾说“暂时胯下何须耻，自有苍苍鉴赤诚”（《全唐诗》，第7794页）。从别人裤裆下钻过去，对一个男人来说，是莫大的耻辱，可是这个故事偏偏发生在“汉初三杰”之一的韩信身上。据《史记·淮阴侯列传》记载：

> 淮阴屠中少年有侮信者，曰：“若虽长大，好带刀剑，中情怯耳。”众辱之曰：“信能死，刺我，不能死，出我胯下。”于是信孰视之，俯出胯下，蒲伏。一市人皆笑信，以为怯。
>
> （《史记》，第2610页）

韩信年轻的时候家里很穷，又没有什么营生，靠蹭吃蹭喝混日子，经常受一位漂洗丝绵的老妇人的施舍，所以大家都看不起他。一天，集市上一群恶少当众羞辱韩信，有一个屠夫对韩信说：“你虽然长得又高又大，平时还喜欢拿刀佩剑，其实我看你胆子小得很。”大家跟着起哄：“韩信，如果你不怕死，你就用剑来刺我嘛，如果没胆，就从我的胯下钻过去。”韩信盯着他们看了半天，想想自己孤身一人，硬拼肯定要吃亏，于是弯腰从他胯下钻了过去。因为这件事，大家都笑话韩信是个胆小鬼。

后来韩信凭着卓越的军事才能当上了刘邦的大将军，在楚汉战争中建立了不朽的功勋。刘邦这样称赞韩信："连百万之众，战必胜，攻必取，吾不如韩信。"（《史记》，第381页）可见刘邦多么器重韩信。汉王朝刚刚建立之后，刘邦封韩信为楚王。韩信想起当年在淮阴的落魄经历，竟然被几个轻薄之徒羞辱，这就是李绅《却过淮阴吊韩信庙》中所说的"贱能忍耻卑狂少"（《全唐诗》，第5488页）。换一般人的思路，肯定要找这几个臭小子算账，以解心头之恨。不过韩信没有那么做，而是"召辱己之少年令出胯下者以为楚中尉"，把这些人找到之后，请进了军营，任命他们一定的职位，这是以德报怨。韩信还不忘告诉各位将士："此壮士也。方辱我时，我宁不能杀之邪？杀之无名，故忍而就于此。"（《史记》，第2626页）我当年如果想要他们的命，就是小菜一碟，杀了他们又能如何呢？正是他们让我忍辱负重有了今天的成绩！韩信的话很耐人寻味，他的做法是值得后人学习的。

汉朝还有一个以德报怨的故事，主人公是朱买臣。《汉书·朱买臣传》中讲到，朱买臣还没有发达的时候，整天以打柴卖柴为生，背个柴捆在路上大声地念书。他老婆嫌丢人，穷成这个样，还整天自得其乐，于是就想让朱买臣把她给休了。朱买臣劝她说："我年五十当富贵，今已四十余矣。女苦日久，待我富贵报女功。”（《史记》，第2791页）朱买臣说，有人给他算过卦，他五十岁的时候就要富贵了，现在已经四十多岁了，妻子既然辛苦很久了，为什么就不能再等一下，一起享受荣华富贵呢？妻子听了他的话，很生气地说：“像你这样的人，恐怕最终就是饿死在沟里罢了，你别做那富贵梦了！”不管怎么说，妻子坚决要离开他，朱买臣只好遂了她的愿。一次，前妻和他都去上坟，看到朱买臣又冷又饿挺可怜的，就给了他一顿饭吃。

后来，朱买臣到了京城，在老乡严助的帮助下见到了汉武帝。他在皇帝面前大讲《春秋》和《楚辞》，皇帝很高兴，就任命朱买臣为中大夫。这就是“诗仙”李白在《南陵别儿童入京》中说的“会稽愚妇轻买臣，余亦辞家西入秦”（《全唐诗》，第1787页）。又过了些年，朱买臣被任命为会稽太守。会稽守丞听说太守马上就要到了，就组织百姓修路；县吏送行和迎接的车辆前呼后拥有一百多辆。进入吴县境内，朱买臣见到他前妻，前妻和现任老公正在参与修路。朱买臣让人停下车，叫后面的车辆载上他们夫妻二人一起到太守府，供他们吃喝，这就等于把他们养了起来。

前妻悔恨交加，当初一门心思非要离开朱买臣，现在他飞黄腾达了还这样来照顾自己，想想心里不是滋味，于是就上吊自杀了。朱买臣便给她丈夫钱，把她好好安葬了。也有人认为，朱买臣这是以报恩为名软刀子杀人，其实我觉得是做这种评价的人本身心理有问题。虽然朱买臣的妻子曾经对他恶语相向，毕竟和他一起生活那么久，又在他又冷又饿的时候给过他饭吃，所以两个人还是有感情的。再说，《汉书·朱买臣传》中说：“悉召见故人与饮食诸尝有恩者，皆报复焉。”（《汉书》，第2793页）这句话中的“报复”不是今义“跟某人算账”的意思，而是报答的意思。朱买臣把前妻两口子接进太守府就是为了报恩。不过我觉得，报恩的方法有很多，朱买臣找个其他方法补偿前妻，或许结果会更圆满。

文豪雨果曾说过：“世界上最宽阔的是海洋，比海洋更宽阔的是天空，比天空更宽阔的是人的心灵。”宽容是一种气度，是一种胸襟，是一种修养，更是一种智慧。宽容别人的过失，就意味着给别人醒悟的时间和悔悟的机会。宽容可以助你赢得辉煌的成就，也可以助你赢得朋友和社会的尊重。

感天动地为孝行

——孝悌精神

中国有句古话，“百善孝为先”。孝文化是中华民族优秀的传统文化，在我们的现实生活中处处上演着感人肺腑的故事。古有董永卖身葬父、吴猛恣蚊饱血等二十四孝；今有代妻行孝三十年、只言“做人讲良心”的河南焦煤集团鑫珠春公司退休职工谢延信，为救公爹义无反顾献肝、感天动地的河北省行唐县人张建霞。当七十岁的赵智财用三轮车拉着九十一岁的母亲行程十余公里逛“庙会”，为母亲买喜欢吃的凉粉、菜饼等可口陕西小吃时，大家发出了赞叹之声，因为他用实际行动诠释了爱老敬老、赡养老人的传统美德。说到孝，我们口中会不自觉地吟唱孟郊的《游子吟》：

慈母手中线，游子身上衣。
临行密密缝，意恐迟迟归。

谁言寸草心，报得三春晖。[1]

每想起这样的故事和诗句，心里总是暖暖的。

孝感卖身恣蚊饱

《全唐诗》中有一首《题孝子陵》，诗人是“大历十才子”之一的耿湋。这首诗让我们感受到了孝行的感人至深：

荒坟秋陌上，霜露正霏霏。
松柏自成拱，苫庐长不归。
浮埃积蓬鬓，流血在麻衣。
何必曾参传，千年至行稀。

（《全唐诗》，第2976页）

诗中，诗人没有告诉我们这位孝子究竟是谁。这位孝子在为父母守孝的时候住在“苫庐”之中，就是住在父母坟边用草搭的庵子里，自然难抵酷热，不避风寒；守孝期间，这位孝子“浮埃积蓬鬓，流血在麻衣”，因为是住在草庵子里，守孝期间不梳洗打

① 韩泉欣：《孟郊集校注》，浙江古籍出版社，2012年11月版，第10页。

扮，以至于他蓬头垢面邋里邋遢，而且因为思念亲人泣血染衣。诗人说，这就是类似孔子弟子曾参的孝子典范。曾参以孝闻名，据说《孝经》就是孔老先生专门为他量身打造的课程。

虽然这位孝子的名字没有传下来，但是在中国历史上却有着数不尽的知名孝子。元代郭守正搜集了二十四位古人孝道的故事编辑成《全相二十四孝诗选集》，这之后相继又出现《日记故事大全二十四孝》《女二十四孝》《男女二十四孝》等书籍。我从这些文献中选几个故事，与大家一起在感动中接受心灵的洗礼。

舜是三皇五帝之一，这位远古传说中的帝王不仅是让天下百姓爱戴的明君，还是一位孝心感化禽鸟的人物。天下之所以能够归他，尧帝之所以愿意把天下禅让给他，舜的孝行起了很大的作用。《史记·五帝本纪》中有这样一段记载：

> 舜父瞽叟盲，而舜母死，瞽叟更娶妻而生象，象傲。瞽叟爱后妻子，常欲杀舜，舜避逃，及有小过，则受罪。舜事父及后母与弟，日以笃谨，匪有解。
>
> （《史记》，第32页）

舜的父亲是瞽叟，“瞽”就是眼睛失明的意思。他母亲死得早，所以瞽叟又娶了个妻子。舜的继母给舜生了个弟弟叫象。一家人和和美美过日子多好，但是继母为了自己的亲生儿子，总是想方设法陷害舜。当爹的被这个老婆迷惑，也把舜看作眼中钉肉中刺，只要舜有点小过失就要遭殃，不是被训斥，就是挨一顿拳打脚踢。即便这样，舜依旧孝敬父母，友爱弟弟，从来没有改变过。

虽然父母和弟弟想方设法想把舜给除掉，但最后都以失败告终。换成别人，家里早就闹成一锅粥了，可是舜没有，“舜顺适不失子道，兄弟孝慈”，不计前嫌；更有趣的是“欲杀，不可得；即求，尝在侧”（想害他的时候，人找不到了；有事需要他帮忙的时候，他就会出现在眼前）。舜的孝行传到了尧帝的耳朵里，尧帝就把自己的两个女儿嫁给了舜。舜不管干什么，都能得到大家的鼎力相助，甚至他在历山耕种的时候，大象替他耕地，小鸟替他锄草。优秀的品质是一种人格魅力，大家都想和舜成为邻居，“一年而所居成聚，二年成邑，三年成都”（《史记》，第34页），在他所居住的地方，人越来越多。于是，尧帝就奖励给他很多财物，牛羊满圈跑，谷物堆满仓。

父亲和继母、弟弟看到舜富了起来，更加想害死他。这就是《史记·五帝本纪》中说的：

> 瞽叟尚复欲杀之，使舜上涂廪，瞽叟从下纵火焚廪。舜乃以两笠自扞而下，去，得不死。后瞽叟又使舜穿井，舜穿井为匿空旁出。舜既入深，瞽叟与象共下土实井，舜从匿空出，去。瞽叟、象喜，以舜为已死。象曰：“本谋者象。”象与其父母分，于是曰：“舜妻尧二女，与琴，

象取之。牛羊仓廪予父母。”象乃止舜宫居，鼓其琴。舜往见之。象鄂不怿，曰：“我思舜正郁陶！”舜曰：“然，尔其庶矣！”舜复事瞽叟爱弟弥谨。

（《史记》，第34页）

有一次，瞽叟让舜修补粮仓。当舜爬到仓顶上去涂泥巴时，父亲就在下面放火焚烧粮仓，想让舜葬身火海。水火无情，可是舜自有办法解救自己。他当时戴个斗笠，一看下面火着起来了，就两只手抓着斗笠的边往下跳，这样就像一个降落伞似的，又像长了一对翅膀，舜安全落地，没有被无情的大火烧伤。还有一次，瞽叟让舜去挖井，因为以前的经历，舜知道父母和弟弟一直想除掉他，于是他就多了个心眼，事先在井壁上凿出一条通往别处的暗道。果然，当舜挖井挖到深处时，父亲和弟弟一起往井里倒土，他们想把舜活埋，舜就顺着提前挖好的暗道逃走了。

瞽叟和象都以为这回舜死定了，很高兴地分了他的财产。父母分到了粮仓和牛羊，象得到了尧帝的两个姑娘，还有尧帝赐给舜的琴。象住在舜的家中，弹着琴，突然舜活生生地再次出现在他的面前。象惊呆了，但还是假惺惺地说：“我好想念你啊！”即便如此，舜依旧不计前嫌，还像以前一样侍奉父亲、友爱弟弟。有这样的心胸、气度和优秀品质，自然天下归心。经过反复考察，尧帝最终决定把帝位传给舜。

无独有偶，《太平御览》中董永卖身葬父的故事先后三次被收录，可见这个故事的影响力有多大。董永的故事在卷四百一十一“孝感”中是这样记录的：

前汉董永，千乘人。少失母，独养父。父亡无以葬，乃从人贷钱一万。永谓钱主曰：“后若无钱还君，当以身作奴。”主甚悯之。永得钱葬父毕，将往为奴，于路忽逢一妇人，求为永妻。永曰：“今贫若是，身复为奴，何敢屈夫人之为妻？”妇人曰：“愿为君妇，不耻贫贱。”永遂将妇人至。钱主曰：“本言一人，今何有二？”永曰：“言一得二，理何乖乎？”主问永妻曰：“何能？”妻曰：“能织耳。”主曰：“为我织千匹绢，即放尔夫妻。”于是索丝，十日之内千匹绢足。主惊，遂放夫妻二人而去。行至本相逢处，乃谓永曰：“我是天之织女，感君至孝，天使我偿之。今君事了，不得久停。”语讫，云雾四垂，忽飞而去。

（《太平御览》，第1899页）

汉朝时，千乘有一个叫董永的人，从小死了母亲，是父亲含辛茹苦把他拉扯大的。董永家里非常穷，以至于在他父亲去世的时候，连办丧事的钱都没有。为了让父亲入土为安，董永决定卖身葬父。他来到一个财主家，向主人借了一万钱，并对主人说：“如果我没有钱还您，我就到您家来给您当奴隶，通过打工来还债。”丧事办完后，董永还是一分钱也没有，于是他就到财主家当奴隶，通过做工来还欠下的借款。

董永走到半路，一个年轻美貌的姑娘拦住了董永的路，竟然要董永娶她为妻。董永很惊讶，还有这样的姑娘？上赶着要嫁给一个穷光蛋！但董永很善良，想着自己穷得一贫如洗，还欠财主那么多钱，所以死活不答应姑娘。姑娘见董永一再推辞，就说自己并不是为了钱财，主要是因为董永的人品才决定嫁给他的。董永看姑娘说得真诚，只好带着她一起到财主家帮忙还债。

财主一看来了两个人，也很纳闷，就问董永：“说好的是一个人，怎么成两个人了？”董永说：“说一个来两个，也不算违背诺言吧。”财主问姑娘：“你都会干什么？”姑娘说：“我会织布。”财主说：“既然这样，你替我织一千匹绢，就算还清了你们欠我的账。”于是财主为董永夫妇准备好了丝线。没想到姑娘心灵手巧，织布如飞，每天不分昼夜地干活，只用了十天时间，一千匹绢就完成了。财主大惊，这也太快了吧，一个人简直顶得上一个织布厂了。

财主说话算话，既然工作已完成，就让董永带着妻子回家了。在回家的路上，来到两个人初次相见的地方时，姑娘对董永说：“我是天上的织女，因为你卖身葬父，感动了玉帝，这才派我下凡帮你还债赎身。现在既然已经还完了所有的债，我的任务也完成了，我得马上回天庭复命了。”说完，便飞走了。后有人给董永的故事写了一首诗：

葬父贷孔兄，仙姬陌上逢。

织线偿债主，孝感动苍穹。

这个故事后来被编成了黄梅戏《天仙配》，还被改编成电视剧、电影等。

这个故事在民间流传很广，虽然各地版本情节不同，但都是崇孝的神话传说。从西汉开始，董永与七仙女的美丽爱情传说就在全国传开了。比如山西省万荣县、江苏省东台市、河南省武陟县、湖北省孝感市等地不仅有与董永相关的遗迹，而且地方志中也多有记载，都说董永是当地人。山东博兴有董永墓，山西万荣小淮村有“董永故里”的匾额，河南省武陟县每年农历二月初三和十一月初十均举行盛大的祭拜孝子的庙会活动。大家都在争，也说明了人们对董永孝行的推崇。2006年，“董永传说”被国务院列入第一批《国家级非物质文化遗产名录》；2019年11月，《国家级非物质文化遗产代表性项目保护单位名单》公布，万荣县文化馆、东台市文化馆、常州市金坛区文化馆获得“董永传说”项目保护单位资格。这个流传一两千年的“董永传说”，对今天建设社会主义精神文明和构建和谐社会的实践具有非常积极的意义。

“恣蚊饱血”故事的主人公叫吴猛。《晋书》卷九十五有吴猛的小传：“吴猛，豫章人也。少有孝行，夏日常手不驱蚊，惧其去己而噬亲也。”（《晋书》，第2482页）吴猛从小就非常孝顺父母，因为家里穷买不起蚊帐。蚊子是“四害”之一，我们都体会过那种被蚊子咬后钻心的痒。吴猛不驱赶蚊子，任凭它们叮咬自己。为什么呢？原来他害怕蚊子从自己身上飞走，去叮咬父母。

父母劳累一天了，得让他们睡个踏实觉。于是吴猛想了个办法，每天夜里光着身子睡在父母身旁。小孩子细皮嫩肉的，蚊子咬起来不费劲，所以都不约而同向吴猛展开攻击。即使自己沦陷了，吴猛也忍着，因为只有让蚊子在自己身上吃饱喝足，它们才会放过父母。吴猛当时才八岁，他的想法很天真，甚至天真得可笑，但又有谁能笑得出来呢？因为这个可笑的行为背后，是一颗纯净的童心。吴猛的故事对我们今天的家庭教育是很有参考意义的。

唐朝大诗人王维也是个大孝子，“事母崔氏以孝闻”。王维的母亲出身博陵崔氏，是名门大族，喜欢看佛经，对王维影响很大。王维从小接受的主体教育是儒家正统，又在母亲的影响下受佛家文化的浸润，孝亲已为本性。母亲去世后，王维“柴毁骨立，殆不胜丧”，吃不下睡不着，形神憔悴，而且还向朝廷请求，以“辋川第为寺，终葬其西”，把自己在辋川的宅子施舍为寺院，然后把母亲葬在西边。

唐初的虞世南，就是写“垂緌饮清露，流响出疏桐”（《全唐诗》，第475页）的诗人，也是出了名的孝子。虞世南是被过继给叔叔抚养的，字是“伯施”。我们总是说生恩没有养恩大，虽然虞世南被叔父养大，但他并没有忘记自己的亲生父母。他的亲生父亲虞荔去世时，他“哀毁殆不胜丧”。隋朝时，杨广想召他到幕府工作，虞世南“以母老固辞”（以母亲年龄大需要照顾为由坚决推辞），这是孝顺的表现。

虞世南不仅对父母孝顺，而且对哥哥虞世基也很恭敬，这叫“悌”。《旧唐书·虞世南传》记载：

> 及至隋灭，宇文化及弑逆之际，世基为内史侍郎，将被诛，世南抱持号泣，请以身代，化及不纳，因哀毁骨立，时人称焉。
>
> （《旧唐书》，第2566页）

杨广因为暴行导致天下大乱，后被宇文化及所杀。当时身为内史侍郎的虞世基也被宇文化及列入了处死的名单。虞世南抱着哥哥痛哭，并向宇文化及提出来，由自己替哥哥去死。但是，宇文化及没有答应。虞世南伤心欲绝，整个人都脱了相，他的举动受到时人的高度赞扬。

虞部侍郎许善心也遇难了，他的儿子许敬宗做出了令人厌恶的行径，不仅没有为父亲求情，还主动向宇文化及示好。封德彝当时就在现场，他曾经对人说：“世基被诛，世南匍匐而请代；善心之死，敬宗舞蹈以求生。”（《旧唐书》，第2763页）这就是人和人的差距！其实虞世基对虞世南并不好。或许是因为虞世南从小就被叔叔领养的原因，虞世基对他不够亲，甚至在他“清贫不立”的时候不愿意伸手援助。但虞世南没有记恨哥哥，而且情愿替哥哥去死，这可不是装出来的。

泣血至性哀无时

虞世南对哥哥尚且能“哀毁骨立”，可见至孝之人失去亲人时会是怎样的哀伤。刘湾在他的《虹县严孝子墓》中是这样描写的：

至性教不及，因心天所资。
礼闻三年丧，尔独终身期。
下由骨肉恩，上报父母慈。
礼闻哭有卒，汝独哀无时。
前有松柏林，荆蓁结朦胧。
墓门白日闭，泣血黄泉中。
草服蔽枯骨，垢容戴飞蓬。
举声哭苍天，万木皆悲风。

（《全唐诗》，第2012页）

虹县即今安徽泗县。这里有个姓严的孝子，严孝子对父母的孝敬不是教化所能达成的，而是天性。按照古礼，父母去世孩子守孝三年，《论语·阳货》中说“三年之丧，期已久矣”，守孝三年已经算是很长时间了。为什么要守孝三年呢？原来是“子生三年，然后免于父母之怀”，一般情况下孩子长到三岁才会离开父母的怀抱，所以要为父母守三年孝。而且《论语·阳货》中说，“三年之丧，天下之通丧也”，守孝三年，大家都是这么做的。可是这个严孝子竟然为父母终生守孝。守孝期间，严孝子总是处于悲痛之中。严孝子在父母的坟前栽种上松柏，树木已经遮天蔽日了，他还是“泣血黄泉中”。他穿着用草编的丧服，身形瘦若干柴，也不梳洗，搞得蓬头垢面。当他呼天抢地放声大哭的时候，“万木皆悲风”，天地同悲。

耿湋的《题孝子陵》中有“流血在麻衣”，刘湾的《虹县严孝子墓》中又有“泣血黄泉中”，真有泣血吗？这是艺术夸张还是真实情况？来看看阮籍的故事您就知道了。阮籍是“竹林七贤”之一，好为青白眼，看得起你就对以“青眼”，不想搭理你就对以“白眼”。司马昭为了拉拢阮籍，想和阮籍结为亲家。但是阮籍打心眼里不愿意这门亲事，因为他父亲是曹操的掌书记，怎么说也是老曹家阵营里的人，怎么能够帮着司马氏呢？阮籍为了躲着司马昭，每天拼命喝酒，喝得不省人事烂醉如泥，连着六十天，提亲的人根本没有交流的机会。司马昭不傻，明白阮籍的意思，只好作罢。

阮籍三岁丧父，是母亲把他抚养长大的，他对母亲的感情很深。《晋书 · 阮籍传》中记载：

> 性至孝，母终，正与人围棋，对者求止，籍留与决赌。既而饮酒二斗，举声一号，吐血数升。及将葬，食一蒸肫，饮二斗酒，然后临诀，直言穷矣，举声一号，因又吐血数升。毁瘠骨立，殆至灭性。
>
> （《晋书》，第1361页）

阮籍正在和朋友下棋的时候，家人过来报告，母亲去世了。朋友要终止棋局，让阮籍赶紧回家处理母亲的丧事。可是阮籍不答应，坐着纹丝不动，一定要把棋下完。下完之后，阮籍又喝了两斗酒，然后大哭一声，吐了好多鲜血。有文献记载说，阮籍下棋的时候也是强忍悲痛，指甲掐着自己的大腿，都抠到肉里去了。等到快要下葬的时候，阮籍又吐了一摊子血。两次吐血数升，太可怕了，人能受得了吗？所以就出现了“毁瘠骨立，殆致灭性”的情况。

古代还有一些孝子为了报答父母的生养之恩，几近折磨自己。李德林历经南朝和隋朝，是一个非常有才的人，据说十天便会背诵左思的《三都赋》，被北齐开国元勋、东魏四贵之一的高隆之称为“天下伟器”，后来“该博坟典，阴阳纬候，无不通涉。善于属文，辞核而理畅”（《隋书》，第1193页），学问非常大。他的儿子李百药也了不得，不仅“七岁能属文”（《新唐书》，第3973页），而且曾经为李德林和陆乂、马元熙解过惑。几个人搞不明白徐陵文章中“既取成周之禾，将刈琅邪之稻”到底是什么意思，李百药告诉他们：“《春秋》‘鄅人藉稻’，杜预谓在琅邪。”（《隋书》，第1193页）当时李百药只是一个七八岁的小孩。

李德林和李百药父子二人都读过很多儒家文献，自然知道孝敬父母。李德林十六岁的时候，父亲去世了。李德林从京城拉着父亲的灵车回老家博陵安平下葬。当时正好是寒风凛冽的冬天，李德林按照当地的丧葬风俗，身穿单衣，光着脚丫子，表达对父亲去世的哀痛之情。李德林竟然光着脚穿着单衣走那么远的路，想想都让人肃然起敬。李德林的孝行感动着每一个人，“州里人物由是敬慕之”（《隋书》，第1208页）。

父亲入土之后，李德林除为父亲守孝之外，就是照顾自己的母亲。或许是因为父亲去世的打击，母亲身体一直不好，需要用药食调理。李德林当时还小，既没有营生，又要为父亲办丧事，日子过得非常紧张。这种情况下，李德林也是有一口吃的，先送到母亲的床前。在李德林的精心照料下，母亲身体有所好转。李德林也是在母亲的“逼迫”下走进官场的。

在任中书舍人兼通直散骑侍郎时，李德林的母亲驾鹤西游了，李德林伤心痛哭，连着五天不吃不喝。偏偏这个时候李德林又生了一场热病，“遍体生疮”。按照常理，是不是应该先治好自己的病啊？可是李德林在几乎起不来床的情况下，依旧哀泣不绝。他有几个好朋友，陆骞、宋士素以及名医张子彦，实在看不下去了，怕李德林出现意外，不能老人去世了，再把李德林给折进去，于是就为他熬制了汤药，可是李德林不肯喝一口，所以他的身体肿得更厉害了。但是说来也怪，就在大家都手足无措的时候，李德林身体好了，消肿了。大家都觉得，这绝对是李德林的孝心感动了上天，他的病不治而愈了。于是，太常博士就把李德林的孝行和不治自愈的传奇经历报告给了皇帝。按照规定，父母去世应守孝三年。但是对李德林，朝廷把规矩破了。李德林母亲去世刚过百天，皇帝就下旨让李德林出来工作。但是李德林当时的状态是“羸病属疾”，身体太弱，根本没有办法开展正常工作，皇帝只好再次让他回家守孝调养。

受父亲的影响，儿子李百药也是一个让人感动的孝子。《旧唐书·李百药传》这样说他：“至性过人，初侍父母丧还乡，徒跣单衣，行数千里，服阕数年，容貌毁悴，为当时所称。”（《旧唐书》，第2577页）李百药也像他父亲李德林一样，在父母去世回家安葬的时候，穿着单衣光着脚，一路走回去。按照当时的规定，守孝期间不能大鱼大肉，再加上心情悲戚，所以身体健康就会受到很大影响。李百药怎么样呢？连着守孝几年，形容枯槁。

虞世南的哥哥虞世基也是个孝子。虽然这个人在隋朝历史上没有起好作用，但是他还有一些优点：一是聪明有文才，被大文学家徐陵看上了，不仅夸他是潘岳、陆机再世，还一激动“以弟女妻焉”，把自己的侄女许配给他为妻。二是至孝。据《隋书·虞世基传》说，虞世基在任内史侍郎时，母亲去世了，虞世基以至于“哀毁骨立”，就是悲伤到吃饭睡觉都成问题了，变得骨瘦如柴。虞世基守孝期间：

> 有诏起令视事，拜见之日，殆不能起，帝令左右扶之。哀其羸瘠，诏令进肉，世基食辄悲哽，不能下。帝使谓之曰：“方相委任，当为国惜身。”前后敦劝者数矣。
>
> （《隋书》，第1572页）

隋炀帝下旨让虞世基开始工作。虞世基去朝廷拜见隋炀帝，可是他竟然虚弱到趴在地上起不来，隋炀帝赶紧找两个人把他架了起来。隋炀帝看出虞世基守孝太折磨自己了，身体才会吃不消，于是马上下令给虞世基弄点好吃的补补。但是虞世基面对美食想起了母亲再也吃不到这样的美味了，呜呜咽咽哭了起来，肉放到嘴里难以下咽。隋炀帝就派人劝他：“你的身体不仅仅是自己的，你得为了朝廷爱惜自己的身体啊。”这样前前后后劝说了几次。虞世基对母亲的孝敬与追思，也是至情至性。

李德林、虞世基都在亲人去世的时候不喝酒不吃肉，说明礼法有如此规定。为什么阮籍这么任性呢？如果了解了这一段历史的话，就会明白，阮籍其实是用这种看似不合常理的荒诞行为对抗当时礼法的虚伪。他整天研读儒家的诗书，难道不知道应该怎么做？知道。但是统治者又是怎么做的？很多人把圣人的礼法当成了谋取利益的手段，当成了表演。阮籍就是要反其道而行之，其实就是在告诉一些人，我和你们不是一路人！所以说，他是故意这样做的。

鱼鹤竟为孝感来

大诗人李商隐写过一首与孝行有关的诗歌《过姚孝子庐偶书》。这是一首五言律诗：

拱木临周道，荒庐积古苔。
鱼因感姜出，鹤为吊陶来。
两鬓蓬常乱，双眸血不开。
圣朝敦尔类，非独路人哀。

（《全唐诗》，第6219页）

这首诗写于会昌四年（844），当时诗人正在为母亲守孝。据《宋史·孝义列传》记载，唐朝时永乐县有个姚孝子庄，这个庄因孝子姚栖云而得名。贞元年间，国家需安排人戍守边疆，本来应该是姚栖云的伯父参军，但是姚栖云的父亲说："哥哥，你还没有后代，我已经有儿子了，我替您去服兵役。"就这样，姚栖云的父亲毅然走上了战场，不久便战死了。当时姚栖云才三岁，他的母亲就改嫁了，姚栖云由伯母养大。伯母死后，姚栖云就在伯母和父亲的坟旁边建了个草庐守孝，一辈子不胜悲戚，这就是诗中所说的“两鬓蓬常乱，双眸血不开”。县令知道了这件事，就刻石碑表扬姚栖云，当地官员又把这件事上报朝廷，朝廷又做出了旌表的决定，“诏加优次，表其门，名其乡曰孝悌，社曰节义，里曰敬爱”（《宋史》，第13403页）。因为李商隐也在为母亲丁忧，所以当他看到墓庐时，悲从中来，有感而发。

“鱼因感姜出，鹤为吊陶来”两句诗点到了两个和“孝”有关的历史故事：第一个是姜诗夫妻因为孝敬老人而涌泉出鱼，这个故事叫“涌泉跃鲤”；第二个是陶侃为母守孝感动仙鹤。

姜诗是东汉时期人，与母亲相依为命。姜诗对母亲格外孝顺，从来没有让母亲生过气，街坊邻里提起姜诗来没有一个不竖大拇指称赞的。姜诗长大之后娶的妻子也是个孝顺的女子。这个女子是庞盛的女儿，从小学习诗书礼仪，对父母也是孝顺有加。虽然提亲的人踢破了门槛，但是姑娘决定必须嫁一个孝顺父母的好人。所以当庞盛听说姜诗的大名和德行后，很高兴地把女儿嫁给了他。

成亲之后，两个人一起尽心尽力侍奉老人。姜诗的母亲喜欢喝大江里的水，可是江水离家里有六七里路远，但庞氏不怕辛苦，每天到江里打水给婆婆喝。婆婆还有个爱好，就是爱吃鱼肉，而且还不能一个人吃，得有人一起分享。于是夫妻二人想方设法给母亲做鱼吃，打工挣那点钱全用来给母亲买鱼吃了，做好之后叫来邻居大妈和母亲一起享用。就这样日复一日，奇迹出现了。姜诗房屋的旁边涌出了一股泉水，泉水的滋味竟和江水一模一样，更神奇的是泉里每天有两条鲤鱼跳出来。这样，两口子再也不用长途跋涉去江里取水了，而且再也不用想方设法买鱼了。原来，是这两个人的孝心感动了上天，所以才有这样的好报。

后来发生了农民起义，赤眉军从姜诗的村庄经过。带队的听说了姜诗夫妇的感人故事，对士兵们说："大家不要乱来，千万别惊动了大孝之人，要不然会触怒上天，那就麻烦了！"不仅如此，大家还将随身携带的米面粮食悄悄放在姜诗家门口。就这样，在那个到处烧杀抢掠的年代里，姜诗的家乡居然没有受到战乱的骚扰。姜诗因为孝行被推举为孝廉。当皇帝听说了姜诗夫妇的孝行后，深为感动，便封姜诗做了郎中。姜诗死后，东汉明帝下诏为其立祠纪念，叫"姜公祠"，世世代代受到当地老百姓的敬仰和祭祀。

再来说陶侃的故事。陶侃是陶渊明的曾祖，东晋时期的名将，战功赫赫，被封长沙郡公。他治下的荆州，史称"路不拾遗"。陶侃不爱喝酒，也不爱赌博，人品很优秀，死后获封大司马。陶侃在后世也得到了应有的尊重，唐德宗时，他被请进了武成王庙，是六十四将之一；宋徽宗时，他又位列武庙七十二将。

这个战功赫赫的陶侃还是个出了名的孝子，"侃早孤贫"，父亲死得早，是母亲含辛茹苦把他养育成人的。陶侃的家里很贫穷，有一次，鄱阳孝廉范逵拜访陶侃，当时太仓促他没有什么饭食招待范逵。陶侃的母亲就剪下自己的两绺头发，拿出去换来酒菜，招待范逵。有这样的母亲，陶侃能不成才吗？所以，陶侃日常对母亲毕恭毕敬，每天嘘寒问暖，不敢惹母亲生气。后来在范逵的帮助下，陶侃当了官。他在任江夏太守时，专门把母亲接到了自己的身边，每天细心地照顾母亲，像打洗脸水、伺候三餐这样的小事，都包在了陶侃的身上。

《晋书·陶侃传》中记载："以母忧去职。尝有二客来吊，不哭而退，化为双鹤，冲天而去，时人异之。"（《晋书》，第1769页）母亲去世之后，陶侃辞去职务回家为母亲守孝。有一天，家里来了两个客人吊唁。按照礼法规定，主人哭，客人也要跟着哭的，可是这两个客人竟然没有流一滴眼泪就退了出去。刚退出房间，二人就摇身变成了两只仙鹤，冲天飞起，当时的人都觉得很奇怪。其实，这就是陶侃的孝行感动了禽类，才会出现这样神异的事情。

像这样的孝感故事在古代还不少，《晋书·吴隐之传》中讲：

> 事母孝谨，及其执丧，哀毁过礼。家贫，无人鸣鼓，每至哭临之时，恒有双鹤警叫，及祥练之夕，复有群雁俱集，时人咸以为孝感所至。

（《晋书》，第2341页）

吴隐之是个孝子，母亲去世之后，因为家里贫穷，没有钱请人击鼓。可是每到有人过来吊唁或者该哭祭的时候，总会听到有两只仙鹤的叫声。第一年丧期的头天夜里，更神奇的事情发生了，有很多大雁飞集到吴隐之的家里。大家都觉得，这就是吴隐之的孝行感动了仙鹤和大雁。也是因为吴隐之的孝行，他的邻居韩康伯的母亲交代韩康伯："你如果将来当了大官，一定要任用像吴隐之这样的人。"

再比如我们熟悉的王祥"卧冰求鲤"。王祥是魏晋时期的人，母亲死得早，继母朱氏对他很不好，经常在他父亲面前说他的坏话，慢慢地，父亲也很不喜欢他。但是王祥并没有因为父母不喜欢就心生怨恨，而是在父母患病的时候，衣不解带地侍候在床前。有一次，继母生病了，想吃鲜鱼，可又是天寒地冻的时节，市场上根本买不到。王祥来到冻成冰的河面上，解开衣服趴在冰上，想用体温融化冰面。冰忽然自行融化，从水里跃出两条鲤鱼。王祥拿着鱼回家给继母吃，继母吃完之后，病就好了。后人根据这件事写了一首诗：

继母人间有，王祥天下无。
至今河水上，一片卧冰模。

上面这些孝感故事，讲的是人间的孝子通过孝行感动了神仙、禽鸟，这其中有浪漫主义的成分。其实在禽鸟界也有感人的孝行故事。有一种充满亲情的慈乌，小乌鸦出生后，它的妈妈喂养它六十天，到了妈妈年老时，它再反过来喂养妈妈六十天。这就是晋朝成公绥《乌赋》中所说的“雏既壮而能飞兮，乃衔食而反哺”（《全上古三代秦汉三国六朝文》，第1797页）。白居易有一首《慈乌夜啼》，写的就是乌鸦的美德：

慈乌失其母，哑哑吐哀音。
昼夜不飞去，经年守故林。
夜夜夜半啼，闻者为沾襟。
声中如告诉，未尽反哺心。
百鸟岂无母，尔独哀怨深。
应是母慈重，使尔悲不任。
昔有吴起者，母殁丧不临。
嗟哉斯徒辈，其心不如禽。
慈乌复慈乌，鸟中之曾参。

（《全唐诗》，第4665页）

这首诗写于元和六年（811），当时白居易正在为母亲守孝，白居易也是借慈乌报恩来写自己对母亲的悼念。慈乌在妈妈死后，一直发出痛苦的鸣叫声，而且日日夜夜守在自己出生的树林，不愿意离去，因为那里有成长的记忆，有妈妈的影子。慈乌每天夜里的悲鸣声让听到的人不禁潸然泪下，它仿佛是在告诉人们，自己没有尽到反哺之心。诗人被慈乌的行为感动，不禁质问：“难道其他鸟就没有妈妈吗？为什么只有你为失去妈妈而哀怨呢？”诗人自问自答：“应是母慈重，使尔悲不任。”那是因为妈妈在孩子成长的过程中付出了太多的爱，所以才让慈乌伤心不已。白居易与其说是在写慈乌，不如说是在写自己。

白居易说，慈乌就是“鸟中之曾参”。曾参就是曾子，我们前面了解过“二十四孝”中那个“啮指痛心”说的就是曾参的故事。曾子小时候家里很穷，经常需要到山里打柴贴补生活。一天，曾子正在打柴，忽然觉得心疼，扛起柴捆就往家里赶。回到家里，曾子跪下问母亲怎么回事。母亲说：“家里来了客人，我不知道怎么招待，于是就咬手指盼你回来。”曾子于是以礼相待接见了客人。

以孝闻名的曾子有一个让他看不起的学生，那就是吴起。吴起不是大军事家吗？有这样的学生该多有面子啊！吴起的军事才能确实很突出，但是曾子看不起他的原因是这个人在孝行上有问题。在跟着曾子学习期间，“其母死，起终不归。曾子薄之，而与起绝”（《史记》，第2165页）。吴起母亲去世的时候，他始终都没有回去奔丧守孝，曾子很看不起他，于是就断绝了师徒关系。这就是白居易在诗中所说的“昔有吴起者，母殁丧不临”，白居易觉得这样的人“嗟哉斯徒辈，其心不如禽”，连禽兽都不如，简直有点指着吴起鼻子开骂的味道。

本篇开头引用了孟郊的《游子吟》，这里不再重复。孟郊的父亲在他很小的时候就去世了，是母亲辛辛苦苦养育了他们兄弟三人。唐朝是科举时代，孟郊为了实现母亲望子成龙的愿望，总是奔波在从老家湖州到京城长安的路上。可是科举成绩对于孟郊来说又总是不理想，于是他在《落第》中说：

晓月难为光，愁人难为肠。
谁言春物荣，独见叶上霜。
雕鹗失势病，鷦鹩假翼翔。
弃置复弃置，情如刀剑伤。

（《孟郊集校注》，第119页）

自己这么高的才能竟然失败了，这是让孟郊没有想到的，所以他的愁绪全写到了脸上，即便是在春花烂漫的季节，他看到的依旧是“叶上霜”。收拾心情继续战斗，结果在贞元九年（793），孟郊科举考试又失败了。于是他写了一首《再下第》：

一夕九起嗟，梦短不到家。
两度长安陌，空将泪见花。

（《孟郊集校注》，第123页）

孟郊晚上辗转反侧，难以入眠，一个晚上竟然起来九次。孟郊踏上了回家的路，在路上，黯淡的心情让他想到了自杀，正如他在《下第东南行》中说的“江蓠伴我泣，海月投人惊。失意容貌改，畏途性命轻”（《孟郊集校注》，第125页）。可见他有多么痛苦。他甚至打算，不再参加科举考试了，干脆“归去不自息，耕耘成楚农”（《孟郊集校注》，第126页）。直到贞元十一年（795），孟郊才决定最后一搏，到京城参加贞元十二年（796）的进士科考试。从韩愈写的《贞耀先生墓志铭》中不难看出，孟郊这一次进京也不是本意，而是听了母亲的话。贞耀先生就是孟郊，死后朋友们私谥他为贞耀先生。韩愈在《墓志铭》中说：“年几五十，始以尊夫人之命，来集京师，从进士试。”[①]“几”是接近的意思，孟郊动身到京城这一年是四十五岁，他参加考试时已经四十六岁了。

这回老天爷特给孟郊面子，他考上了，拿到了“录取通知书”，为此写了一首让他扬眉吐气的《登科后》：

昔日龌龊不足夸，今朝放荡思无涯。
春风得意马蹄疾，一日看尽长安花。

（《孟郊集校注》，第130页）

孟郊几乎疯了，完全进入了幻想，幻想自己光明的未来，不仅能够马上脱离苦不堪言的日子，说不定将来还能够出将入相。但事实是他不仅没有脱离贫穷，反而还待岗四年。直到五十岁那年，

---

① 刘真伦等：《韩愈文集汇校笺注》，中华书局，2010年8月版，第2047页。

孟郊才被任命为溧阳尉。有了职位之后，孟郊马上把母亲接到了身边，这才“迎母溧上”写下了《游子吟》。

当孟郊看到母亲出现在自己眼前时，已经老态龙钟了，弯腰驼背，白发苍苍，再想想母亲为自己操了一辈子心，心里不是滋味。为了能够光耀门楣，孟郊与母亲总是聚少离多，难得膝前尽孝，所以对母亲满是愧疚之情。总算有机会奉养母亲了，幸福之中又夹杂着悲哀的情绪。如果母亲活不到自己有能力奉养的这一天，恐怕内心要歉疚一辈子了。所以，对父母尽孝不要等，千万不要出现“子欲养而亲不待”的情形。

古来亦有孝女闻

上文说了这么多孝子的感人故事，下面我再讲一些古代女性的孝行。

先从巾帼英雄花木兰说起吧。来看一首诗《木兰辞》：

唧唧复唧唧，木兰当户织。
不闻机杼声，唯闻女叹息。
问女何所思，问女何所忆。
女亦无所思，女亦无所忆。
昨夜见军帖，可汗大点兵。

军书十二卷，卷卷有爷名。
阿爷无大儿，木兰无长兄。
愿为市鞍马，从此替爷征。[1]

花木兰是中国古代四大巾帼英雄之一，也是被屡屡搬上银幕的文学形象。最脍炙人口的要数豫剧《花木兰》，特别是当“刘大哥讲话理太偏”的曲调一起，就让人马上对那位在战场上拼杀的女英雄肃然起敬。

北魏时期，北方的柔然族不断南下侵扰，北魏政权规定每家出一名男子上前线。但是花木兰的父亲年事已高，又体弱多病，没有办法上战场，正如韦元甫《木兰歌》中说的“老父旧羸病，何以强自扶”（《全唐诗》，第3055页），弟弟又不到从军的年龄，所以，花木兰决定替父从军，从此开始了她“弯弓征战作男儿”（《全唐诗》，第5987页）长达十几年的军旅生涯：“万里赴戎机，关山度若飞。朔气传金柝，寒光照铁衣”。

军队是男人的世界，花木兰隐瞒了自己的女儿身，以至于“同行十二年，不知木兰是女郎”。完成了保家卫国的使命之后，花木兰没有因为自己的军功渴望留在朝廷，而是“可汗问所欲，木兰不用尚书郎。愿驰千里足，送儿还故乡”，希望能够回到家乡孝敬父母。花木兰替父从军是因为孝道和爱国，辞官回家更是因为孝道。韦元甫在《木兰歌》结尾说“世有臣子心，能

① 郭茂倩：《乐府诗集》，中华书局，1979年11月版，第373—374页。

如木兰节。忠孝两不渝，千古之名焉可灭”（《全唐诗》，第3055页）。韦元甫认为花木兰应该是一位忠孝两全的人物。

说完这位巾帼英雄，我们再说一位英勇救父的女性——缇萦。大诗人李白的《东海有勇妇》就写到了“缇萦救父”的情节：

> 名在列女籍，竹帛已光荣。
> 淳于免诏狱，汉主为缇萦。
> 津妾一棹歌，脱父于严刑。
> 十子若不肖，不如一女英。
>
> （《全唐诗》，第1699页）

缇萦救父是一件真实的历史故事。《史记》中两次记载这件事，这里以《史记·孝文本纪》为主：

> 齐太仓令淳于公有罪当刑，诏狱逮徙系长安。太仓公无男，有女五人。太仓公当行会逮，骂其女曰：“生子不生男，有缓急非有益也！”其少女缇萦，自伤泣，乃随其父至长安，上书曰：“妾父为吏，齐中皆称其廉平，今坐法当刑。妾伤夫死者不可复生，刑者不可复属，虽复欲改过自新，其道无由也。妾愿没入为官婢，赎父刑罪，使得自新。”书奏天子，天子怜悲其意，乃下诏曰：“盖闻有

虞氏之时，画衣冠异章服以为戮，而民不犯。何则？至治也。今法有肉刑三，而奸不止，其咎安在？非乃朕德薄而教不明与？吾甚自愧。故夫训道不纯而愚民陷焉。《诗》曰：‘恺悌君子，民之父母。’今人有过，教未施而刑加焉，或欲改行为善而道毋由至。朕甚怜之。夫刑至断支体，刻肌肤，终身不息，何其楚痛而不德也，岂称为民父母之意哉！其除肉刑。”

（《史记》，第427—428页）

汉文帝十三年（前167）五月，齐人太仓令淳于公犯了罪，被逮到长安接受肉刑。淳于公没有儿子，只生了五个女儿。被押走那一天，淳于公骂几个女儿说：“生你们几个丫头片子有什么用，关键时候没有一个能帮上忙的。”淳于公最小的姑娘缇萦又伤心又气愤，于是陪着父亲去了京城长安。

到了长安，缇萦托人给汉文帝写了一封奏章，说：“我叫缇萦，是太仓令淳于意的小女儿。我父亲为官的时候，齐地的人都说他是个清官。现在他犯了罪，被判处肉刑。我很难过，那些被行刑的人一旦被砍去脚就成了残废，割去了鼻子就不可能再接上去，以后就是想改过自新也没有办法了。我愿意到官府为奴，替父亲赎罪，这样好让他改过自新。”按说，不就是小姑娘的一个奏章吗？汉文帝大事还处理不完呢，哪有时间和精力陪着小孩子玩呢？他完全可以不放在心上。但是，汉文帝曾经和他的母亲薄太后在底层生活过，知道老百姓的艰难，所以对小姑娘的奏章很重视。

汉文帝看了缇萦的奏章，心生怜悯。他发现小姑娘说得很有道理，于是召集大臣们商量："远古时代没有这么多刑罚，反而没有那么多人犯法，因为什么？是因为太平。现在动不动就采用肉刑，可是老百姓还是作奸犯科，难道不是因为我德行不好，没有教化好老百姓？我很惭愧啊！犯了罪就该受罚，这是天经地义的。可是受罚不是目的，让人改过自新才是关键。现在惩办一个犯人，不是在他脸上刺字，就是毁坏他的肢体，这是一辈子的痛苦，这样的刑罚怎么能劝人为善呢？干脆把肉刑取消了吧！"这样，缇萦不仅救了父亲，而且使以后很多人免遭肉刑之苦，促进了汉朝的刑法建设。

让人感动唏嘘的孝女曹娥的故事见于《后汉书·列女传》：

> 孝女曹娥者，会稽上虞人也。父盱，能弦歌，为巫祝。汉安二年五月五日，于县江溯涛婆娑迎神，溺死，不得尸骸。娥年十四，乃沿江号哭，昼夜不绝声，旬有七日，遂投江而死。至元嘉元年，县长度尚改葬娥于江南道傍，为立碑焉。

（《后汉书》，第2794页）

曹娥是会稽上虞（今浙江绍兴市上虞区）人。她的父亲曹盱因为能歌善舞，被选作巫祝。巫祝就是祭祀潮神的人。当年伍子胥被吴王夫差逼死，尸体被丢进了江中，伍子胥的魂魄化为潮神，一不高兴就兴风作浪。为了纪念伍子胥，当地民众每年五月初五就在江上举行盛大的迎潮神活动；巫祝是迎神使者，需要在江中逆着浪潮又跳又唱。

这一次失手了，潮神玩得太嗨了，惊涛拍岸，真的是柳永《望海潮》中说的那样“怒涛卷霜雪”[1]。就这样能歌善舞的曹盱在大自然面前显得孤助无力，被浪涛像树叶一样卷走了，最后淹死在水中，连尸骨都没找到。那一年曹娥才十四岁。她沿江哭着寻找父亲的尸体，不分白天黑夜，哀声不断；就这样过了十七天，也没有找到父亲的尸体。曹娥一怒之下跳入江中，也被淹死了。风平浪静之后，曹娥和父亲的尸体一起浮上了江面，而且曹娥是抱着父亲的。这只是民间流传的相对圆满的结局。

曹娥的孝行感动了乡邻，人们用最隆重的仪式将父女俩下葬，又在曹娥投江寻父的地方建了一座曹娥庙，把原来的渔村改名为“曹娥村”，还把淹死父女俩的舜江改名为“曹娥江”。元嘉元年（151），上虞县令度尚改葬曹娥于江南道旁，命弟子邯郸淳作诔辞，刻石立碑纪念，即“曹娥碑”。刘长卿曾经两次在诗中写到曹娥碑，一次是在《送荀八过山阴旧县，兼寄剡中诸官》中说“旧石曹娥篆，空山夏禹祠”（《全唐诗》，第1530页）一次是在《无锡东郭送友人游越》中说“碑缺曹娥宅，林荒逸少

① 薛瑞生：《乐章集校注》，中华书局，1994年2月版，第169页。

居”（《全唐诗》，第1532页）。

后世对孝女曹娥也多有表彰，如宋元祐八年（1093），宋哲宗命人在曹娥庙建了高大辉煌的正殿；大观四年（1110），宋徽宗追封曹娥为灵孝夫人，这无疑是对曹娥孝行的褒扬。每年人们都会在曹娥父女遇难的时间，在曹娥庙里举行盛大的哀思庙会。说来也很奇怪，曹娥江上有一个怪象，潮水在别的地方排山倒海，不可一世，可是到了曹娥庙前，马上就会把暴脾气收敛起来。

说到孝顺的小姑娘，我想起来张籍的一首五言律诗《江陵孝女》：

孝女独垂发，少年唯一身。
无家空托墓，主祭不从人。
相吊有行客，起庐无旧邻。
江头闻哭处，寂寂楚花春。

（《全唐诗》，第4304页）

江陵在湖北，即李白《早发白帝城》中“千里江陵一日还”的“江陵”。这里有个姑娘为父母守孝，一辈子没有结婚。别人家祭祀父母亲人都是长子主持，她则亲力亲为。孝女在父母的坟边搭了个小草庵子住在里面守孝，路过的人都很感动，驻足凭吊。当年孝女因思念父母痛哭的江边，已经开满了春花，但是这些花朵仿佛还沉浸在孝女的悲哀中。诗人为什么把春花说成“楚花”呢？因为江陵原来是楚国国都，所以诗人把这里的花称为“楚花”。

孝文化在家庭中是需要传承的。虞世基兄弟二人对父母孝敬有加，当虞世基遇难时，几个孩子对他不离不弃。虞世基共有四个儿子，老大虞肃死得早，老二虞熙、老三虞柔、老四虞晦，都在朝为官。当年宇文化及造反，虞世基的同宗虞仮见局势已经不可扭转，就劝虞熙：“事势以然，吾将济卿南渡，且得免祸，同死何益！”（《隋书》，第1574页）咱们不要被一窝端，保住一个是一个吧，我带你逃命去。没想到虞熙回答说：“弃父背君，求生何地？感尊之怀，自此决矣。”我怎么能丢下父亲和皇帝自己逃命呢？所以他坚决不干。宇文化及先杀了隋炀帝，又要对虞世基下杀手。虞世基的三个儿子争先恐后要替父亲死，“行刑人于是先世基杀之”。这种看似迂腐的行为是孝行的直接体现。再如前面提过的姚栖云，《宋史》中有这么一句话：“栖云生岳，岳生君儒，君儒生师正，自岳至师正，四世庐墓。”（《宋史》，第13403页）这就是孝的传承，也是一个家族兴旺的原因，所以姚家先是“十世同居闻于朝”，被宋仁宗“诏复其家”，后来又出现了三世五十余年“孝睦不替”。

当然，也有人为了名声在孝上做功夫，于是就出现了“察孝廉，父别居”的情况，对外有着孝子的名声，可实际上不养活爹娘。这样的孝是彻头彻尾的伪孝，是沽名钓誉。

孝对于一个人来说是美德，对于一个家庭来说是家风，对于一个民族来说是民族精神。当前，无论是家风建设还是国家精神文明建设，都需要宣传与传承孝文化。古代的孝感故事虽然多有浪漫主义成分，但其中蕴含的精神却是真的，是值得历代传承的。

三更灯火五更鸡
——好学精神

白居易的“下自人，上达君，咸德以慎立，而性由习分。习则生常，将俾夫善恶区别；慎之在始，必辨乎是非纠纷”[①]，谈了学习对个人心性养成的重要性以及学习内容选择的关键性。人的本性是相近的，也就是孔老夫子所说的“性相近也”。但是后天的学习使人和人之间慢慢出现了差别，即“习相远”，甚至有可能会出现“殊途异致，乃差于千里”的情况。

为了成为成功者，白居易“昼课赋，夜课书，间又课诗，不遑寝息矣，以至于口舌生疮，手肘成胝”（《全唐文》，第6890页）。白居易用近乎折磨自己的办法学习，白天练赋，晚上练字，空闲时间练诗，争分夺秒一会儿也不愿休息，口诵手写，结果嘴里起泡，胳膊和手上也磨出了老茧。所以，白居易成了唐宣宗念念不忘的人。唐宣宗在《吊白居易》诗中动情地说“文章已

① 徐松：《登科记考》，中华书局，1984年8月版，第534页。

满行人耳，一度思卿一怆然”（《全唐诗》，第49页）。

翻开中国历史，我们会为孔夫子的“韦编三绝”赞叹，还会为“悬梁刺股”“囊萤积雪”“凿壁偷光”的主人公所感动，更会为陆游“灯前目力虽非昔，犹课蝇头二万言”而拜服。好学是中国人的优良品性，历史上那些好学的故事值得传颂。

且学往圣缉韦编

孔子之所以能成为人们心中顶礼膜拜的圣人，是和他的好学精神密不可分的。关于孔子的好学，我想起了唐太宗李世民《帝京篇》中的“韦编断仍续，缥帙舒还卷”（《全唐诗》，第2页），权德舆《郊居岁暮因书所怀》中的“就学缉韦编，铭心对欹器”（《全唐诗》，第3609页），周弘亮《除夜书情》中的“还伤知候客，花景对韦编”（《全唐诗》，第5298页），以及许浑《元处士自洛归宛陵山居见示詹事相公饯行之什因赠》中的“紫霄峰下绝韦编，旧隐相如结袜前”（《全唐诗》，第6113页），因为他们都不约而同地提到了孔夫子“韦编三绝”的典故。

这个典故被记载在《史记·孔子世家》中：“孔子晚而喜《易》……读《易》韦编三绝。曰：‘假我数年，若是，我于《易》则彬彬矣。’”（《史记》，第1937页）孔子晚年的时候特别喜欢读《周易》，以至于翻来覆去地读，把编简册的牛皮绳翻断了多次。即便是如此，他还自言自语说：如果再给我几年时间，像这种读法，我一定会对《周易》理解得更透彻，我的一言一行也就会文质彬彬了。后人经常用“韦编三绝”这个成语形容一个人好学，读书认真。

春秋时期的书不像今天的纸质书拿着很方便，更不像现在便捷的电子书，那时的书是用竹简、木片做成的。一片竹简上写的字很有限，于是就需要把很多片竹简按照顺序连在一起，这样就成了一卷。连接竹片的带子有两种，丝质的和牛皮的，丝质的叫“丝编”，牛皮的叫“韦编”，“韦”在古代有熟牛皮的意思。“三绝”不是确切指断了三次，“三”在古代指多次。

据《史记·孔子世家》记载，孔子本来是宋国人，宋国国都即今河南商丘。他的祖上因国内发生动乱而逃到鲁国避难，于是成为鲁国人。孔子的先祖弗父何及以下六代宋父周、世子胜、正考父、孔父嘉、木金父、皋易均葬在他们的定居地栗，即今商丘夏邑。因此，孔子常常到夏邑祭祖扫墓。《礼经》和《孔子家语》记载，孔子年轻时曾多次回故里宋国学习和考察殷礼。后人为了纪念孔子还乡学礼，于是建了还乡祠。

孔子曾向道家鼻祖老子问礼，《史记·老子韩非列传》《礼记·曾子问》《庄子》等都有记载。不过孔子问礼的地点存在争议，至少有四种说法，洛阳、鲁地、沛地、陈地。根据《史记》中的《孔子世家》《老子韩非列传》《仲尼弟子列传》，孔子向老子问礼是在洛阳。直到今天，洛阳还有孔子问礼处遗址呢。《史记·孔子世家》记载：

鲁南宫敬叔言鲁君曰：“请与孔子适周。”鲁君与之一乘车，两马，一竖子俱，适周问礼，盖见老子云。辞去，而老子送之曰：“吾闻富贵者送人以财，仁人者送人以言。吾不能富贵，窃仁人之号，送子以言，曰：‘聪明深察而近于死者，好议人者也。博辩广大危其身者，发人之恶者也。为人子者毋以有己，为人臣者毋以有己。’”孔子自周反于鲁，弟子稍益进焉。

（《史记》，第1909页）

老子是当时的东周柱下史，相当于今天的国家图书馆馆长，他管理的图书以周礼为主。孔子认为老子“博古通今，知礼乐之源，明道德之要”，是他学习求教的榜样，便打算向老子求教。

孔子乘马车，带着书童和弟子南宫敬叔千里迢迢来到洛阳。老子见到孔子非常高兴，彻夜长谈之后，老子带孔子拜访了大夫苌弘。苌弘是个大音乐家，他教授孔子乐律、乐理。老子又领着孔子观看祭神典礼，考察周王室的教育和祭祀礼仪，孔子获益匪浅。在洛阳待了几天，孔子向老子辞行。老子送孔子时说：“我听说有钱人送朋友路费，仁义者送朋友寄语。我不是富贵的人，所以没钱送你，就送你几句话吧。当今之世，一些聪明人因为好讽刺别人的是非，所以总是招来麻烦；还有一些人虽然说起来头头是道，但总是抓住别人的短处不放，所以也容易招来祸患。作为儿子，不要总觉得自己比父亲强；作为臣子，不要看不起国君。希望你能记住我的话。”孔子点头答应。

据说，孔子与老子聊了很多很多。他们到了黄河边，看见浊浪翻滚，河水滔滔，势如万马奔腾，轰鸣而泻。孔子感叹说：“逝者如斯夫，不舍昼夜！”孔子是个情商很高的人，看到奔流的黄河，不禁想到岁月蹉跎，因此才会感叹。老子听了说：“人生天地之间，与天地本来是一体的，人有幼、少、壮、老的变化，就像天地有春、夏、秋、冬的交替一样，这有什么值得难受的呢？生于自然，死于自然，一切顺遂自然，这样本性就不会乱，否则就会被牵绊，特别当满脑子都是功名利禄时，必然会被烦恼焦虑困扰。”孔子解释说：“我是担心大道不行，仁义不施，战乱不止，国乱不治啊，因此才有人生短暂，不能有功于世、不能有为于民的感叹！”

老子说：“天地的运行，日月的明亮，星辰的序列，禽兽的生长，都是自然而然的事，不是人为的帮忙。人之所以有生老、有荣辱，都是自然规律。如果顺应这个规律，国则自治，人则自正，为什么非要去提倡仁义礼乐呢？这本来就是违背人的本性的！”稍微停了片刻，老子指着滔滔的黄河水说：“你为什么不学水的美德呢？”孔子问：“水有什么美德？”

老子说：“没有比水更完美的了，你看水滋养万物却从不索取，总是处于卑下的位置，这不是谦虚吗？水柔弱无骨，可是却能水滴石穿，攻下坚固的城池，这不是以柔克刚吗？”孔子听后恍然大悟，说：“先生的话使我茅塞顿开：众人都喜欢处上，可水偏偏处下；众人都喜欢处易，可水偏偏处险；众人都喜欢洁净之处，可水偏偏处于肮脏之所。总是处在别人鄙弃的地方，谁会与它争呢？原来这就是最大的美德！”

老子点头说：“汝可教也！你一定要记住，只有与世无争，天下才没人能与你争，这就是效法水德啊！圣人一定是随时而行，贤人一定是应事而变；智者一定是无为而治，通达的人一定是顺天而生。你回去后，一定不要把骄气、欲念流于言表，现于容貌。否则，谁敢用你？”孔子回答说：“先生的金玉良言，出自肺腑，入于心脾，让我终生难忘。谢谢您！”说完，告别老子，与南宫敬叔上车，依依不舍地回鲁国去了。

与老子的交流，不仅使孔子本人的学业精进很多，也促进了他的弟子们取得了不小的进步。孔子抓住一切学习机会争取进步，有一次他带学生到鲁桓公庙里参观，看到了一个欹器，于是和学生们现场学习。这个故事记载于《荀子·宥坐》篇中：

孔子观于鲁桓公之庙，有欹器焉。孔子问于守庙者曰：“此为何器？”守庙者曰：“此盖为宥坐之器。”孔子曰：“吾闻宥坐之器者，虚则欹，中则正，满则覆。”孔子顾谓弟子曰：“注水焉！”弟子挹水而注之，中而正，满而覆，虚而欹。孔子喟然而叹曰：“吁！恶有满而不覆者哉！”子路曰：“敢问持满有道乎？”孔子曰：聪明圣知，守之以愚；功被天下，守之以让；勇力抚世，守之以怯；富有四海，守之以谦。此所谓挹而损之之道也。[①]

孔子和学生们发现了一个奇怪的器具，就问守庙的人，当得知是欹器时，他就对学生们说：“我曾听说过这样的器皿，这个器皿很有意思，空着的时候是歪的，倒一半水时它就站直了，可是等我们再倒水进去，它就会翻掉了。英明的君主以此来作为最好的提醒，所以常常把它放在座位的右边来警惕自己。”说完，他让学生亲自体验。当大家往里注水时，果然发现像孔子说的那样。孔子感叹说：“哎，哪里会有太自满而不倾覆的道理啊！”子路就问孔子，怎么样才能“持满有道”，孔子的答案是“聪明睿智而能自安于愚笨，功盖天下而能保持谦让，勇猛无敌足以震撼世界却能表现得很怯懦，富有四海但能谦逊，这就是你想要的方法”。

你看，就是一次参观活动，孔子把它变成了一次教学相长的线下精品课。也正是这种自省精神，让孔子永远处于一种不知足状态，而只有不知足，他才能一直处于学习的状态，这也是他能够“韦编三绝”的原因，成为圣人的秘诀。

还有一种好学，是认识到自己的不足之后马上改正并进入

① 王先谦:《荀子集解》，上海书店出版社，1986年7月版，第341页。

终身学习状态，也是很让人佩服的。这个故事记载在《列子·汤问》篇：

> 薛谭学讴于秦青，未穷青之技，自谓尽之，遂辞归。秦青弗止。饯于郊衢，抚节悲歌，声振林木，响遏行云。薛谭乃谢求反，终身不敢言归。[①]

薛谭和秦青都是传说中秦国的歌唱家。薛谭师从秦青学习唱歌，在没有学完秦青的唱歌技巧时，自以为已经学完了老师所有的本领，于是决定告辞回家。秦青也没有挽留，在城外的大路旁为薛谭饯行。席间，秦青打着节拍慷慨悲歌，嘹亮的歌声震动林木，冲上云霄，飘浮的白云也为之驻足。杜甫曾在《听杨氏歌》中夸赞秦青的唱功“吾闻昔秦青，倾侧天下耳”（《全唐诗》，第2361页）。薛谭听了秦青的歌后，知道老师远远超过自己，便向秦青认错，并请求能够重新学习，而且再也不敢提回家了。

我读这个故事，想到的首先是它具有的学习意义。当薛谭开始在“未穷青之技”而“自谓尽之”时，明显在自我认知方面存在误区，在自我评价方面有失实的倾向，以至“遂辞归”。可是当秦青“抚节悲歌”时，他马上被秦青“声振林木，响遏行云”的艺术感染力震撼，这种震撼也是前期跟随秦青学习所培养的艺术感受力，是对前期学习成果的肯定。当然，正是这种艺术感受

① 杨伯峻：《列子集释》，中华书局，1979年10月版，第177页。

力使他意识到了自己与秦青之间存在的差距，这差距正是进步的空间。薛谭体味到老师不直接点破的良苦用心，于是“乃谢求反”，体现了他知错必改的求学精神。

最后一句“终身不敢言归”最耐人寻味：一是体现了薛谭持之以恒的终身学习精神；二是体现了秦青高超的歌唱水平，薛谭之所以“终身不敢言归”，不外乎一直“未穷青之技”；三是揭示了教学相长，若秦青歌唱水平不再提高，以薛谭之好学应有“穷青之技”的一天，也不至于“终身不敢言归”，唯有秦青日日精进才能如此。这让我想起陈飞老师的一句话，“老师是被学生打倒的第一个对象，但为了不让学生打倒，老师必须做到‘苟日新，日日新，又日新’”。可见，学海无涯，学习永无止境，师者也是求学者，要首先有超越自我的学习精神。

老师也是求学者是从哪里体现出来的呢？关于秦青的歌唱水平，在“抚节悲歌，声振林木，响遏行云”之前，并没有看到系统、明确的描述。但薛谭既然向秦青学习，就说明秦青的歌唱水平是高于薛谭的，而且“未穷青之技”一语，更证明了秦青歌唱水平在薛谭之上这个事实。等到饯行时秦青“抚节悲歌”，秦青的歌唱水平才得到了直观表现。“声振林木，响遏行云”，用词不多，却刻画了一个业务精湛的歌唱家形象。现在“声振林木”“响遏行云”成了形容一个人歌唱水准极高的赞语。在薛谭“终身不敢言归”之后还有这么一段文字：

> 秦青顾谓其友曰："昔韩娥东之齐，匮粮，过雍门，鬻歌假食。既去而余音绕梁三日不绝，左右以其人弗去。""过逆旅，逆旅人辱之。韩娥因曼声哀哭，一里老幼悲愁，垂泪相对，三日不食。遽而追之。娥还，复为曼声长歌，一里老幼善跃抃舞，弗能自禁，忘向之悲也。乃厚赂发之。故雍门之人至今善歌哭，放娥之遗声。"
>
> （《列子集释》，第178页）

这段文字看似是秦青为友人讲述的一个故事，实则体现出秦青开阔的学习视野。秦青不因为自己已经"声振林木，响遏行云"而盲目自大，而是善于发现别人的长处，这是大器不易盈的虚心好学精神，这种精神使秦青这位老师的业务水平和人格魅力处于不断精进、完善的动态之中。这让我想起傅先生曾经对我说的几句话："立足专业，放眼学界，注意发现自己的兴趣点，把别人的优点变成自己的长处，这是学习的智慧。"这段话也告诉我们，老师在传道授业解惑的同时，不能忽略了自身修养的提高，老师既是教别人学习的人，也是要坚持学习的人。

刺股偷光临雪彩

孟简曾写过一首诗《惜分阴》：

业广因功苦，拳拳志士心。
九流难酌挹，四海易消沈。
对景嗟移晷，窥园讵改阴。
三冬劳聚学，驷景重兼金。
刺股情方励，偷光思益深。
再中如可冀，终嗣绝编音。

（《全唐诗》，第5370页）

在这首诗中，作者反复强调要珍惜大好时光，只有努力学习才能实现“拳拳志士心”。诗人用了三个好学的典故：“刺股情方励”用了苏秦苦读困倦时以锥刺股的故事；“偷光思益深”用了匡衡夜读时凿邻居墙壁偷光的故事；“终嗣绝编音”用了孔子“韦编三绝”的故事。另外，《全唐诗》中有一首海顺的《三不为篇》，其中有“我欲刺股锥刃，悬头屋梁。书临雪彩，牒映萤光”（《全唐诗》，第9115页），也记录了“悬梁刺股”“囊萤积雪”的故事。

据《太平御览》卷三六三所引《汉书》讲：“孙敬字文宝，好学，晨夕不休。及至眠睡疲寝，以绳系头，悬屋梁。后为当世大儒。”（《太平御览》，第1674页）汉朝有一位叫孙敬的人，从小就爱学习，从早到晚爱书如命，舍不得把书放下一会儿。但是每个人的精力都是有限的，精力用过了都会昏昏沉沉，有的时候不知不觉就会进入梦乡。孙敬一旦遇到这种情况就会很懊恼，总觉得时间荒废了。

有一天他看完书思考问题的时候，两眼直盯着房梁，突然一个想法涌上心头。他找来一根绳子，把绳子的一头拴到了房梁上，另一头系住自己的头发，脑袋往下一低，头皮就会被扯得生疼。这个办法真帮了他的忙，他每天夜里读书都会用这个办法。只要一打瞌睡，头发就会被扯，疼得他一个激灵就醒了过来。这样日复一日年复一年，孙敬的学问突飞猛进，变得博学多才，成了一位名副其实的大学问家，很多人慕名前来向他学习。

苏秦是战国时著名的纵横家。苏秦的家里并不富有，他曾拜当时著名军事家鬼谷子为师，学习治国平天下的学问。学成后，他外出寻找施展抱负的舞台，到了秦国，向秦惠王大谈兼并其他诸侯国的建议，结果秦惠王觉得时机还不成熟，便没有接受苏秦的建议。等他一事无成回到家的时候，衣服破破烂烂，面黄肌瘦的，跟个叫花子差不多，要多狼狈有多狼狈。老婆不待见他，坐到纺车边纺线没搭理他；嫂子更是不给他好脸色，他想吃饭时，嫂子直接恶心他一顿；父母也不正眼看他。

苏秦不愿意接受这个现实：“乃发书，陈箧数十，得《太公阴符》之谋，伏而诵之，简练以为揣摩。读书欲睡，引锥自刺其股，血流至踵。”（《史记》，第2242页）他回到自己的房间，发誓一定要出人头地。他取出书卷，发奋苦读，特别是看重姜子牙兵法一类的著作。晚上读书到深夜困倦的时候，他就用妻子做衣服的锥子扎自己的大腿，一锥子下去鲜血直流，流到脚脖子上。因为疼痛，所以困意全没了，于是他接着读书。就这样不分昼夜，读着想着，一年过后，苏秦豁然开朗。

苏秦带上自己的奇思妙策到了赵国，与赵王高谈阔论，深得赵王的喜爱，赵王于是封他为武安君。苏秦原来劝说秦惠王统一天下，碰了一鼻子灰，这回他改变了策略：你不需要我帮，我就帮你的对手。苏秦带着赵国的相印到了齐国、楚国、韩国、魏国、燕国，商量合纵，一起反抗秦国。这一圈下来，了不得，六国都封他为相，他一出行，光仪仗队排出几里路去，旌旗遮天蔽日，那风光快比得上国君了。这下子再看他的家人，全吓得趴在地上大气儿也不敢出。

孙敬通过“头悬梁”成了大儒，苏秦通过“锥刺股”成了六国的香饽饽，他们的成功靠的都是刻苦好学。“囊萤”的故事记载在《晋书·车胤传》中：“胤恭勤不倦，博学多通。家贫不当得油，夏月则练囊盛数十萤火以照书，以夜继日焉。”（《晋书》，第2177页）晋代有个叫车胤的人，从小很爱学习，但是家里很穷，没有钱买灯油。为此，他只能利用白天的时间好好学习。夏天的一个晚上，他正在院子里背一篇文章，忽然见许多萤火虫在空中飞舞。萤火虫的尾部一闪一闪地发出微弱的亮光。车胤突发奇想，如果把许多萤火虫集中在一起，不就是一盏灯了吗？想到这里，他马上行动。他找了一只白绢口袋，抓了几十只萤火虫放在里面，然后用线绑住袋口，把它吊起来。虽然不怎么明亮，但毕竟是可以用来看书了。从此以后，只要有萤火虫，他就抓来一些当作灯用。他勤学苦练，后来终于做了大官。

“积雪”的主人公叫孙康。孙康与车胤的情况类似，由于没钱买灯油，晚上不能看书，只能早早睡觉。他觉得让时间这样白白浪费掉，实在太可惜了。一天半夜，他从睡梦中醒来，把头扭向窗户时，发现窗缝里透进一丝光亮。原来，那是大雪映出来的，可以利用雪光来看书。于是他一骨碌就爬了起来，穿好衣服，拿出书籍，来到屋外。外面的雪光，比屋里亮多了。孙康不顾寒冷，立即看起书来，手脚冻得没有了知觉，他就起身跺跺脚，搓搓手。从此以后，每逢有雪的晚上，他就不放过这个好机会，用功地读书。这种苦学的精神，促使他的学识突飞猛进，孙康最终成为一个非常有学问的人。

孟简的诗中还说到了“凿壁偷光”的匡衡。匡衡是西汉人，小时候也是非常喜欢读书，可是家里很穷，买不起照明的灯烛，一到晚上就没有办法看书，他经常为此事发愁。这天晚上，匡衡无意中发现自家的墙壁似乎有一些亮光，他起床一看，原来是墙壁裂了缝，邻居家的灯光从裂缝里透了过来。匡衡马上受到了启发，他找来一把凿子，将墙壁的裂缝凿出一个小孔。立刻，一道光线射了过来，匡衡借着这道亮光，认真地看起书来。以后的每天晚上，匡衡都会靠着墙壁，借着邻居家灯光读书。由于从小勤奋好学，他长大后成了一个大学问家。我们今天的条件好多了，有各种照明工具，至少不用像这三位一样，所以我们更要珍惜读书机会。

李白在《笑歌行》中说："宁武子，朱买臣，扣角行歌背负薪。"（《全唐诗》，第1721页）朱买臣也是一位书痴，据《汉书·朱买臣传》中说：

> 朱买臣字翁子，吴人也。家贫，好读书，不治产业，常艾薪樵，卖以给食，担束薪，行且诵书。其妻亦负戴相随，数止买臣毋歌呕道中。买臣愈益疾歌，妻羞之，求去。
>
> （《汉书》，第2791页）

朱买臣是吴地人，虽然家里一贫如洗，但是喜爱读书。按说穷了要想办法致富，至少让老婆孩子有吃有喝，可是朱买臣不善于置办财产家业。他靠割草砍柴换粮食度日。大家看到他的形象几乎每天都一样，担着一捆柴，边走边高声读书。妻子也背一捆柴跟着，多次提醒朱买臣不要那么大声，没想到朱买臣还越说越来劲，声音更大了。妻子觉得丢不起人，就请求与朱买臣离婚。

朱买臣这个故事太有画面感了，扛着柴草边走边大声吵吵着念书，争分夺秒。后来，朱买臣进京求职成功了。在老乡严助的推荐下，汉武帝召见了朱买臣，“说《春秋》，言《楚词》，帝甚说之，拜买臣为中大夫”。朱买臣到京城找工作时还是很尴尬的，刚开始没人搭理他，随身带的干粮都吃完了，几乎沦落到要沿街乞讨。幸好同乡严助很得皇帝宠信，便向皇帝举荐了朱买臣，他这才有了在汉武帝面前讲解《春秋》《楚辞》的机会，他读的书终于派上了用场，皇帝任命他做了官。

李白也是一个“学霸”型的人物。李白曾经在《上安州裴长史书》中说自己“五岁诵六甲，十岁观百家”[①]，五岁就开始读书了，而且十岁的时候已经遍读诸子百家，所以才有了《新唐书·李白传》中“十岁通诗书”的卓越成绩。关于李白所说的“六甲”一直存在争议。有人认为是历书，即黄历；有人认为是南朝陈国沈炯写的《六甲诗》，总共二十句，每两句都用甲乙丙丁等天干开头；还有人认为是道教符箓，唐玄宗在《赐道士邓紫阳》诗中有“太乙三门诀，元君六甲符”（《全唐诗》，第32页），李白从小就有道教情结，所以爱看这个。无论究竟哪种观点是真，有一点意见应该是统一的，那就是李白从小就爱学习，所以才有了后来的“作赋凌相如”。

随着读书越来越多，李白的眼界越来越开阔，思维也越来越活跃，就连那位汉武帝都竖大拇指的司马相如，李白也敢叫板了。李白说“作赋凌相如”，要知道司马相如就是靠《子虚赋》和《上林赋》奠定“江湖地位”的，看来李白真的是读书长学问

① 李白：《李太白全集》，中华书局，1977年9月版，第1243页。

了。李白还不满足已有的知识储备，他想多学点技能，于是开始学习道法，“十五游神仙，仙游未曾歇”（《李太白全集》，第1104页）。李白在《对酒忆贺监》中说“长安一相见，呼我谪仙人”（《李太白全集》，第1085页），贺知章第一次见李白惊为“谪仙人”，高道司马承祯遇见李白，赞叹说李白有仙风道骨，可与他神游八极之表。这就是他学习道家文化所带来的影响。

李白十五岁的时候确实很忙，学习任务很重，不仅“观奇书”“游神仙”，还“学剑术”，这是他在《与韩荆州书》中自己说的，原话是“十五学剑术”。李白的功夫没有白练，竟然能够如《侠客行》中所说的那样“银鞍照白马，飒沓如流星。十步杀一人，千里不留行”（《李太白全集》，第216页），绝对是个“武林高手”。到了十八岁，李白又跑到大匡山上向赵蕤学习王霸之道。赵蕤是唐代杰出的纵横家，也是蜀学的代表学者，代表作是《长短经》，这本书是儒家、道家、法家、纵横家、兵家、墨家、杂家等各家各派思想的融合。这些学习经历，让李白的思想上天入地，变得驳杂。他这么做是为将来“一飞冲天，一鸣惊人”做准备的。他在《送赵云卿》诗中说“如逢渭川猎，犹可帝王师”（《李太白全集》，第840页），这不仅是说赵蕤，更是他自己的人生理想。

应该说历朝历代都有刻苦学习的典范，比如与李白并称“双子星座”的现实主义诗人杜甫。杜甫之所以能够有辉煌的文学成就，和他的勤奋好学密不可分。他的十三世祖杜预是西晋名将，被封当阳侯，注释过《春秋左氏传》。也就是说，老杜家是以经学传家的，所以杜甫就在儒释道三教合一的时代形成了以民为本、以仁义为核心的价值取向。他的诗歌如《自京赴奉先县咏怀五百字》中所说的“默思失业徒，因念远戍卒”（《全唐诗》，第2266页）、《别蔡十四著作》中所说的“尚思未朽骨，复睹耕桑民”（《全唐诗》，第2330页）、《蚕谷行》中所说的“焉得铸甲作农器，一寸荒田牛得耕”（《全唐诗》，第2334页），都是他对所学儒家精神的内化。

杜甫有广征博取虚心的学习精神，他在《戏为六绝句》中说“不薄今人爱古人，清词丽句必为邻”，又说“别裁伪体亲风雅，转益多师是汝师”（《全唐诗》，第2453页）。曹丕所说的“文人相轻”在杜甫这里几乎是看不到踪影的。元稹曾经在《唐检校工部员外郎杜君墓系铭并序》中说过这样的话：

> 至于子美，盖所谓上薄风骚，下该沈宋，古傍苏李，气夺曹刘，掩颜谢之孤高，杂徐庾之流丽，尽得古今之体势，而兼今人之所独专矣。①

这段话不难理解，杜甫正是在对前人艺术经验汲取的基础上形成了自己的特点，所以秦观说“杜子美善于诗，实积众家之长”。杜甫也正是具有了虚听广受的心胸，才取得了《奉赠韦左丞丈二十二韵》中“读书破万卷，下笔如有神。赋料扬雄敌，诗看子建亲”（《全唐诗》，第2252页）的卓越成就。杜甫这种博采众长

① 元稹：《元稹集》，中华书局，1982年8月版，第691页。

的精神带给我们启示：海之所以博大，在于其容纳百川的胸怀，能把别人的优点变成自己的长处，才是学习的智慧。

《新唐书》的第一位编撰者欧阳修也值得我们学习。据《宋史·欧阳修传》中讲，欧阳修“四岁而孤，母郑，守节自誓，亲诲之学，家贫，至以荻画地学书。幼敏悟过人，读书辄成诵”（《宋史》，第10375页），欧阳修的父亲在他四岁时就去世了，是母亲含辛茹苦教导他学习成长的。当时家里很穷，买不起笔墨纸砚，于是母亲就用芦苇秆在地上教欧阳修写字。这是个很励志的故事，与“囊萤积雪”“凿壁偷光”的刻苦精神是一致的。正是这种艰苦的环境激起了欧阳修刻苦学习的热情。欧阳修很聪明，再加上刻苦勤奋，练成了过目不忘的本领。

《宋史·欧阳修传》记载了这么一件事：“修游随，得唐韩愈遗稿于书簏中，读而心慕焉。苦心探苦志探赜，至忘寝食，必欲并辔绝驰而追与之并。”欧阳修十岁的时候，在随州一个姓李的朋友家中发现了宝贝，看到旧书堆中有六卷韩愈的文稿，一看便爱不释手，于是央求朋友送给他。朋友看他是真心喜欢，也就成人之美了。拿到手之后，欧阳修废寝忘食刻苦钻研，并下决心一定要成为与韩愈一样的大家。通过潜心学习，欧阳修文笔老练，后与韩愈同列“文章八大家”。

好学是每一个成功者的共同特点，陆游虽然没有在官场上混得风生水起，但是在中国诗坛上却是硬核存在。他有一首《读书》诗：

归老宁无五亩园，读书本意在元元。

灯前目力虽非昔，犹课蝇头二万言。

（《剑南诗稿校注》，第626页）

陆游说，自己现在过着归乡隐居的生活，纵然没有那五亩田园也无所谓，因为读书的本意不是为了自己的小日子，而是为了天下百姓。有了明确的目标，读起书来也就有了动力，虽然灯下读书眼神已大不如前，但还是坚持着阅读完了两万的蝇头小字。这首诗后面有个小注“时方读小本《通鉴》”，陆游当时阅读的是小本的《资治通鉴》。不管读书目的，还是读书量，陆游的好学精神都让人敬佩。

好学浸润成家风

我在撰写《唐诗中的家风家训》时，发现了一个很有规律性的现象：一个家族之所以能传承数代不衰，往往和其历代相传的学习风气有关，而且这种学习风气已经浸润了家族的文化血脉。我们简单了解两个家族——杜氏家族和柳氏家族。

杜牧在《上李中丞书》中说：“某世业儒学，自高、曾至于某身，家风不坠，少小孜孜，至今不怠。”[①]这句话说出了杜氏家族的家风传统——爱学习。杜牧曾写过一首《冬至日寄小侄阿宜诗》，其中讲：

勤勤不自已，二十能文章。
仕宦至公相，致君作尧汤。
我家公相家，剑佩尝丁当。
旧第开朱门，长安城中央。
第中无一物，万卷书满堂。
家集二百编，上下驰皇王。
多是抚州写，今来五纪强。
尚可与尔读，助尔为贤良。
经书括根本，史书阅兴亡。
高摘屈宋艳，浓薰班马香。
李杜泛浩浩，韩柳摩苍苍。
近者四君子，与古争强梁。
愿尔一祝后，读书日日忙。
一日读十纸，一月读一箱。
朝廷用文治，大开官职场。
愿尔出门去，取官如驱羊。

（《杜牧集系年校注》，第81页）

① 吴在庆：《杜牧集系年校注》，中华书局，2008年10月版，第860页。

这首诗不仅是杜牧对侄子的殷殷叮嘱，也印证了杜氏“家风不坠”的传统。

我们从“家集二百编，上下驰皇王”的杜佑说起。《新唐书·杜佑传》中说“佑资嗜学，虽贵犹夜分读书”（《新唐书》，第5089页）。可见杜佑是名副其实的好学，虽然身份已经很显贵了，还能坚持读书，而且是“夜分读书”。“夜分”即半夜，这是梦见周公的时间，可是杜佑却在坚持读书。或许是因为白天太忙碌了没有时间读书，或许是夜里比较安静便于深度学习，不管怎么说，杜佑这个习惯难能可贵，只有这样家中才会“万卷书满堂”。

杜佑的好学让他一路从一个普普通通的县丞升到了宰相，还被封为岐国公。难怪杜牧说“仕宦至公相”“我家公相家”。杜佑先后四次向唐宪宗提出辞职，但宪宗总有理由不准，甚至承诺杜佑不用每天上班，“佑每进见，天子尊礼之，官而不名”（《新唐书》，第5089页），杜佑每次进宫汇报工作的时候，唐宪宗都是尊称他为司徒，而不是直呼其名，足见唐宪宗对杜佑的尊重。

杜佑写成了二百卷《通典》，这是他一生学问的结晶。杜佑为什么要写《通典》呢？《旧唐书·杜佑传》中给了答案。开元末年，刘秩“采经史百家之言，取《周礼》六官所职，撰分门书三十五卷”（《旧唐书》，第3982页），写成了《政典》。刘秩的《政典》“大为时贤称赏”，房琬甚至认为“才过刘更生”，大家都觉得这是一项了不起的文化工程。但是当杜佑看到这本书时，觉得“条目未尽”，还有很多不足，于是在这个基础上“加以《开元礼》《乐》”，从而编写成了二百卷《通典》。这套书的价值有多高？看看中华书局出版的《通典·点校前言》中所引《四库全书总目提要》是怎么说的：

> 博取《五经》群史及汉魏六朝人文集奏疏之有裨得失者，每事以类相从，凡历代沿革，悉为记载，详而不繁，简而有要，原原本本，皆为有用之实学，非徒资记问者可比。考唐以前之掌故者，兹编其渊海矣。[1]

《通典》不仅内容涉及广泛，而且编排体例也是无可比拟的。不管是了解治国理政的往事，还是做学问，《通典》都是不可或缺的重要文献。杜佑完成《通典》的编撰之后，向皇帝提交了一篇奏文，其中说：“夫《孝经》《尚书》《毛诗》《周易》《三传》，皆父子君臣之要道，十伦五教之宏纲，如日月之下临，天地之大德，百王是式，终古攸遵。”（《旧唐书》，第398页）这段说明了杜佑对儒家学问的态度，同时展现了杜佑广征博取的学习精神。

杜佑有两个儿子，分别叫杜式方和杜从郁，杜从郁是杜牧

① 杜佑：《通典》，中华书局，1988年12月版，第3—4页。

的父亲。虽然没有明确记载说杜式方这一代“夜分读书”手不释卷，但依旧可以从一些事例中感受到他们身上那种好学的精神。杜式方曾经负责过考定音律的工作，并且受到上级领导高郢的表扬。如果他对音律方面的知识一无所知，恐怕很难胜任这项工作。杜佑曾经写过《改定乐章论》，说明从杜佑这里起就有音律知识方面的积累。看来杜式方在这一方面是受到父亲影响的，加上自己的勤学，这才达到了“明练钟律”的水准。

杜式方的儿子杜悰即杜牧的堂兄也是个好学之人，这在杜牧的《冬至日寄小侄阿宜诗》中有过描述：

吾兄苦好古，学问不可量。
昼居府中治，夜归书满床。

（《杜牧集系年校注》，第81页）

杜悰大有爷爷杜佑“夜分读书”的遗风，也是持之以恒的坚持才让他有了“不可量”的“学问”，这也是他能成为唐宪宗的驸马都尉的重要原因。公主死后，杜悰很长时间没有去向文宗皇帝行礼，文宗皇帝自然很生气。户部侍郎李珏解释说：“比驸马都尉皆为公主服斩衰三年，故悰不得谢。”（《新唐书》，第5091页）按照旧例，公主过世后，驸马要为公主守丧三年。“斩衰”是用最粗的生麻布制作，是“五服”中最重的丧服。如果整天提笼架鸟不学无术，杜悰怎会知道这些礼制？所以，这个例子也足以证明杜悰“学问不可量”了。

再来说说杜牧。当代杜牧研究大家吴在庆先生在《杜牧集系年校注·序言》中对杜牧赞誉有加：

> 前人常以“俊爽”“宕而丽”“雄杰”“豪健”“寓少拗峭”“雄姿英发”等语品评杜牧诗。这些评语，我们可以归纳为俊爽峭丽、雄健劲迈。他的有些诗歌风格上偏重于俊爽峭丽，有的则以雄豪劲健见其神采，但它们有一个共同的特点，即神采飞扬、气势不凡，给人生气勃勃的超拔之感。
>
> （《杜牧集系年校注》，第7页）

《旧唐书·杜佑传》中说：“牧好读书，工诗为文，尝自负经纬才略。”（《旧唐书》，第3986页）杜牧从小受爷爷的影响，学习涉猎面很广，有大抱负，用他在《上李中丞书》中的话说就是“治乱兴亡之迹，财赋甲兵之事，地形之险易远近，古人之长短得失”（《杜牧集系年校注》，第860页），都是他关注的。

王定保《唐摭言》中记载，大和二年（828），太学博士吴武陵去教室上课的时候，发现学生们都低着脑袋看一篇文章——杜牧的《阿房宫赋》，他也被深深吸引。“太学博士”放今天怎么着也得是国学专家，能被一个年轻人的文章吸引住，足见这篇文章有多成功。于是，吴武陵也抄写了一份，还送给当年的主考官崔郾，并极力向崔郾推荐杜牧为状元。后来经过反复周旋，崔郾答应吴武陵，将杜牧录取为第五名。要知道，当年崔郾被吴武陵逼着做这个决定的时候，杜牧还没有进考场考试呢。卷子上一个字没写呢，名次就已经定了，足见这篇文章多么令吴武陵折服。

再来说说杜牧笔下的小侄阿宜。别看这个孩子小，天生就聪明，刚到入学年龄，就表现出了会学习的天分，“今年始读书，下口三五行”。家里有这样的孩子，当家长的自然高兴得不得了。所以杜牧对小侄子寄予厚望：

愿尔一祝后，读书日日忙。

一日读十纸，一月读一箱。

希望孩子通过“勤勤不自已”的学习，达到“二十能文章”的目的。当叔叔的给孩子提出了目标：一、先传承家学，“家集二百编，上下驰皇王”，曾祖的《通典》“尚可与尔读，助尔为贤良”，这本书有利于阿宜成为贤良的人。二、读经史，因为杜牧觉得“经书括根本，史书阅兴亡”，一来可以让人学问扎实，二来可以让人知道历史发展，以古鉴今。三、学文，“高摘屈宋艳，浓薰班马香。李杜泛浩浩，韩柳摩苍苍”，向那些文学大家好好学习，而且既要师古学习屈宋、班马，还要学今取法李杜、韩柳，视野很开阔。只有这样，才能在“朝廷用文治，大开官职场”的情况下“取官如驱羊”，最终实现“仕宦至公相，致君作尧汤”的政治理想。

柳氏家族的代表人物是大书法家柳公权。柳氏家族的好学主要表现在柳公绰、柳公权、柳仲郢、柳璞、柳璧等人身上。柳公绰是柳公权的哥哥。

柳公绰刚出生三天，他的伯父柳子华就很看好这个小婴儿，对柳公绰的父亲柳子温说：“保惜此儿，福祚吾兄弟不能及。兴吾门者，此儿也。”（《旧唐书》，第4313页）意思是让柳子温好好养育柳公绰，柳公绰将来能够光耀门楣。柳子华“有知人之明”，也就是会相面。柳公绰没有让伯父失望走眼，从小就聪明异常，爱读书，虽然家里没有那么多钱，但“有书千卷”，这可是让读书人羡慕不已的。柳公绰读书有个特点，不是什么书都读，“不读非圣之书”，有很明显的倾向性，看着读书单调，实际上有利于人格的塑造。

长到十八岁，柳公绰参加了科举考试，他考的不是常规的明经科、进士科，而是贤良方正、直言极谏科。这个科目属于制科，难度要比进士科、明经科等常规科目大，进士科和明经科刚考上并没有岗位，需要再参加别的环节考试，然后还可能要待岗。柳公绰考的这个制科不一样，只要考中马上就解决岗位。贞元元年（785），柳公绰拿到“录取通知书”之后，被任命为秘书省校书郎。柳公绰不是有点成绩就安于现状裹足不前的人，他觉得秘书省校书郎这个职位并不能施展自己的所学。于是他又走进了考场，还是参加的制科考试，贞元四年（788）再次考上了贤良方正科。这里需要指出来的是，唐朝时一个人是可以多次参加制举科考试的，有的人考试上瘾，一辈子不停地换着科目考，能考十来回。柳公绰这次被任命为渭南尉。

柳公权有哥哥这样的榜样，学习也很用功，“幼嗜学，十二能为辞赋”（《旧唐书》，第4310页），“嗜学”就是坚持不懈刻苦学习，这不仅是一种好的学习习惯，也是一种学习能力。效果怎么样呢？十二岁就会写辞赋了，而且在元和元年（806）考上了进士。王谠《唐语林》和徐松《登科记考》中还说柳公权是这一年的状元，不过这个说法是存在争议的。更让人刮目相看的是，柳公权在考上进士的同一年又考上了博学宏词科，这就厉害了。

博学宏词科是很难考的，几乎需要考生是百科全书，上知天文下知地理，只有这样才能当得起“博学宏词”这个称号，当年韩愈都没有考上这个科目。柳公权考上了，绝对算得上人才中的人才了，是不是可以证明柳公权爱读书、读书多呢？柳公权的好学还表现在他的书法方面。《旧唐书》中既说他“志耽书学”，又说他“初学王书，遍阅近代笔法”（《旧唐书》，第4313页），最后自成一家。当时社会上出现一种很有意思的现象，公卿大臣家如果有老人去世，一定要有柳公权所写的碑文，如果没有，会被人认为是不孝的；甚至还出现了外国使臣到大唐也一定要买到柳公权的书法作品，这叫“购柳书”。柳公权还很好地将书法和学问结合在一起。他精通《春秋左氏传》《国语》《尚书》《诗经》《庄子》，每讲说一词一义，常写满好几张纸，既加深了对经典词义的理解，又练习了书法，一举两得。

柳公绰的儿子叫柳仲郢，在父亲的影响下养成了爱学习的习惯，加上母亲“善训子”，所以“仲郢幼嗜学，尝和熊胆丸，使夜咀咽以助勤”（《新唐书》，第5023页）。为了提神，母亲让柳仲郢吃用熊胆制作的丸子，苦啊，简直就是唐代版的“虎妈”。凭着勤学所积累的学识，柳仲郢在元和十三年（818）考上了进士。当年有一位考生叫陈标，他写了一首诗送给一起被录取的人说“文字一千重马拥，喜欢三十二人同”[①]，当年全国仅仅考上三十二人。

据历史记载，“仲郢有父风，动修礼法”，还赢得了牛僧孺的赞叹：“非积习名教，安能及此！”（《旧唐书》，第4305页）“积习”指长久以来养成的习惯，我们可以理解为长时间地学习；“名教”是强调社会等级名分的儒家，“积习名教”自然就是长期学习儒家学问了，这也就是前面所说的柳公绰“不读非圣之书”的作风。柳仲郢进入仕途之后，并没有把学习搁置在一边，而是“退公布卷，不舍昼夜”（《旧唐书》，第4305页），下班回到家没有别的事，就是读书。据《新唐书·柳公绰传》所附“柳仲郢传”可以发现，柳仲郢家里藏书很多，达万卷，而且每一种都是三本，每一种都有它的用途，具体来说，“上者贮库，

① 王定保：《唐摭言》，上海古籍出版社，2012年8月版，第107页。

其副常所阅，下者幼学焉”（《新唐书》，第5025页），上等的保存，中等的自己看，下等的用来教孩子们学习，分得很明确。

当时没有现在这么便利的购书条件，书全靠手抄。抄书也是柳仲郢的学习方法，他靠抄书完成了《柳氏自备》丛书系列，这就是《旧唐书》中所说“《九经》、《三史》一钞，魏、晋已来南北史再钞，手钞分门三十卷，号《柳氏自备》”（《旧唐书》，第4307页），有的抄一份，有的抄两份。《旧唐书》中说柳仲郢抄写了《九经》，《新唐书》中认为是《六经》，不管怎么说，儒经是柳仲郢学习的重要内容。除此之外，柳仲郢“又精释典，《瑜伽》《智度大论》皆再钞，自余佛书，多手记要义”。柳仲郢抄书并不是做给别人看的，而是“皆楷小精真，无行字”（《新唐书》，第5025页），全是用小楷规规矩矩地书写，没有一个错字，没有一个行书，自我要求相当严格。

孩子们生活在学习氛围如此浓郁的家庭里，肯定会耳濡目染。柳仲郢有四个儿子，“新唐书”中说柳璞没有用心经营仕途，“学不营仕”，一心扑在学问上。他写有《春秋三氏异同义》，说明柳璞是精通“春秋三传”的，否则难以胜任“异同义”的辨析能力和撰写任务。柳璞又写有《天祚长历》，从西汉武帝时开始，用编年体的形式，把历年发生的大事、天灾人祸、战争等进行编排。这件事看似很简单，就是阅读的过程中搜集相关资料，实际上这是一项大工程，相当于通过熟读历史创建了一个数据库。若阅读不够细致，根本就不知道哪一年有什么事发生。

柳璞经常说："杜征南《春秋后序》述纪甲历为得实，自余史家皆差。"（《新唐书》，第5025页）"杜征南"就是杜预，杜甫的十三世祖，因为死后被追赠为征南大将军，所以称"杜征南"；《春秋后序》就是杜预的《春秋左传集解后序》。柳璞认为，除杜预的《春秋左传集解后序》比较靠谱之外，其余别人写的都有问题。他的这个说法很容易得罪人，但是得到了蒋系的支持。蒋系是唐代史学家，和柳璞都是圈内人，曾参与编修《宪宗实录》，因为在史馆任职，对史料很熟悉，所以有资格对柳璞的观点进行评价。虽然正史中关于柳璞的文字不多，但是足以让我们看到柳璞专精经史的高度了。

柳珪大中五年（851）进士及第，柳璧大中九年（855）考上了进士，二人都是"秀整而文"，不仅人长得帅，而且文格高雅。二人都受到过大诗人李商隐的赞赏，《旧唐书》中说柳璧"尝为《马嵬诗》，诗人韩琮、李商隐嘉之"（《旧唐书》，第4307页）。我们虽然对韩琮陌生，但对李商隐太熟悉了，那可是被白居易夸赞过的大诗人，能被白居易点赞可见其水平。不过很遗憾，柳璧写的《马嵬诗》没有留存下来。

柳仲郢的四子叫柳玭，他和祖、父辈以及三个哥哥不一样，他没有考进士，而是"应两经举"。两经举考什么呢？《新唐书·选举志》中说："通二经者，大经、小经各一，若中经二。"（《新唐书》，第1160页）可以考一本大经一本小经，也可以考两本中经。那么大、中、小经又是怎么区分的呢？《新唐书·选举志》中是这样规定的："凡《礼记》《春秋左氏传》为大经，《诗》《周礼》《仪礼》为中经，《易》《尚书》《春秋公羊传》《穀梁传》为小经。"所以柳玭也是一个纯正的儒家学者。因为明经科在唐朝时不太受重视，柳玭又参加了书判拔萃科考试。这都是对他学习效果的检验。

杜氏家族、柳氏家族都是有着浓郁学习氛围的家族。长者为晚辈树立了榜样，哥哥是弟弟的楷模，所以才能在家族中形成嗜学传统。

虽然中国历史上有许多爱学典范，而且沉淀为中国的好学精神，但也不乏贪玩的代表，比如陈子昂。《新唐书·陈子昂传》中说："子昂十八未知书，以富家子，尚气决，弋博自如。"（《新唐书》，第4067页）十八岁之前没有读过书，整天任侠使气，打架斗殴，城外打猎，城里赌博，整个儿就是一个问题少年、败家子。谁家要有这么一个孩子，非愁死不可！好在陈子昂知错能改，"他日入乡校，感悔，即痛修饬文明"，一天到学校去玩，看到和他一样年龄的人都在发奋苦读，觉得这才是正道，于是痛改前非，折节读书。

假如不知道改悔呢？只是想玩，看到书就头疼，怎么办？于是劝学诗应运而生，如孟郊的《劝学》：

击石乃有火，不击元无烟。

人学始知道，不学非自然。

万事须己运，他得非我贤。
青春须早为，岂能长少年。

（《全唐诗》，第4192页）

石头只有击打才会迸出火花；如果没有击打，它连一点儿烟也冒不出。人也是这样，只有通过努力学习才能掌握知识；不学习，知识不会从天上掉下来。任何事情必须自己去实践，别人有别人会，不能代表是你的。青春年少时期就应趁早努力，一个人难道能够永远都是“少年”吗？这让我想起了汉乐府《长歌行》中的“百川东到海，何时复西归。少壮不努力，老大徒伤悲”（《六臣注文选》，第494页）。还有一首《劝学》诗很经典：

三更灯火五更鸡，正是男儿读书时。
黑发不知勤学早，白首方悔读书迟。

这首诗据说是颜真卿写的。它告诉我们要珍惜时间，好好读书，不能等到年龄老大了才后悔当初没有努力。这首诗指出来的现象也是比较常见的，一些人唱着“明日复明日，明日何其多”，最后却落得个“我生待明日，万事成蹉跎”的结果。只有像朱熹说的那样，充分意识到“少年易老学难成，一寸光阴不可轻”，去努力学习，才能享受“为有源头活水来”的佳境。

微躯此外更何求

——和谐精神

和谐是中国传统文化中的重要民族精神，而且已经沉淀成了一个哲学概念。在《尚书·舜典》中有“八音克谐，无相夺伦，神人以和”（《尚书译注》，第19页），意思是说不同的乐器能够演奏出和谐的声音，而且使听的人能够感到快乐与和谐。《左传·襄公十一年》中记载了晋悼公与魏绛的一次对话，晋悼公说魏绛让自己与各部族和谐共处，于是出现了“八年之中，九合诸侯，如乐之和，无所不谐”（《左传译注》，第697页）的局面，魏绛认为“夫和戎狄，国之福也”，更体现了人们对和谐的追求。和谐大体来说包括人与自然的和谐、人际关系的和谐、个体身心的和谐，这些和谐已经演变成了中国传统文化中的核心价值。

兽返深山鸟构巢

中国自古以来就讲究天人合一，强调人类应该尊重自然、保护自然，《周易·乾卦·文言》中有："夫大人者，与天地合其德，与日月合其明，与四时合其序，与鬼神和其吉凶。"[①]圣人总能够与天地宇宙和谐相处，所以才能使一切井然有序。《礼记·中庸》中说："中也者，天下之大本也；和也者，天下之达道也。致中和，天地位焉，万物育焉。"（《礼记译注》，第691页）中是天下各种感情和道理的本源，和是天下一切事物的通理。达到中和的境界，天地间一切事物的位置就和谐了，万物也就自然生长繁育了。庄子说"天地与我并生，而万物与我为一"，也是强调个体与自然的关系。总之，我们的先贤自古以来就强调人必须遵循自然规律，顺应自然，与自然保持协调。天地万物本来就是一个和谐的大家庭，人与人是兄弟，人与物是朋友，相互之间应该亲密无间，共存共荣。

元稹曾经写过一首《驯犀》，其中就讲到顺应万物自然天性的道理，其中蕴含着环境保护的理念：

建中之初放驯象，远归林邑近交广。
兽返深山鸟构巢，鹰雕鹞鹘无羁鞅。

① 黄寿祺等：《周易译注》，上海古籍出版社，2004年7月版，第19页。

贞元之岁贡驯犀，上林置圈官司养。

玉盆金栈非不珍，虎啖狴牢鱼食网。

渡江之橘逾汶貉，反时易性安能长。

（《全唐诗》，第4617页）

古代帝王总是认为天下都是自己的，“普天之下莫非王土，率土之滨莫非王臣”，所以自己一定要在京城享受到天下四方的珍异。于是，全国各地就会送来珍禽异兽，但是因为改变了它们的生活环境，必然会有一些很糟糕的结果，“渡江之橘逾汶貉，反时易性安能长”，比如贞元九年（793），南海献给朝廷的犀牛，就没有能够扛过北方寒冷的冬天。这就是元稹写《驯犀》的背景。

在元稹的诗里，一开头就写到了一个历史事件，唐德宗在建中初年放生驯象。据《旧唐书·德宗本纪》记载，大历十四年（779）五月，德宗刚刚即位就“诏禁天下不得贡珍禽异兽”，而且“诏文单国所献舞象三十二，令放荆山之阳，五坊鹰犬皆放之”（《旧唐书》，第320页）。唐德宗不仅禁止各地向朝廷进贡珍禽异兽，而且把已经进贡的全部放归自然。这一决定不仅体现了唐德宗的仁政，也体现了其尊重自然保护自然的理念。这里需要说明两个问题：一、苏鄂《杜阳杂编》中说“代宗朝，文单国累进驯象三十有二，上即位，悉令放之于荆山之南”[①]，认为这

① 苏鄂：《杜阳杂编》，丛书集成初编本，中华书局，1985年版，第9页。

件事是代宗做的，实际上据《旧唐书·德宗本纪》可知是德宗的善举。二、唐德宗于大历十四年（779）五月登基，第二年改元建中，所以诗中所说的“建中之初”即唐德宗即位之初。

这件事影响很不一般，当年的博学宏词科的考试题就是《放驯象赋》，当然目的是反映君主勤于朝政和“推己于物”“恩及飞走”的优秀品质。这次考试中，有个叫独孤授的考生，他的文章中有一句“化之式孚，则必受乎来献；物或违性，所用感于至仁”（《文苑英华》，第603页）受到皇帝的青睐，而且还被“特书第三等”。

独孤授在赋中指出，皇帝放归驯象有着多方面的考虑，“揆夫国用，刍豢之费则多；许以方来，道途之勤亦至。与其绁之而厚养，孰若纵之而自遂。且彼集于禁林，我则有五色九苞之禽；在于灵囿，我则有双骼共抵之兽”，驯养大象一来需要耗费大量的人力物力，二来皇家园林里已经有很多珍禽异兽，所以没有必要继续“致远物于外区”，所以当皇帝决定“返诸林邑之野，归尔梁山之隅”时，他赢得了“放一兽而庶类知归，遂四方而万代作则”（《文苑英华》，第604页）的效果，不仅主观上推行了仁政，而且客观上保护了环境，还通过这个举措促进了怀柔四夷也就是民族和谐。难怪唐德宗会被史学家高度赞扬，“古之贤君，未能及此”（《旧唐书》，第316页）。

说起君王对环境的保护，不由得让人想起了“网开三面”的故事。司马迁《史记·殷本纪》记载：

汤出，见野张网四面，祝曰：“自天下四方皆入吾网。”汤曰：“嘻，尽之矣！”乃去其三面。祝曰：“欲左，左。欲右，右。不用命，乃入吾网。”诸侯闻之，曰：“汤德至矣，及禽兽。”

（《史记》，第95页）

有一次，汤外出，看见一个猎人在捕捉鸟兽，猎人在野地里四面张网，并祷告说：“天上飞的地上跑的，从四面八方来的鸟兽，都到我网里来吧。”汤提醒他说：“哎，这样的话鸟兽不就被你捉光了？”猎人听了有道理，这不是长久之计，这次捉了很多，以后不就没有了吗？于是猎人就收去了三面的网。汤又教他这样祷告：“想去左边的去左边，想去右边的去右边，留下那些不要命的落到我的网中来吧。”诸侯们听到这个消息，称赞汤的善良，对鸟兽都这么仁德。

《吕氏春秋·义赏》中说：“竭泽而渔，岂不获得，而明年无鱼；焚薮而田，岂不获得，而明年无兽。诈伪之道，虽今偷可，后将无复，非长术也。”（《吕氏春秋》，第147页）意思是，抽干湖水来捕鱼，肯定会收获满满，但是第二年就没有鱼了；烧毁树林来打猎，野兽肯定会无所遁逃，但是第二年就没有野兽了。欺骗和造假的方法，即使今天侥幸有用，以后不会有第二次了，这不是长久的方法。如今我国开展的封山育林和江河禁捕正是这种环保理念的落实。

孟浩然在《岘潭作》中有“试垂竹竿钓，果得槎头鳊”（《全唐诗》，第1623页）诗句。诗人一早就来到岘山下的水潭边，他要在这里试着垂钓。钓鱼为什么不潇洒自在点还要“试垂竹竿钓”呢？原来孟浩然想钓的是“槎头鳊”。据《韵语阳秋》中说，这种鱼只有襄阳才有，比较珍贵，如果大家都以捕钓这种鱼为乐，它肯定很快就会绝迹。所以，政府为了保护这种鱼的数量，发布了禁捕令，又用槎断水，因此，这种鱼被称为“槎头鳊”。《海录碎事》中也有记载：“汉水中鳊甚美，常禁人捕，以槎断水，因谓之‘槎头鳊’。”[①]从这个故事我们能看到，重视生态保护是自古以来的共识。让诗人感到欣慰的是，他没有白忙活，而是“果得槎头鳊”，还真有偷偷溜出来的槎头鳊成了他的盘中餐。

窦群在《中牟县经鲁公庙》中说：

青史编名在箧中，故林遗庙揖仁风。
还将文字如颜色，暂下蒲车为鲁恭。

（《全唐诗》，第3042页）

诗中的主人公叫鲁恭，曾经做过中牟县令。他在做中牟县令的时候，推行仁德政治，重视环境治理，以至于蝗不入境。鲁恭任职

① 叶廷珪：《海录碎事》，中华书局，2002年5月版，第979页。

期间，河南境内到处都是蝗灾，寸草不生；可是也怪了，唯独中牟境内庄稼没事，蝗虫好像商量好了似的，到了中牟县界，直接就绕道了。

这件事很快传到了河南府尹袁安的耳朵里。袁安怀疑是有人故意在炒作，于是派仁恕掾肥亲到中牟县去调查。鲁恭陪着肥亲走在田间地头，地里的庄稼生机勃勃。两个人走累了，就坐在桑树下休息，这时一只野鸡飞过来，落在他们身边，一会儿翩翩起舞，一会儿自由自在地觅食，完全把他们俩当空气。看到不远处一个正在玩耍的小朋友，肥亲问："小朋友，你为什么不抓住那只野鸡呢？"小朋友回答说："那只野鸡马上就要下蛋孵小鸡了，因此我不能伤害它。"肥亲听小朋友这样回答，很惊讶地站起身，对鲁恭说：

> 所以来者，欲察君之政绩也。今蝗不犯境，此一异也；化及鸟兽，此二异也；竖子有仁心，此三异也。久留，徒扰贤者耳。
>
> （《后汉书》，第874页）

我是来考察你的政绩的，你给我留下了三个震惊的地方：第一是蝗虫不侵扰中牟县境；第二是德化能及于禽兽，所以野鸡落在我们身边不会害怕；第三是小孩有仁爱之心，不以捕捉野鸡为乐。其实，蝗虫不侵扰中牟是有道理的，"三异"之间有因果联系。

为什么蝗虫不入中牟县境？因为中牟有大量的野鸡，专门吃蝗虫。中牟为什么会有大量的野鸡？因为中牟县的老百姓有仁爱之心，没有无节制地捕杀野鸡。也就是说，鲁恭所推行的德政保护了当地的生态环境。

说到人与动物的和谐相处，诗词中还常见鸥鸟意象，人们经常把归隐江湖说成“归从海上鸥”，比如张九龄《初发江陵有怀》中有“扁舟从此去，鸥鸟自为群”（《全唐诗》，第601页），李白《江上吟》中有“仙人有待乘黄鹤，海客无心随白鸥”（《全唐诗》，第1716页），高观国《青玉案》中有“一堤风月，六桥烟水，鹭约鸥盟在”（《全宋词》，第3024页）。《列子·黄帝》篇中有一个故事：

> 海上之人有好沤鸟者，每旦之海上，从沤鸟游，沤鸟之至者百住而不止。其父曰：“吾闻沤鸟皆从汝游，汝取来，吾玩之。”明日之海上，沤鸟舞而不下也。
>
> （《列子集释》，第67—68页）

“沤鸟”就是“鸥鸟”。海边有个喜欢海鸥的人，每天早上到海边去跟海鸥一起玩耍，海鸥一会儿落在他的肩膀上，一会儿落在他的头顶上，他也会学着海鸥飞翔的样子奔跑。和他一起玩的海鸥，有上百只。他父亲听说了这件事，就说：“我听说海鸥都喜欢跟你一起玩，你抓一只来，让我玩玩吧。”第二天他来到海边，海鸥都在空中飞翔不下来了。万物皆有灵性，当人作为自然界的一员，没有巧诈之心时，动物会把人当成朋友，与人结伴同游；可人一旦有了机心，动物便会提高警惕与人疏远。这是一则很好的人与动物如何和谐相处的故事。

《光明日报》2020年3月23日刊登了一篇中共中央党校文史部刘东超教授的文章，题目是《宋代诗词中善待野生动物的理念和实践》，刘教授在文章中指出："在宋代诗词中，一方面有围绕人类善待野生动物的方式方法进行的细致描写，另一方面还贯穿着一些具有强烈人文意识的独到理念。"刘教授通过具体的作品论证了宋代诗词中所体现的人们以和善的方式对待野生动物的行为，比如王安石有两首此类诗歌《放鱼》《同王浚贤良赋龟得升字》。《放鱼》中有这么几句：

捉鱼浅水中，投置最深处。
当暑脱煎熬，倏然泳而去。

（《王荆文公诗笺注》，第83页）

这是荆公先生一次救鱼的经历。他看到浅水中的鱼受着高温的煎熬，于是捉住放到了深水中，看似随意而为，却是一次善举。

欧阳修《驯鹿》中讲到他想放生一只被网捉住的鹿，"南山蔼蔼动春阳，吾欲纵尔山之旁"[①]。苏辙在《和子瞻司竹监烧苇

① 欧阳修：《欧阳修全集》，中华书局，2001年3月版，第146页。

园因猎园下》中讲道：

> 吾兄善射久无敌，是日敛手称不能。
> 凭鞍纵马聊自适，酒后醉语谁能应。①

因为苏轼对这种赶尽杀绝的捕猎方式很讨厌，所以宁肯骑着马到处跑，也不愿意张弓搭箭射猎逃生的动物。此外，秦观的《和裴仲谟放兔行》、郑伯英的《放龟》都写到了从猎人、渔夫手中救兔和将龟放生的事。这是对先秦时渔猎不赶尽杀绝这一优良传统的继承与发展。

植树造林对环境保护意义重大。唐诗中有不少“植树标兵”，他们在用实际行动讲述人与自然的和谐故事。

“诗圣”杜甫经历无数磨难后总算在成都过上了安定的日子，而且在朋友们的帮助下，建好了草堂，有了自己的安乐窝。杜甫建房子的地方环境很美，“浣花流水水西头，主人为卜林塘幽”（《全唐诗》，第2431页），溪水蜿蜒，草木葱郁，环境幽静得令人沉醉。可是杜甫还不满足，他想把家里更好地绿化一下，于是从朋友们那里“拉赞助”，要来了各种植物。他从萧明府那里要来了桃树，“奉乞桃栽一百根，春前为送浣花村”（《全唐诗》，第2448页），于是写了《萧八明府堤处觅桃栽》；从韦明府处要了绵竹，“江上舍前无此物，幸分苍翠拂波涛”（《全唐

① 苏辙：《苏辙集》，中华书局，1990年8月版，第36页。

诗》，第2448页），写了《从韦二明府续处觅绵竹》；从何少府处寻得桤木，“草堂堑西无树林，非子谁复见幽心。饱闻桤木三年大，与致溪边十亩阴”（《全唐诗》，第2448页），写了《凭何十一少府邕觅桤木栽》；从韦少府处觅得松树苗，“欲存老盖千年意，为觅霜根数寸栽”（《全唐诗》，第2448页），写了《凭韦少府班觅松树子》；还从徐卿那里找来了果树，“草堂少花今欲栽，不问绿李与黄梅”（《全唐诗》，第2449页），写了《诣徐卿觅果栽》。这样绿化基本不是问题了。杜甫种的树木品种还是很丰富的，还有桃树和黄梅，既能美化环境，还能满足口腹之欲，一举两得。

隔千里兮共明月

人际关系的和谐包括很多方面，如邻里关系、家庭关系、同事关系等。我们先来说家庭关系吧，毕竟家和万事兴。北宋大文豪苏轼可是家庭和谐的典范，母慈子孝，兄友弟恭，夫妻关系更是让人感动了近千年。

苏轼比弟弟苏辙年长三岁，兄弟二人从小并肩携手，长大后更是患难与共。苏辙在给苏轼写的墓志铭中说，“抚我则兄，诲我则师”[1]，帮他的时候是哥哥，教他的时候则是老师；苏轼在《初别子由》诗中认为弟弟苏辙“独是吾兄弟，要是贤友生”（《苏轼诗集》，第757页），不只是自己的兄弟，更是自己的好朋友。两个人关系到底好到什么程度？《宋史·苏辙传》中说：“辙与兄进退出处，无不相同，患难之中，友爱弥笃，无少怨尤，近古罕见。”（《宋史》，第10837页）因为做官后聚少离多，所以兄弟俩常常通过书信联络感情。苏轼几乎每到一个新的地方就给弟弟寄信赠诗，《苏轼诗集》中有大量以“子由”为题的作品，可见两个人的感情有多么深厚。

苏轼有一首大家非常熟悉的词《水调歌头》，是经典中的经典：

> 明月几时有？把酒问青天。不知天上宫阙，今夕是何年。我欲乘风归去，又恐琼楼玉宇，高处不胜寒。起舞弄清影，何似在人间。　转朱阁，低绮户，照无眠。不应有恨，何事长向别时圆。人有悲欢离合，月有阴晴圆缺。此事古难全。但愿人长久，千里共婵娟。
>
> （《全宋词》，第360—361页）

这首词共两阕，上阕说苏轼在八月十五晚上对月抒情，抒的什么情呢？从“又恐琼楼玉宇，高处不胜寒”可以看出，是爱国忠君

① 苏轼：《苏轼诗集》，中华书局，1982年2月版，第2814页。

之情。有人根据下阕中的“但愿人长久，千里共婵娟”，认为这是对某位红颜知己的表白。其实全错了，苏轼这首词有个小序，说得很明白：“丙辰中秋，欢饮达旦，大醉。作此篇，兼怀子由。”宋神宗熙宁九年（1076）的中秋节，苏轼对酒赏月，喝得酩酊大醉，写了这首词，同时用这首词表达对弟弟的思念。

当时苏轼在密州太守任上，与弟弟天各一方，所以在这个代表团圆的日子想到了与弟弟的离别。“转朱阁，低绮户，照无眠”，月亮透过窗户照进屋子里，照在了失眠的自己身上，不过这句话一下子让人能联想到所有不能和亲人团圆而难以入睡的人。苏轼没有来由地埋怨明月“不应有恨，何事长向别时圆”，月亮啊月亮，你是不是有什么怨恨呢？为什么总是在人们离别的时候才圆呢？好像是故意与人为难似的，让人更加愁苦不堪。

但是苏轼接着又来为明月开脱了，“人有悲欢离合，月有阴晴圆缺。此事古难全”，人有悲欢离合，月也有遗憾的地方，那就是阴晴圆缺，它也有被云遮住的时候，也是大部分时间处于不圆满的状态，看来自古以来世上就没有什么十全十美的事。这么看来，我和弟弟苏辙不能团圆也就能够理解了。在结尾的时候，苏轼来了一句“但愿人长久，千里共婵娟”，简直让人崇拜得五体投地，那精神境界，不是一般人能比的。“婵娟”就是明月，“千里共婵娟”是有出处的，出自谢庄的《月赋》“隔千里兮共明月”（《六臣注文选》，第236页），张九龄《望月怀远》中也说“海上生明月，天涯共此时”（《全唐诗》，第591页）。既然人间的离别是不可避免的，那么只要亲人长久安康，哪怕是隔着万水千山，也可以通过这轮明月把大家的心联系起来，这就是神交。我想到了王勃的“海内存知己，天涯若比邻”（《全唐诗》，第676页），只要心里有对方，距离不是问题。这两句词里，既有劝勉又有安慰，表达了作者的祝福和对弟弟的思念，表现了苏轼旷达的态度和乐观的精神。

苏轼的性格决定了他坎坷的命运，虽然苏辙劝他“常恐坦率性，放纵不自程”，性格不要太坦率，文章不要太放纵不羁，那样容易被人抓住把柄，但是苏轼依旧秉性难改，当然能改也就不叫秉性了。所以他这一辈子不是被贬，就是在监狱里待着。苏轼遭遇的最大挫折应该是“乌台诗案”了，这是一场典型的文字狱，苏轼属于“背锅侠”。但是患难见真情。苏轼入狱后，苏辙自然也受到了牵连。当苏轼那些平日里的好友人人自危时，苏辙不仅没有丝毫怨言，还将哥哥的家小接到自己家中安顿，并一再向神宗皇帝上书，愿意免去一身官职为哥哥赎罪。这让我们想起了王维和王缙兄弟二人。当年王维因为在“安史之乱”中被迫接受了安禄山的伪职而被朝廷追究，已经身为刑部侍郎的王缙情愿用职位为哥哥王维赎罪。

在这里，还有一个让人哭笑不得的小故事，这个故事见于《说郛》。苏轼在狱中也不知道皇帝会怎么处置自己，于是与大儿子苏迈约定，每天送饭要么肉菜要么素餐，如果情形有变，就换其他饭菜。有一天，苏迈忙着其他事，把给父亲送饭的事托付给了亲戚。也不知道什么原因，忘记嘱咐送什么饭菜，亲戚就给苏轼送了一条腌鱼。苏轼一看饭菜变了，想起了和儿子的约定，认为这次摊上大事了，活不了了，于是写下两首绝命诗托人带给苏辙。其中一首是《狱中寄子由二首·其一》：

圣主如天万物春，小臣愚暗自亡身。
百年未满先偿债，十口无归更累人。
是处青山可埋骨，他时夜雨独伤神。
与君今世为兄弟，更结来生未了因。

（《苏轼诗集》，第999页）

苏轼在诗中情绪很低落，不是“愚暗自亡身”，就是“是处青山可埋骨”，总之，他就是觉得自己活不了了，所以将身后事托付给弟弟苏辙，宛然就是一篇诗体遗嘱。在作品的最后，苏轼一句“与君世世为兄弟，更结来生未了因”，升华了手足之爱。虽然这一世结束了一切，但只要有来世，兄弟之情就会继续！在生命的最后时刻，你最想告别的人必然是最放不下、最珍惜、感情最好和最信任的人。苏轼选择了弟弟苏辙，这就足以说明，兄弟二人感情至深。

这是非常打脸曹丕和曹植兄弟二人的。东汉末年，天下大乱，老百姓处于水深火热之中，京城洛阳也处于你死我活的斗争之中。这些故事我们都可以在《三国演义》中看到。后来，曹操挟天子以令诸侯，到了曹丕，终于按捺不住当皇帝的野心，废了汉献帝，然后迁都洛阳。曹丕虽然当上了皇帝，但是对自己的弟弟们不放心，于是在洛阳上演了一系列的宫斗戏。其中最出名的莫过于曹植的七步成诗了。曹丕和弟弟曹植之所以水火难容，主要是因为当年曹操在选择继承人这个问题上埋下的隐患。

选择继承人，曹操曾经倾向于曹植。曹植自幼颖慧，十多岁就能诵读诗、文、辞赋数十万言，而且能下笔成章。有一次曹操看他的文章，觉得文笔老辣，不应该是曹植这个年龄能写得出来的，于是就问曹植是不是找人代笔。曹植坚定地回答说是自己写的，不信可以当面考试。当时曹操正好刚刚建成铜雀台，就命令几个儿子都以铜雀台为题写一篇赋。曹植找到了证明自己才能的机会，《三国志》里讲“植援笔立成，可观，太祖甚异之”[①]。“援笔立成”是形容一个人才思敏捷，拿起笔来马上就把文章写成了。曹植的《铜雀台赋》是汉赋中的经典，文词华美。曹操非常惊讶，肯定了曹植的才华。

曹操曾经认为曹植在几个儿子中“最可定大事”，几次想要立他为世子。然而，曹植行为放任，屡犯法禁，聪明反被聪明误，惹得曹操非常生气。本来不占优势的曹丕则颇能矫情自饰，终于在立继承人的斗争中逐渐占了上风，并于建安二十二年（217）被立为继承人。由于这一段恩怨，曹植一直就是曹丕提防的对象，一心想除之而后快。

① 陈寿：《三国志》，中华书局，1959年12月版，第557页。

当时曹植是东阿王，被曹丕召到了洛阳。曹丕想尽办法欲杀掉曹植，就故意刁难他，让他在七步之内作一首诗，以证明他写诗的才华。如果写不出来，就是欺君之罪，自然就只有死了。曹植知道哥哥存心要害死自己，既伤心又愤怒，无奈君要臣死，只能用才华为自己赢得生机了。他强忍着心中的悲痛，努力地想着想着。曹植的才华是举世公认的，谢灵运称他为“八斗才”。果然，他在七步之内作了一首诗，当场念出来：

煮豆持作羹，漉豉以为汁。
萁在釜下燃，豆在釜中泣。
本自同根生，相煎何太急？[①]

我们平时背诵的是四句，是经过后人改编的。这首诗用同根而生的萁和豆来比喻同父共母的兄弟，用萁煎其豆来比喻同胞骨肉的哥哥残害弟弟，生动形象、深入浅出地反映了封建统治集团内部的残酷斗争，比喻贴切，浅显生动。曹丕也是诗人，在佩服弟弟才华的同时听出了弟弟的怨恨，于是“深有惭色”。说好的作不出来就处以死刑，现在曹植作出来了，君无戏言，再加上母亲劝阻，只好放他回去。这件事见于南朝刘义庆的《世说新语》，只是记录得比较简单罢了。《三国演义》描写这件事很生动，我们不妨找过来看看。

① 逯钦立：《先秦汉魏晋南北朝诗》，中华书局，1983年9月版，第460页。

帝王之家一向是没有恩情可言的，都想当皇帝，于是斗得你死我活。李世民不就在玄武门之变中把大哥李建成给杀了吗？但也有正面的例子，玄宗皇帝就和他的弟兄之间关系处得不错，为此还建了座花萼楼。花萼楼在西京长安玄宗皇帝旧邸的西南面，让皇帝宪、申王㧑、岐王范、薛王业的府邸分布在花萼楼的周围，如同花、萼交相辉映。关于这座楼的兴建及寓意，除《旧唐书·让皇帝宪传》中有较详记载外，《唐语林》“德行”条亦有收录：

> 玄宗诸王友爱特甚，常思作长枕大被，与同起卧。诸王或有疾，上辗转终日不能食。左右开喻进膳，上曰：“弟兄，吾之手足。手足不理，吾身废矣，何暇更思寝食？”上于东都起“五王宅”，又于上都创花萼楼，益与诸王会聚。或讲经义，赋诗饮酒，欢笑戏谑，未尝猜忌。[①]

楼以“花萼相辉”为名，取意于《诗经·小雅·鹿鸣之什》“常棣之华，鄂不韡韡。凡今之人，莫如兄弟”[②]，意思是花复萼，萼承花，相互辉映，常用来比喻兄弟之间手足情深。这就是高盖在《花萼楼赋》序文中所说的“旧者，中宫起楼，临瞰于外，乃

---

① 周勋初：《唐语林校证》，中华书局，1987年7月版，第3页。

② 孔颖达：《毛诗注疏》，中华书局，1998年11月版，第214页。

以花萼相辉为名，盖所以敦友悌之义也”（《文苑英华》，第220页）。《旧唐书·让皇帝宪传》中说：“玄宗时登楼，闻诸王音乐之声，咸召登楼同榻宴谑，或便幸其第，赐金分帛，厚其欢赏。诸王每日于侧门朝见，归宅之后，即奏乐纵饮，击毬斗鸡，或近郊从禽，或别墅追赏，不绝于岁月矣。”（《旧唐书》，第3011页）从这段史料中我们的确感受到了兄弟之间相处的友善和谐。

同穴窅冥何所望

上面学习了几个有关兄弟关系的诗词故事，接下来了解一下夫妻关系和谐的故事。夫妻关系和谐是一个家族兴旺的重要前提，也有人说一个好妻子能旺三代，这都是非常有道理的。夫妻关系和谐确实让人感动。大家知道斑竹的故事吗？这就是夫妻关系和谐的典范，其中还涉及融洽的姐妹关系。先来看一首诗，“五言长城”刘长卿的《斑竹》：

苍梧千载后，斑竹对湘沅。
欲识湘妃怨，枝枝满泪痕。

（《全唐诗》，第1480页）

《述异记》中说："舜南巡，葬于苍梧之野，尧之二女娥皇女英追之不及，相与恸哭，泪下沾竹，竹上文为之斑斑然。"舜帝是个明君，心忧天下苍生。为加强中央与地方的联系，他规定自己每年往全国各地巡狩一次。一次到南方巡游，结果死在了苍梧。舜的两个夫人娥皇、女英听到这个消息一下子崩溃了，悲痛欲绝。娥皇、女英是尧帝的两个女儿，是亲姐妹俩。当年尧帝把两个女儿都嫁给他，目的就是考察舜的品行和能力。舜不但使二女与全家和睦相处，而且在各方面都表现出了才干和高尚的人格力量。舜的父亲、继母、弟弟，曾经多次想害死舜，但是后来都化险为夷、转危为安，其中多有娥皇、女英的帮助。

当时交通条件极不便利，即便是一国之君也没有飞机、火车可以坐，所以出去一趟经常来回几年。没想到丈夫这一走竟然死在了外面，娥皇、女英于是不分昼夜赶到了丈夫去世的地方。多年恩爱的夫妻就这么撒手永诀，两个人越想越悲痛，于是痛哭起来。两位妃子的眼泪，洒在竹子上，竹子上便出现点点泪斑。有些竹子上像印有指纹，那是两位妃子在竹子上抹眼泪时印上的；有些竹子上有鲜红的血斑，那是两位妃子眼中流出来的血泪染成的。后世为了纪念这两位妃子，便称这种竹子为"湘妃竹"。

夫妻情深，总会有属于自己的纪念方式，娥皇、女英为我们留下了经典的故事，而有的人则为我们留下了经典的诗歌。比如杜甫写下了"老妻画纸为棋局"，比如元稹悲吟"悼亡诗满旧屏风"，比如苏轼的"十年生死两茫茫"让人泪目，再比如贺铸的

“空床卧听南窗雨，谁复挑灯夜补衣”同样让人泪崩。

贺铸是北宋少有的英雄型词人。贺铸原来是个武官，喜欢骑马打猎，大口喝酒，后来转为文职，当起了词人。他是宋太祖贺皇后的族孙，是皇家的亲戚。贺铸身高七尺，面色青黑如铁，眉目耸拔，长相奇丑，人送外号“贺鬼头”。虽然长得丑，但贺铸学习不错，博闻强记，涉猎非常广泛，而且家有藏书万卷。贺铸的夫人是宋室同宗，是皇家的姑娘，结果嫁给了贺铸之后一点也没有摆架子。也正是因为夫妻恩爱，所以贺铸才写出了感人至深的《鹧鸪天》。这是贺铸写给亡妻的悼亡词，简直就是催泪弹：

> 重过阊门万事非。同来何事不同归。梧桐半死清霜后，头白鸳鸯失伴飞。　　原上草，露初晞。旧栖新垅两依依。空床卧听南窗雨，谁复挑灯夜补衣。
>
> （《全宋词》，第645页）

妻子曾经陪着贺铸到苏州任职，结果死在了那里，词人再次来到苏州的时候，写下了这首情真意切、哀伤动人的《鹧鸪天》。“阊门”是苏州城西门，这里代指苏州。词人这次重回苏州经过阊门，一下子想到和自己相濡以沫的妻子已长眠地下，不禁伤心欲绝，脱口而出问了一句：“同来何事不同归？”为什么一起来却不能一起走呢？本来生死有命，经词人这么一问，反而让人觉得妻子死得无情，死得没道理，妻子的“无情”却引出了词人的情深意重。

“梧桐半死清霜后，头白鸳鸯失伴飞”，用半死梧桐和失伴鸳鸯比喻自己孤独寂寞的情状。枚乘在《七发》中提到龙门有半生半死之桐木，“龙门之桐，高百尺而无枝，中郁结之轮菌，根扶疏以分离。上有千仞之峰，下临百丈之溪，湍流溯波，又澹淡之，其根半死半生”[①]，用这种桐木制作琴，音调悲凉。鸳鸯是种鸟，很忠贞，平时双栖双飞，形影不离，犹如耳鬓厮磨的恩爱夫妻。传说，鸳鸯鸟是韩凭夫妇的魂魄变成的，于是它又成了忠贞不渝的美好爱情的象征。中唐诗人孟郊在《烈女操》中说“梧桐相待老，鸳鸯会双死”（《全唐诗》，第4177页），意思是说这种鸟形影不离，如果一只不在了，另一只就会相思而死。词人用这两个典故比喻妻子死后自己也垂垂老矣，形象地刻画了他孤独凄凉的心境。

古人常用草上的露水比喻生命短暂，这里是用“原上草，露初晞”哀叹妻子生命的短暂和新亡，既是为了连接上面的“梧桐半死清霜后，头白鸳鸯失伴飞”，又是为了引出下面的“旧栖新垅两依依”。这一句是对陶渊明《归园田居五首》其四“徘徊丘垅间，依依昔人居”[②]的化用。据说贺铸把妻子埋在住所的附近，所以才有“旧栖新垅两依依”之说，这是为了随时可以看见妻子。但尽管两依依，也已经是天人永隔。所以词人只能在“空

① 袁行霈等：《中国文学作品选注》（第一卷），中华书局，2007年6月版，第234页。

② 袁行霈：《陶渊明集笺注》，中华书局，2003年4月版，第86页。

床卧听南窗雨”的辗转难眠之时去回忆妻子挑灯补衣的情景。词人曾经有诗说“庚伏厌蒸暑，细君弄针缕”，夫人在暑天为自己补冬衣，平实的细节中突出了妻子的贤慧勤劳，以及伉俪间的相濡以沫，一往情深。这首词写得哀婉凄绝，特别是最后夫妻间的体贴关怀，情感交融，让人泪目。

不过在悼亡方面，最让人念念不忘的是苏轼的《江城子 · 乙卯正月二十日夜记梦》。在这首词中，苏轼表达了对亡妻的无限思恋。苏轼与妻子的亲密和谐主要表现在一首词和一篇碑文中，词是这首《江城子 · 乙卯正月二十日夜记梦》，碑文是《亡妻王氏墓志铭》。这两篇文字让人充分感受到苏轼夫妻二人感情的融洽深厚。我们以词为主，以墓志铭为辅来说吧：

十年生死两茫茫。不思量。自难忘。千里孤坟，无处话凄凉。纵使相逢应不识，尘满面，鬓如霜。　　夜来幽梦忽还乡。小轩窗。正梳妆。相顾无言，惟有泪千行。料得年年肠断处，明月夜，短松冈。

（《全宋词》，第387页）

词牌“江城子”在《全宋词》中又作“江神子”。这首词情意缠绵，哀伤不尽。东坡先生十九岁的时候与王弗喜结连理，王弗当年才十六岁。王弗出生在一个书香门第，因此知书达理，成了苏轼须臾不可离的贤内助。这可以从《亡妻王氏墓志铭》看出：

君之未嫁，事父母，既嫁，事吾先君先夫人，皆以谨肃闻。其始，未尝自言其知书也。见轼读书，则终日不去，亦不知其能通也。其后轼有所忘，君辄能记之。问其他书，则皆略知之。由是始知其敏而静也。从轼官于凤翔，轼有所为于外，君未尝不问知其详。曰："子去亲远，不可以不慎。"日以先君之所以戒轼者相语也。轼与客言于外，君立屏间听之，退必反覆其言曰："某人也，言辄持两端，惟子意之所向，子何用与是人言。"有来求与轼亲厚甚者，君曰："恐不能久。其与人锐，其去人必速。"已而果然。将死之岁，其言多可听，类有识者。

（《苏轼文集》，第472页）

从这段文字中，我们不仅可以发现王弗知书达理，而且很孝顺。不管是在娘家还是在婆家，表现都一样，没有因为在婆家是外姓人而搞不好婆媳关系，对公婆和对父母完全一样。也是因为这样，在王弗死后苏洵才叮嘱苏轼，一定要把王弗葬在她婆婆旁边。王弗死的时候只有二十七岁，属于凶死，按照葬礼是不能入祖坟的，可见王弗深得公婆喜欢，所以第二年苏轼将亡妻"葬于眉之东北彭山县安镇乡可龙里先君、先夫人墓之西北八步"。

王弗有学问却不张扬，经常能作为苏轼的伴读佳人，让苏轼享受红袖添香的幸福。王弗刚嫁给苏轼时，没有说自己读过书。

结婚之后，每当苏轼读书学习时，王弗就在旁边陪着，有时苏轼有所遗忘或者记不真切了，王弗便从旁提醒。这说明，王弗不仅读过这些书，而且记忆力超强，都在脑子里记着呢。苏轼问她其他书，她都说略微知道，这明显是王弗谦虚了。好奇的苏轼问她一些问题，她都能对答如流，顿时让苏轼又惊又喜，刮目相看，感觉捡到宝了，毕竟在那个时代讲究“女子无才便是德”。

王弗对苏轼关怀备至，二人情深意厚，恩爱有加。王弗在苏轼任职凤翔时陪在他身边，而且每次苏轼在外边处理事情回来，都要询问一番。这不是长舌妇爱打听事，而是因为王弗认为公爹没有在身边，就少了长者的智慧叮嘱，所以时时处处都应该谨慎一点，王弗经常会拿公爹告诫苏轼的话提醒他。在凤翔期间，王弗在处理人际关系上帮了苏轼很大的忙，她认为应该对两类人保持警觉：一类是见风使舵、投其所好的人；一类是对结交过于轻率的人。她是怎么判断的呢？原来苏轼在外与人交谈，王弗就躲在屏风后面帮他把关。可见，王弗是一个观察生活精细且有远见卓识的人。

可是这样一个完美的人，却在治平二年（1065）五月二十八日去世了，这留给苏轼无尽的悲痛。王弗去世后的十年里，苏轼也是经历了无数的风雨，写《江城子·乙卯正月二十日夜记梦》时，苏轼正在密州任太守。十年弹指一挥，可是与妻子却是生死相隔，虽然人已经不在了，但是曾经的过往、妻子的蕙质兰心、明事理又怎么会随之消失呢！虽然王弗死后，王弗的堂妹王润之又嫁给了苏轼，同时儿子也在身边，不能老把亡妻记在心间，但并不意味可以忘记，因为这种爱是刻骨铭心的。

转眼间，妻子已经去世十年了，往事又一幕幕涌上心头，感情再次决堤，一泻如注，这不就是思量吗？但思量又有什么办法？毕竟“千里孤坟，无处话凄凉”，王弗的坟在遥远的眉州，而自己却在密州，远隔千里，无处可以诉说自己的思念之痛。这话说得让人心痛，也表达了苏轼的孤独寂寞、凄凉无助。接着，苏轼说“纵使相逢应不识，尘满面，鬓如霜”，前面刚说相隔千里，这里就说即便是相逢，王弗也不认识自己了，因为十年间，自己经历风风雨雨，已经变得“尘满面，鬓如霜”了。这明明是一种不可能实现的假设，但苏轼还是把这种绝望寄希望于万一，在悲痛、无奈中表现了对亡妻的深切怀念。

日有所思夜有所梦，苏轼终于在梦中与妻子重逢，熟悉亲切的情景又浮现在眼前。“小轩窗，正梳妆”，妻子正在梳洗打扮，那情态容貌依稀当年，这是留在他内心深处的记忆。夫妻相见，没有出现久别重逢、卿卿我我的亲昵，更没有拥抱热吻的狂放，而是“相顾无言，唯有泪千行”，但是这里的“无言”却是此时无声胜有声，这里的“泪千行”却是无尽的相思与幸福的喜悦。但是苏轼是冷静的，他知道这仅仅是个梦，于是又回到了现实，“料得年年肠断处，明月夜，短松冈”，想来妻子在那个世界，每年到今天也会因思念亲人而柔肠寸断吧。这种推己及人的笔法用心良苦，明明是自己想王弗，却说王弗想自己，这种深哀剧痛恐怕只有当事人能够明白。苏轼的这首词让我们看到了他与王弗爱得有多深，真是感天动地。这就是白居易《长恨歌》中所说的“天长地久有时尽，此恨绵绵无绝期”。

王弗因为与公婆关系好，所以死后得以葬在婆婆身边。可是有一位大诗人的夫人却没有和婆婆处好关系，以至于给这位诗人留下了一辈子的遗憾。这位大诗人就是陆游。陆游与夫人唐琬的爱情故事凄婉动人，广为传播，人们不仅将其改编成了戏剧，而且还搬上了银幕，可以说是家喻户晓。

陆游，字务观，号放翁，是南宋著名的爱国文人，能诗善文，名列南宋中兴四大诗人之首。陆游曾因在科举考试中名次在秦桧之孙的前面而遭到嫉恨，名落孙山，直到秦桧死后才得以入仕。陆游在后来的仕途中又两度因力主抗金而被罢职，但他的爱国情怀终生不渝，时刻盼望着有杀敌报国、收复中原的机会，不仅在梦中出现“铁马冰河入梦来”的场面，甚至直到临终前还在谆谆嘱咐儿孙“王师北定中原日，家祭无忘告乃翁”。就是这个富有英雄气概的陆游，内心深处却潜藏着至死不变的儿女柔情。

他的原配夫人唐琬是同郡唐氏的一个才女，文静灵秀，工诗善词，善解人意。二人婚后耳鬓厮磨，琴瑟和谐，花前月下诗词唱和，宛如一对在花丛中翩跹起舞的彩蝶。二人的惬意生活既有诗画的传情达意，又有心灵的亲密对话，是一种诗化的艺术人生。陆游完全沉浸在了爱情的幸福之中，把什么科举课业、仕途功名完全抛掷到了脑后。

可是在那个“女子无才便是德”的封建社会，唐琬的才情在赢得丈夫青睐的同时，却招致了婆婆的不满。陆游的母亲是一位富有威严甚至不乏专横的女性。她一心盼望儿子金榜题名，登科进官，以便光耀门庭，可是当她看到儿子只顾流连于温柔乡里，非常不满，于是多次责令他以科举前途为重，淡薄儿女之情。但陆游和唐琬依旧情意缠绵，情况没有显著的改善。加之唐琬一直未能为陆游生儿育女，陆游的母亲棒打鸳鸯，干脆把所有的罪责都推到了唐琬的身上，认为是唐琬对儿子的情意缠绵耽误了他的学业，于是强迫陆游休掉唐琬：“速修一纸休书，否则老身与之同尽！”

在崇尚孝道的封建社会，向来只有不对的子女，没有不对的父母，父母的命令就是天意，就是“圣旨”，为人子女的不得不从，《弟子规》中就说：“父母责，须顺承。”毕竟一日夫妻百日恩啊，陆游与唐琬志趣相投，不仅是夫妻而且是文友。陆游苦苦哀求，无奈母亲心意已决，只好瞒着母亲悄悄另筑别院，将唐琬安置在里面，有机会就前去探望，诉说相思之苦。可是，纸总是包不住火的，精明的陆母很快就察觉了此事，不仅严令二人断绝来往，而且马上为陆游另娶了一位温顺本分的王氏女为妻，彻底切断了二人之间的悠悠情丝。后来，唐琬嫁给了同郡宗子赵士程，两个人也就彼此失去了联系。就这样，一双情深意切的鸳鸯被活活拆散。

绍兴二十一年（1151）三月，已经是两个孩子父亲的陆游在大禹生日这天到禹迹寺旁的沈园游赏。沈园是一个布局典雅的园林，园内花木扶疏，石山耸翠，曲径通幽，更重要的是这里曾经是自己和前妻唐琬一块春游的地方。偏巧唐琬也随同丈夫赵士程前来游玩，二人不期而遇。陆游见到唐琬是感慨万千，唐琬见到陆游也是百感交集，两人都感觉恍惚迷茫，不知是梦是真，目光中流溢出对彼此的关切。然而，两人毕竟已非夫妻，纵有割不断的爱缕情丝，也只能“坐间目成而已”。刹那间，陆游如万箭穿心，有爱、有恨、有痛、有怨、有思、有怜，心情复杂，难以名状，奋笔赋《钗头凤》一词，题于园壁之上：

红酥手，黄縢酒，满城春色宫墙柳。东风恶，欢情薄，一怀愁绪，几年离索，错错错。　　春如旧，人空瘦，泪痕红浥鲛绡透。桃花落，闲池阁，山盟虽在，锦书难托，莫莫莫。

（《全宋词》，第2052页）

词人抚今追昔，伤心难耐，却又无可奈何！词的开头三句回忆过去与唐琬一起游沈园时的美好情景，“红酥手”，不仅写出了唐琬为词人殷勤把盏时的美丽姿态，而且形象地表现出这对恩爱夫妻之间的柔情蜜意以及他们婚后生活的美满与幸福。第三句又为这幅“春园夫妻把酒图”勾勒出一个广阔而深远的背景，唐琬手臂的红润，酒的黄封以及柳色的碧绿，又使这幅图画有了明丽而又和谐的色彩感。接下来突然一转，写词人被迫与唐琬离异后的痛苦心情，激愤的感情潮水一下子冲破词人心灵的闸门，“东风恶”三字，一语双关，含蕴丰富，是造成词人爱情悲剧的症结所在。下面一连三句，又进一步把词人怨恨“东风”的心理抒写了出来，并补足一个“恶”字，美满姻缘被迫拆散，恩爱夫妻被迫分离，使他们两人在感情上遭受巨大的折磨和痛苦。“错错错”连迸而出，感情极为沉痛。但这到底是谁错了呢？词人没有明说，也不便明说。本是晴空万里，忽遇阴霾满天，感情激愤如江河奔泻，却又不是一泻无余，留有余味。

词的下片由感慨往事回到现实，进一步抒写夫妻被迫离异的巨大哀痛。下片前三句先写沈园重逢时唐琬的表现。依然是从前那样的春日，但是，人却今非昔比了。以前的唐琬，肌肤是那样的红润，焕发着青春的活力；而如今的她，经过“东风”的无情摧残，憔悴了，消瘦了。很显然，她也是旧情难断，相思不舍啊！一个“空”字，就把词人那种怜惜之情、抚慰之意、痛伤之感，全都表现了出来。“泪痕”句通过刻画唐琬的表情动作，进一步表现出此次相逢时她的心情状态。旧园重逢，念及往事，她能不泪流满面吗？但词人没直接写泪流满面，而是用了白描的手法，写她“泪痕红浥鲛绡透”，显得更委婉，更沉着，也更形象、更感人。而一个“透”字，不仅见其流泪之多，亦见其伤心之甚。词的最后写词人与唐琬相遇以后的痛苦心情。桃花凋谢，园林冷落，这只是物事的变化，而人事的变化却更甚于物事的变化。“人面不知何处去，桃花依旧笑春风”。“山盟虽在，锦书难托”，寥寥八字，却很能表现出词人内心的痛苦，虽说自己情如山石，痴心不改，但是，这样一片赤诚的心意又如何表达呢？明明在爱，却又不能去爱；明明不能去爱，却又割不断这爱缕情丝。事已至此，这万千感慨还想它做什么？说它做什么？于是快刀斩乱麻：“莫莫莫”，罢了，罢了，罢了！明明言犹未尽，意犹未了，情犹未终，却偏偏这么不了了之，就在这沉痛的喟叹声中，全词落下了帷幕。

唐琬从词中所体现的深哀剧痛看出了陆游对自己的一往深情，自己又何尝不是如此啊！追忆似水的往昔，叹惜无奈的世事，感情的烈火煎熬着她，于是长歌当哭，背着丈夫唱和一首：

> 世情薄，人情恶，雨送黄昏花易落。晓风干，泪痕残，欲笺心事，独语斜阑。难难难。　　人成各，今非昨，病魂常似秋千索。角声寒，夜阑珊，怕人寻问，咽泪装欢。瞒瞒瞒。
>
> （《全宋词》，第2073页）

与陆游的分离本就使唐琬伤心欲绝，这次的邂逅更让她难以承受内心的煎熬。唐琬所改嫁的赵士程系皇家后裔，门庭显赫，而且赵士程本人宽厚重情，对唐琬的情感挫折表现出诚挚的同情与谅解。在那样的时代，能够有如此的心胸是何等的伟大啊！这使唐琬饱受创伤的心灵渐渐平复，并且开始滋生新的感情萌芽，然而毕竟“曾经沧海难为水”啊！偏巧这时与陆游不期而遇，无疑将唐琬已经封闭的心灵重新打开，里面积蓄已久的旧日柔情、千般委屈一下子奔泻出来，柔弱的唐琬对这种决堤般的感情冲击几乎无力承受，“未几，以愁怨死”。卓人月在《古今词统》中感叹说：“能死于后，而不能守于前，惜哉唐娘！”

我们在替陆游感到痛心，替唐琬感到惋惜的时候，深切感到婆媳关系在促进家庭和谐中的重要性。正如上面所讲的那样，关于陆游离婚的原因，各种资料中均认为是因为陆游与唐琬的关系过于亲密，从而惹怒了陆游的母亲。经过这次婚变，陆游的心灵受到了很大的创伤，对母亲也稍有不满，因而在诗中也常常谈到“姑恶鸟”。“姑恶”是一种水鸟，传说是婆婆虐待儿媳，儿媳死后魂魄所化。他说：“君听姑恶声，无乃谴妇魂？”（《剑南诗稿校注》，第1161页）借姑恶鸟表达了对母亲的不满。

对于唐琬，陆游是到老也不能忘情，正如他在《夜闻姑恶》诗中说的那样：“学道当于万事轻，可怜力浅未忘情。”（《剑南诗稿校注》，第3727页）庆元五年（1199），七十五岁高龄的陆游再次游沈园，这里是他怀旧的场所，也是令他伤心的地方，写下绝句二首，其中第二首是这样的：

城上斜阳画角哀，沈园非复旧池台。
伤心桥下春波绿，曾是惊鸿照影来。

（《剑南诗稿校注》，第2478页）

风烛残年的陆游后来再次回忆起与唐琬的沈园相遇，无论是唐琬那哀怨的眼神还是羞怯的情态都历历在目，挥之不去，于是又写了《十二月二日夜梦游沈园亭》：“城南小陌又逢春，只见梅花不见人；玉骨久沉泉下土，墨痕犹锁壁间尘。”（《剑南诗稿校注》，第3677页）陆游活了八十五岁，而就在他逝世的前一年，他又到沈园春游，并再次写下了哀怨的诗句：“沈家园里花如锦，半是当年识放翁。也信美人终作土，不堪幽梦太匆匆。”此后不久，陆游就与世长辞了。一段往事，半世伤情，这就是家庭不和谐的恶果!

邻里和谐身心爽

我们把邻里和谐与个体身心和谐放在一起谈，因为邻里和谐会促进个体身心和谐，而个体身心和谐又会对邻里关系有所感染。说到个体身心和谐，不得不说说五柳先生陶渊明，他的诗歌中充满了对和谐的向往和处于和谐状态时身心的愉悦。《归园田居》即是其代表作：

少无适俗韵，性本爱丘山。
误落尘网中，一去三十年。

羁鸟恋旧林，池鱼思故渊。
开荒南野际，守拙归园田。
方宅十余亩，草屋八九间。
榆柳荫后檐，桃李罗堂前。
暧暧远人村，依依墟里烟。
狗吠深巷中，鸡鸣桑树颠。
户庭无尘杂，虚室有余闲。
久在樊笼里，复得返自然。

（《陶渊明集笺注》，第76页）

陶渊明是中国隐逸诗人之宗，但不是说他生下来就处于隐逸状态，他也在官场逗留过，曾经任过江州祭酒、镇军参军、彭泽县令等，只是时间不长而已。陶渊明受不了官场的污浊黑暗，更不愿意与他们同流合污，于是挂职归隐。这也是诗歌前六句的大致意思，既有对自己“误落尘网中”“久在樊笼里”的追悔，又有对自己“守拙归园田”“复得返自然”的庆幸与欢欣。

陶渊明的曾祖叫陶侃，是东晋的名臣，我们在孝感部分曾经讲到过此人。陶渊明是官宦子弟，走仕途应该是顺理成章的事情，为什么偏偏对大自然充满向往呢？陶渊明曾经说过“先师有遗训，忧道不忧贫”，他是要实现圣贤书中所说的大道。换句话说，是读圣贤书养成了他清高孤傲、与世不合的性格，让他看不惯官场上欺诈虚伪和迎来送往，更不愿意去为五斗米向乡里小儿折腰。所以，他才想在淳朴的乡村自然中释放天性。

在这里，他可以去真切地感受简朴的田园生活，没有雕梁画栋的豪宅，有的只是八九间草屋和房前房后笼罩的绿荫。傍晚时分，村落里飘起了袅袅的炊烟，“狗吠深巷中，鸡鸣桑树颠”，多么淳朴的生活气息。这就是老百姓们追求的幸福！看着简单、悠闲，却是一个大写的和平，可以按照自己的意愿生活。所以，当“复得返自然”后，诗人的心情如释重负。在这里他可以“开荒南野际”，过一把“种豆南山下”的生活，每天“晨兴理荒秽，带月荷锄归”，哪怕是“草盛豆苗稀”也无所谓，哪怕是“道狭草木长，夕露沾我衣”也心甘情愿，求的只是“但使愿无违”（《陶渊明集笺注》，第85页）。在这里，没有车马来往的喧嚣，他可以“采菊东篱下，悠然见南山”，欣赏“山气日夕佳，飞鸟相与还”的自然佳景，体会“此中有真意，欲辨已忘言”（《陶渊明集笺注》，第247页）的妙趣。这就是诗人所渴求的宁静安详的心态和闲适自得的情趣。

陶渊明的田园成了文人们心向往之的乐土，只有在这里才是他们安顿身心的地方。这不，谢灵运唱着“池塘生春草，园柳变鸣禽”（《六臣注文选》，第537页）走来，孟浩然唱着“开筵面场圃，把酒话桑麻”（《全唐诗》，第1651页）走来，王维唱着《渭川田家》也一路走来：

斜阳照墟落，穷巷牛羊归。

野老念牧童，倚杖候荆扉。
雉雊麦苗秀，蚕眠桑叶稀。
田夫荷锄至，相见语依依。
即此羡闲逸，怅然吟式微。

（《全唐诗》，第1248页）

王维为我们唱出了一幅恬淡的乡村晚归图。前两句是时间选择，描绘了夕阳西下，夜幕即将降临的时刻，村落正沐浴在柔和的阳光中。村子的尽头，放牧的孩子正驱赶着牛羊从田间归来。这一切，都显得那么安详。农村的生活并没有因为单调而让人觉得乏味，反而让人们感受着幸福与满足。

诗人的目光跟随牛羊继续向前，紧接着给我们带来的是暖心的人情，这简直就是一场直播活动：在街的尽头，有一位慈祥的老人，他正拄着拐杖，张望着放牧归来的小孙子。这种深情对于农家的子弟来说，是何等的熟悉与亲切，因为这种深情的背后散发的是泥土芬芳的气息。一个朋友告诉我，她很怀念曾经的田园生活，一到暑假就去姥姥家，每天在河里用竹篮捞虾，杨树上捉金龟子，躺在苹果树下看书，跟姥姥去地里施肥，给玉米间苗，割猪草，每件事都做得不亦乐乎。可是每次假期结束，走的时候都哭得一塌糊涂，依依不舍。这种情景对于生长在农村的我，更是心有戚戚焉。

在令人陶醉的亲情感染下，诗人带我们感受到了田野中所有的生命思归的脉动。麦田中的野鸡在呼唤自己的伴侣和孩子；随着桑叶的稀疏，蚕儿也马上要吐丝结茧了；劳作的人们扛着锄头三三两两走在田埂上，与熟人相遇便停下脚步交谈。面对这样的情景，诗人油然而生羡慕之情，“即此羡闲逸，怅然吟式微”，他渴望融入如此宁静的生活。《诗经·君子于役》中“鸡栖于埘，日之夕矣，牛羊下来”（《诗经译注》，第104页）写的就是这种生活场景，没有官场的钩心斗角，有的只是宁静闲适的乡村乐土。

陶渊明曾经写过一篇《桃花源记》，其中既有“芳草鲜美，落英缤纷”的自然环境美，还有“土地平旷，屋舍俨然，有良田美池桑竹之属”的农业生态美，更有“黄发垂髫，并怡然自乐”（《陶渊明集笺注》，第479页）的社会人情美。如果要找一个词来概括桃花源的特点，恐怕也只有“和谐”二字了。桃源成了文人们的精神乐土，权德舆有《桃源篇》，王维有《桃源行》，刘禹锡也有《桃源行》。

可是在现实生活中真的有桃源吗？其实桃源就在诗人的身边。杜甫来到四川，经过一段时间的身心调养，完全没有了原来苦大仇深的感慨，每天看到的是“风含翠筱娟娟静，雨裛红蕖冉冉香”（《全唐诗》，第2432页）的美景，感受到的是“隔巢黄鸟并，翻藻白鱼跳”（《全唐诗》，第2487页）的喜悦。村子周围是“榉柳枝枝弱，枇杷树树香。鸬鹚西日照，晒翅满鱼梁”（《全唐诗》，第2433页），既有宜居的生态，又有兴旺的产业。在这种环境中，诗人自然是幸福的，于是他沉浸在了花的海洋中，“江深竹静两三家，多事红花映白花”（《全唐诗》，第2452页），“桃花一簇开无主，可爱深红爱浅红”（《全唐诗》，第2452页）。

生活在山水如画的地方，是一件让人很惬意的事情。心情舒畅了，邻里关系自然也就好了，生活质量自然就提高了。草堂周围的邻居给诗人留下了非常亲切的感觉，每邀即去，有问必答。《旧唐书·杜甫传》中说“与田夫野老相狎，荡无拘检”，我们看杜甫的《南邻》：

锦里先生乌角巾，园收芋粟不全贫。
惯看宾客儿童喜，得食阶除鸟雀驯。
秋水才深四五尺，野航恰受两三人。
白沙翠竹江村暮，相对柴门月色新。

（《全唐诗》，第2435页）

“锦里先生”不知是谁，只知道他生活在锦里，虽然生活并不富裕，但能安贫乐道。两个人因为有共同的爱好，都喜爱简朴的田园生活，所以交往默契。他们一起看看孩子们嬉闹，一起看看院子里鸟雀觅食，或者一起来到河边，坐上小船玩个“漂流”。这些乍一看很无聊的事情，两个人却玩得忘乎所以，以至于返程的时候已是“白沙翠竹江村暮，相对柴门月色新”。夜幕降临，月亮已经升起来了，可是两个人依旧依依不舍。这邻里关系和谐融洽，亲切可喜。

杜甫是个大诗人，可是他的邻居都是普通老百姓。即便如此，杜甫也没有因为自己是个读书人自视甚高，而是与他们亲密交往。在《遭田父泥饮美严中丞》诗中，作者说“步屧随春风”“朝来偶然出”，当经过田翁家的时候，被主人“邀我尝春酒”。尝就尝吧，这一“尝”竟然忘了时间，“自卯将及酉”，天已经很晚了还没有离去，热情的主人仍“高声索果栗”，真诚得让人感动，甚至作者觉得主人的“指挥过无礼”正是他的率性，所以才说“未觉村野丑”。

在表现邻里关系和谐方面，陆游还有一首经典的诗歌，那就是以“山重水复疑无路，柳暗花明又一村”闻名的《游山西村》：

莫笑农家腊酒浑，丰年留客足鸡豚。
山重水复疑无路，柳暗花明又一村。
箫鼓追随春社近，衣冠简朴古风存。
从今若许闲乘月，拄杖无时夜叩门。

（《剑南诗稿校注》，第102页）

这首诗写于宋孝宗乾道三年（1167）初春，当时陆游因为积极支持抗金而被罢官闲居在家，所以心情自然是有些苦闷的。但是他并没有心灰意冷，特别是在出游的时候，他感受到了乡风的古朴和邻里关系的和谐。

前两句表现了农家待客的热情和民风的淳朴，主人拿出上年腊月酿制的米酒，有鸡肉，有猪肉，菜肴很丰盛。主人还谦虚地说，虽然酒的质量不好，但是酒菜管够，就是我们今天说的“一定要吃好喝好”，显得主人很豪爽很热情，也非常富有乡土气息。

或许是诗人吃饱喝足之后离开继续游玩去了，或许是作者用了倒叙的手法，交代是自己误打误撞赶上了人家的饭场。我更愿意相信第二种理解。诗人在游玩的时候，被眼前的景色吸引，层峦叠嶂，溪流蜿蜒，草木茂盛，诗人漫步其中，竟然找不到了出路。正在迷茫着急的时候，几间茅舍出现在诗人眼前，这才有了前两句蹭饭吃的场面。当诗人正处在“山重水复疑无路”时，忽然“柳暗花明又一村”，那种豁然开朗的感觉就像暗夜看到了灯光，心里的阴霾一下子被驱散了，所以那是一种自我身心的和谐。

饭后，诗人正好赶上村子里有文化活动，为了祈求五谷丰登，大家要拜土地神。春社是立春后第五个戊日。拜神的人并没有盛装，而是穿着朴素。看完表演，明月高悬，整个大地笼罩在一片银辉中，村庄被染上了一层静谧的色彩，别有一番情趣。诗人希望从今后能经常拄杖乘月，轻叩柴扉，与老农亲切交谈。在最后两句中，有几个地方值得注意：一、“从今”，看来是诗人与大家相谈甚欢，所以才有新的期待；二、“乘月”，说明是晚上；三、“无时”，不分时候，随时；四、“叩门”，没说叩谁的门，应该是村里任何一家门。能够随时夜晚造访，而且随意找一家聊天，想想就自在。

我们可以设想一下，如果诗人到这个村子，大家爱搭不理的，虽然是饭点，但是大家都食不果腹，吃了上顿没下顿，有点粮食还想留给老人孩子吃呢，诗人不可能享受到“腊酒”和“鸡豚”的款待了。如果真是那样，恐怕就不是“留客”，而应该是“逐客”。那么，诗人也就不会有最后两句的期待了，毕竟吃一次闭门羹已经很没面子了。所以这么一假设，乡民的纯朴厚道，诗人的洒脱率真，全跃然纸上，让人意犹未尽。

根据上面的一系列故事，我们可以说，和谐是一种状态，是一种境界，更是一种亘古不变的精神。人与自然和谐，则自然馈赠给人们无尽的财富；兄弟之间和谐，则家里少生事端；夫妻之间和谐，则家庭幸福；个体身心与邻里关系两种和谐又互相感染，所以，和谐精神对我们当前社会建设具有积极的推动作用。

南边已放三千马

——和平精神

很喜欢辛弃疾的一首作品《清平乐·村居》：

茅檐低小，溪上青青草。醉里吴音相媚好，白发谁家翁媪。　大儿锄豆溪东，中儿正织鸡笼。最喜小儿亡赖，溪头卧剥莲蓬。

（《全宋词》，第2434页）

这首词描绘出了一幅农村和平宁静的生活画面：两位老人在聊家常，老大正在田间干活，老二在家里也没有闲着“正织鸡笼”，调皮的老三正在“溪头卧剥莲蓬”，栩栩如生，充满了浓郁的生活情趣。虽然这个五口之家并不富裕，只是住着低矮的茅草房，但是一家人能各得其乐，那便是幸福。我想这也是每一个人想过的日子，很简单，但是大写的和平。

万里长征人未还

演员梁朝伟、张丰毅主演的《赤壁》中，当曹操被孙刘联军包围并被孙权射乱发髻时，周瑜对曹操说："你回去吧，我们都失败了。"因为，太多的生命在这场战争中葬身火海。李白在他的《赤壁歌送别》中说："烈火张天照云海，周瑜于此破曹公。"（《李太白全集》，第445页）这是可以在正史中找到依据的，《三国志·周瑜传》记载："时风威猛，悉延烧岸上营落，顷之，烟炎张天，人马烧溺死者甚众，军遂败退。"（《三国志》，第1263页）可见，战争带给人们的灾难有多么巨大。关汉卿在《单刀会》中借关羽的口唱道："不觉的灰黑烟灭，可怜黄盖转伤嗟。破曹的樯橹一时绝，鏖兵的江水犹然热，好教我情惨切！这也不是江水，二十年流不尽的英雄血！"（《中国文学作品选注》（第三卷），第234页）战争是残酷的，所以和平是每个人的向往与追求。

《周易·咸》中说："圣人感人心而天下和平。"（《周易译注》，第239页）面对着滚滚硝烟，我们渴望和平，于是我们通过正义的战争去争取和平，甚至很多鲜活的生命为此在最美好的年龄画上了休止符。大诗人杜甫在《悲陈陶》中怀着沉痛的心情写"孟冬十郡良家子，血作陈陶泽中水。野旷天清无战声，四万义军同日死"（《全唐诗》，第2268页），陈陶之战，唐军四五万人血染疆场，景象极其惨烈；陈陶之战失败后不久，唐军又遭遇了青坂之战，这次又是大败，作者又在《悲青坂》中说“山雪河冰野萧瑟，青是烽烟白人骨”（《全唐诗》，第2268页）。这就是战争，所以王棨在他的《倒载干戈赋》中高呼：“战乃危事，兵惟凶器。欲令永脱于祸机，必使先离于死地。”（《全唐文》，第8012页）

我们的先圣先贤自古以来就强调“兵者不祥之器，非君子之器，不得已而用之”[①]，徐寅在《止戈为武赋》中说：“列圣摧凶，我则怀远而柔迩；前王伐罪，我则去杀而胜残。”（《全唐文》，第8752页）总之，在人们看来，战争不是一件值得提倡的事情，于是王昌龄在《出塞》诗中这样说：

秦时明月汉时关，万里长征人未还。
但使龙城飞将在，不教胡马度阴山。

（《全唐诗》，第1444页）

这是一首超越时间和空间的诗歌，意在控诉战争、呼唤和平。诗人第一句话不仅为读者勾画出一幅边关冷月的景象，而且告诉人们战争一直都没有消停过；所以才会有第二句的“万里长征人未还”。为了保家卫国，那些最可爱的人毅然走向了战场，用他们的生命在为家人争取着和平。当时他们虽然战斗在那“遥望玉门关”的孤城，忍受着“大漠风尘”的域外荒寒，经受着“黄沙百

① 魏源：《老子本义》，上海书店，1986年7月版，第24页。

战穿金甲”的艰难困苦，但依旧发出“不破楼兰终不还”（《全唐诗》，第1444页）的豪言壮语。在那个冷兵器时代，战士走向战场也就等于走向了死地，就像高适在《燕歌行》中说的“战士军前半死生”[①]，像古乐府诗中所说的“十五从军征，八十始得归”（《乐府诗集》，第365页）的幸运者是极少的，所以王翰在《凉州词》中才说“古来征战几人回”（《全唐诗》，第1605页），王昌龄所发出的“万里长征人未还”的慨叹也就是这个意思。

早在《诗经·小雅·采薇》中就已经有了对战争的控诉：

采薇采薇，薇亦作止。曰归曰归，岁亦莫止。
靡室靡家，玁狁之故。不遑启居，玁狁之故。
采薇采薇，薇亦柔止。曰归曰归，心亦忧止。
忧心烈烈，载饥载渴。我戍未定，靡使归聘。
采薇采薇，薇亦刚止。曰归曰归，岁亦阳止。
王事靡盬，不遑启处。忧心孔疚，我行不来！
彼尔维何？维常之华。彼路斯何？君子之车。
戎车既驾，四牡业业。岂敢定居？一月三捷。
驾彼四牡，四牡骙骙。君子所依，小人所腓。
四牡翼翼，象弭鱼服。岂不日戒？玁狁孔棘！

① 刘开扬：《高适诗集编年笺注》，中华书局，1981年12月版，第97页。

昔我往矣，杨柳依依。今我来思，雨雪霏霏。

行道迟迟，载渴载饥。我心伤悲，莫知我哀！

（《诗经译注》，第258—260页）

《诗经》研究大家程俊英先生的翻译是："采薇采薇一把把，薇菜新芽已长大。说回家啊道回家，眼看一年又完啦。有家等于没有家，为跟玁狁去厮杀。没有空闲来坐下，为跟玁狁来厮杀。采薇采薇一把把，薇菜柔嫩初发芽。说回家啊道回家，心里忧闷多牵挂。满腔愁绪火辣辣，又饥又渴真苦煞。防地调动难定下，书信托谁捎回家！采薇采薇一把把，薇菜已老发杈丫。说回家啊道回家，转眼十月又到啦。王室差事没个罢，想要休息没闲暇。满怀忧愁太痛苦，生怕从此不回家。什么花儿开得盛？棠棣花开密层层。什么车儿高又大？高大战车将军乘。驾起兵车要出战，四匹壮马齐奔腾。边地怎能图安居？一月要争几回胜！驾起四匹大公马，马儿雄骏高又大。将军威武倚车立，兵士掩护也靠它。四匹马儿多齐整，鱼皮箭袋雕弓挂。哪有一天不戒备，军情紧急不卸甲！回想当初出征时，杨柳依依随风吹；如今回来路途中，大雪纷纷满天飞。道路泥泞难行走，又渴又饥真劳累。满心伤感满腔悲，我的哀痛谁体会！"（《诗经译注》，第258—260页）真是字字血声声泪，对战争带给人们的"靡室靡家""载饥载渴""不遑启处"等痛苦进行了控诉。但是我们诗中的主人公也知道，造成这种"不遑启居"的原因就是"玁狁之故"，所以只有将他们彻底打败，才能去享受那宁静的生活。

当然，造成社会动乱的原因有很多，也并不一定都是外族入侵。比如春秋战国时期，无论是“春秋五霸”还是“战国七雄”，他们彼此之间有数不尽的征战，“风马牛不相及”不就是这么来的吗？《左传·僖公四年》中记载：

> 四年春，齐侯以诸侯之师侵蔡。蔡溃，遂伐楚。楚子使与师言曰：“君处北海，寡人处南海，唯是风马牛不相及也。不虞君之涉吾地也，何故？”
>
> （《左传译注》，第195页）

公元前656年，齐桓公与北方七国会盟，准备一起进攻楚国，楚成王觉得齐国纯属侵略，于是一边集合大军准备迎战，一边派大夫屈完前去交涉。虽然管仲说什么楚国没有向朝廷按时进贡，但这只不过是个借口罢了，其实就是赤裸裸的侵略。这样的争斗总是把老百姓拖进水深火热之中。

再比如东汉末年，何进本来想借助地方势力诛杀宦官，没想到导致董卓作乱，引起的连锁反应便是各路义军讨伐董卓和群雄割据，为此曹操写出了“白骨露于野，千里无鸡鸣”（《先秦汉魏晋南北朝诗》，第347页）的惨状。董卓面对各路义军，不仅把皇帝挟持到长安，而且一把火把洛阳烧了。罗贯中在《三国演义》中是这样描述董卓的暴行的：“卓临行，教诸门放火，焚烧居民房屋，并放火烧宗庙宫府。南北两宫，火焰相连；长乐宫庭，尽为焦土。”洛阳陷入一片火海！曹操把皇帝接回洛阳时，“宫室烧尽，百官披荆棘，依丘墙间。州郡各拥强兵，委输不至，群僚饥乏，尚书郎以下自出采稆，或饥死墙壁间，或为兵士所杀”，平时那些作威作福的官老爷们哪经历过这些痛苦磨难啊？他们都尚且如此，更不要说本就处于水深火热中的老百姓了。曹植有一首诗《送应氏》，便描写了当时洛阳的残破：

步登北邙阪，遥望洛阳山。
洛阳何寂寞，宫室尽烧焚。
垣墙皆顿擗，荆棘上参天。
不见旧耆老，但睹新少年。
侧足无行径，荒畴不复田。
游子久不归，不识陌与阡。
中野何萧条，千里无人烟。
念我平生亲，气结不能言。

（《先秦汉魏晋南北朝诗》，第454页）

满目凄怆，宫室烧了，房屋倒了，野草参天，田地荒芜，“中野何萧条，千里无人烟”，无论如何也想象不到这里就是当年“宫室光明，阙庭神丽”的洛阳城！甚至还出现了王粲《七哀诗》中“路有饥妇人，抱子弃草间。顾闻号泣声，挥涕独不还”（《先秦汉魏晋南北朝诗》，第365页）的惨剧，因为养不起孩子，又不想看着孩子饿死在自己怀里，于是忍痛把孩子丢进草丛中。

当面对侵略时，人们并不是一味地逃避，而是勇敢地奔赴前线，比如我们在《感天动地为孝行》篇中举例的代父从军的花木兰便是如此。当然，更具有代表性的人物要数卫青、霍去病了。据《史记》记载，匈奴一直是汉朝的重大威胁，入侵已经习以为常，卫青这一辈子就和匈奴打仗了。公元前129年，匈奴骑兵大举入侵，汉兵分四路出击，只有卫青所在的一路取得胜利，卫青也因此被封为关内侯。公元前124年，匈奴再次大举入侵，这就是历史上著名的漠南之战。卫青发现匈奴右贤王有个毛病，傲慢轻敌、麻痹大意，于是卫青利用他这一弱点，乘夜奔袭，围追堵杀，又获大胜。这次右贤王被搞得很狼狈，“独与其爱妾一人壮骑数百驰，溃围北去”（《史记》，第2925页）。

又过了几年，到了元狩四年（前119），汉朝国力大增，汉武帝以十四万匹战马及五十万步卒作为后援，让卫青与霍去病兵分两路跨漠长征，出击匈奴。这一次是对匈奴致命的打击。霍去病率军北进两千多里，越过离侯山，渡过弓闾河，与匈奴左贤王部接战。这一仗的战果是什么呢？《汉书·霍去病传》中说：

> 骠骑将军去病率师躬将所获荤允之士，约轻赍，绝大幕，涉获单于章渠，以诛北车者，转系左大将双，获旗鼓，历度难侯，济弓卢，获屯头王、韩王等三人，将军、

相国、当户、都尉八十三人，封狼居胥山，禅于姑衍，登临翰海，执讯获丑七万有四百四十三级，师率减什二，取食于敌，卓行殊远而粮不绝。

（《汉书》，第2486—2487页）

这就等于是把匈奴的老巢给端掉了。这一战汉军取得全面胜利，不仅斩获甚众，霍去病还乘胜追杀到狼居胥山举行了祭天封礼，在姑衍山举行了祭地禅礼，最后一直打到贝加尔湖。这一仗下来，“匈奴远遁，而漠南无王庭”，这回总算让匈奴吃不了兜着走了。霍去病“封狼居胥”，成为华夏民族武将的最高荣誉之一。

东汉时期的窦宪也在对匈奴作战中取得了如同霍去病一样的成绩。据《后汉书·窦宪传》中讲，窦宪仗着自己妹妹是皇后，竟然欺负到了沁水公主的头上。后来妹妹成了太后，窦宪更了不得，只要对他不利的人都别想有好日子过。后因刺杀太后的亲信刘畅而得罪了太后，为了自保，他提出来戴罪立功，去抗击匈奴。当时匈奴分为南、北两部分，南匈奴和汉朝关系交好，但是北匈奴一直反汉。正好南匈奴请求汉朝出兵讨伐北匈奴，朝廷也就顺水推舟答应了窦宪的请求。

第二年，窦宪与耿秉各率四千骑、南匈奴左谷蠡王师子率万骑从朔方鸡鹿塞出兵，这是第一路军；第二路军是南单于屯屠河率领万余骑从满夷谷出兵；第三路军是度辽将军邓鸿和边境地区归附朝廷的羌胡八千骑、左贤王安国万骑从翩阳塞出兵。三路大军在涿邪山会师。窦宪命阎盘、耿夔率精兵一万多，与北单于在稽落山作战，大破敌军，单于逃走。窦宪整军追击，一直追到今天的乌布苏诺尔湖。这一战“斩名王以下万三千级，获生口马牛羊橐驼百余万头。于是温犊须、日逐、温吾、夫渠王柳鞮等八十一部率众降者，前后二十余万人。宪、秉遂登燕然山，去塞三千余里，刻石勒功，纪汉威德”（《后汉书》，第814页）。窦宪不仅打败了北匈奴，而且获得了很多战利品，让很多部落投降了汉朝，还在燕然山刻石纪功。

“燕然勒石”是与“封狼居胥”同等的荣耀，成为后世文人们在诗文中反复吟咏的典故。比如李益在《塞下曲》中说“请书塞北阴山石，愿比燕然车骑功”（《全唐诗》，第3225页），武元衡也有一首《塞下曲》，其中说“龙沙早立功，名向燕然勒”（《全唐诗》，第3544页）；再比如范仲淹《渔家傲》中有“浊酒一杯家万里，燕然未勒归无计”（《全宋词》，第14页）。这些立功边塞的渴望，其实无不是对和平的渴望。

不知谁贡和亲策

中国历史上，为了暂时的和平曾经出现过和亲。所谓和亲，就是中原王朝的统治者把姑娘嫁给外族统治者以达到暂时休战目的的一种外交行为，当然这里被许配给外族的姑娘不一定真是皇帝的女儿或皇家的姑娘。我印象中唐朝有十五位和亲公主，只有三位是货真价实的公主：唐肃宗的女儿宁国公主嫁给回鹘英武威远毗伽可汗，唐德宗的女儿咸安公主出嫁回纥天亲可汗，唐宪宗的女儿太和公主和亲回纥崇德可汗。其他十二位要么是宗室的姑娘，要么是皇亲国戚。

《史记·刘敬叔孙通列传》中说："取家人子名为长公主，妻单于。使刘敬往结和亲约。"（《史记》，第2719页）刘敬就是当年劝汉高祖从洛阳迁都到西安的娄敬，因为劝说迁都有功，被皇帝赐了国姓。之所以会出现这么让人窝火的事情，全是因为白登被围之祸。汉高祖七年（前200），韩王信叛汉，刘邦亲自带兵讨伐他。当到达晋阳时，得知韩王信与匈奴勾结，要一起进攻汉朝，刘邦大为震怒，就派使臣出使匈奴摸清底细。匈奴早就做好了准备，故意让使臣看到他们很弱，于是使臣们都说匈奴可以攻击。虽然刘敬提出了反对意见，但没有被刘邦采纳，结果刘邦被困白登山达七天之久。汉高祖向刘敬讨对策，刘敬建议说：

> 陛下诚能以适长公主妻之，厚奉遗之，彼知汉适女送厚，蛮夷必慕以为阏氏，生子必为太子，代单于。何者？贪汉重币。陛下以岁时汉所余彼所鲜数问遗，因使辩士风谕以礼节。冒顿在，固为子婿；死，则外孙为单于。岂尝闻外孙敢与大父抗礼者哉？兵可无战以渐臣也。
>
> （《史记》，第2719页）

陛下如果能把自己的大公主嫁给冒顿做妻子，并送给他丰厚的礼物，一定会让公主做阏氏，公主生下的儿子自然就是将来的继承人。为什么要这样做呢？因为匈奴贪图汉朝的财富。陛下多拿我们多余而他们没有的东西去慰问，同时派能言善辩的人用礼节来开导他们。冒顿在位就是您的女婿，他死了就是您的外孙继位。没有听过外孙敢和外祖父分庭抗礼的吧？不用一兵一卒匈奴就会逐渐臣服了。刘邦觉得这个办法不错，打不过人家只能示弱了。于是就和吕皇后商量，没想到吕皇后一把鼻涕一把泪，死活不答应。刘邦没有办法，只好找了个宫女，以大公主的名义，嫁给冒顿君主做妻子。同时，派遣刘敬与匈奴订立议和联姻盟约。

在和亲事件中，汉朝最感人的恐怕要数昭君出塞了。王昭君在当时的“国际问题”上确实起了极大的作用。王昭君是汉以后重要的文学主题，仅以唐诗为例，以昭君、明妃、青冢为题者就多达上百首。李白有《王昭君》二首，其中第一首是这样的：

汉家秦地月，流影照明妃。
一上玉关道，天涯去不归。
汉月还从东海出，明妃西嫁无来日。
燕支长寒雪作花，蛾眉憔悴没胡沙。
生乏黄金枉图画，死留青冢使人嗟。

（《全唐诗》，第1691页）

王昭君是汉元帝时一个很漂亮的宫女，因为自恃颜值出众，不肯贿赂画师毛延寿，结果毛延寿在她的画像上做了点手脚。就这样，王昭君失去了被汉元帝宠幸的机会。后来，北匈奴呼韩邪单于请求和亲，王昭君便被封为“宁胡阏氏”远嫁匈奴，从此“一上玉关道，天涯去不归”。

昭君出塞确实起到了促进汉匈两族团结和睦的作用，史书中说：“边城晏闭，牛马布野，三世无犬吠之警，黎庶忘干戈之役。”（《汉书》，第3833页）好多年人们都忘记打仗是怎么回事了，这也是和亲想要的效果。

唐朝和亲公主中最出名的要数嫁给松赞干布的文成公主了，我记得小时候语文课本中还有一篇关于文成公主入藏的文章。

《旧唐书·吐蕃传上》中有这样的记载：

> 贞观十五年，太宗以文成公主妻之，令礼部尚书、江夏郡王道宗主婚，持节送公主于吐蕃。弄赞率其部兵次柏海，亲迎于河源。见道宗，执子婿之礼甚恭。既而叹大国服饰礼仪之美，俯仰有愧沮之色。及与公主归国，谓所亲曰：“我父祖未有通婚上国者，今我得尚大唐公主，为幸实多。当为公主筑一城，以夸示后代。”遂筑城邑，立栋宇以居处焉。公主恶其人赭面，弄赞令国中权且罢之，自亦释毡裘，袭纨绮，渐慕华风。仍遣酋豪子弟，请入国学

以习《诗》《书》。又请中国识文之人典其表疏。

（《旧唐书》，第5221—5222页）

这段文字让我们看到了文成公主所做出的贡献。松赞干布迎娶文成公主后，唐朝与吐蕃之间关系极为友好，使臣和商人频繁往来，松赞干布还派兵帮助唐朝收复国土。松赞干布十分倾慕中原文化，当他看到送亲队伍时惊叹大唐服饰礼仪之美。后来在公主的建议下，他脱掉毡裘，改穿绢绮，并派吐蕃贵族子弟到长安国学读书，又请唐朝的人掌管他们的表疏等公文。布达拉宫就是松赞干布当年专门为文成公主修建的。

金城公主是唐中宗李显的养女，和亲嫁给了吐蕃赞普赤德祖赞，巩固了文成公主当年的和亲成果。当年金城公主远嫁的时候，中宗皇帝张罗为她送行，找了一帮子文人来记录这件盛事。韦元旦、唐远悊、李适、徐彦伯、张说、郑愔都有诗歌，我们以张说的《奉和圣制送金城公主适西蕃应制》为例：

青海和亲日，潢星出降时。
戎王子婿宠，汉国舅家慈。
春野开离宴，云天起别词。
空弹马上曲，讵减凤楼思。

（《全唐诗》，第942页）

诗的中间两联表现出了唐朝廷对吐蕃的宠爱，当然这样的目的是李适在《奉和送金城公主适西蕃应制》中所说的“帝策重安人”（《全唐诗》，第776页）。大家都知道，公主这一走就是天各一方，所以在“春野开离宴”才会“云天起别词”。看看张说说的“空弹马上曲”，不由得让人想起了当年王昭君的遭遇。东方虬在《王昭君》诗中高呼：“何须薄命妾，辛苦远和亲？”（《全唐诗》，第212页）毕竟文化不同，言语不通，她会感到很孤独寂寞的，这就是“诗圣”杜甫在《咏怀古迹》其三中说的“千载琵琶作胡语，分明怨恨曲中论”（《全唐诗》，第2511页），她只能把自己的心声化作琵琶声声了。

公主们不舍得离开故土，所以她们动身的时候难免惹人泪目。张籍有一首《送和蕃公主》诗：

塞上如今无战尘，汉家公主出和亲。
邑司犹属宗卿寺，册号还同虏帐人。
九姓旗幡先引路，一生衣服尽随身。
毡城南望无回日，空见沙蓬水柳春。

（《全唐诗》，第4337页）

诗人说，因为和亲，两国至此停战休兵。虽然公主和亲的时候很壮观，但是你会发现和亲公主“一生衣服尽随身”，把所有的衣服全带在身边，这是对家乡的想念，这是对大唐繁华的记忆。到了塞外，看到的是黄沙满眼，感受到的是毡城腥膻，只能遥望故土。宋代王安石在《明妃曲》中也说“一去心知更不归，可怜着尽汉宫衣”（《中国文学作品选注》（第三卷），第56页），也是惹人泪崩。

文成公主和亲吐蕃，促进了唐蕃之间的友谊。文成公主的博学聪慧，对吐蕃国的文化影响很大，不但巩固了唐朝的西陲边防，更把汉民族的文化传播到那里。松赞干布死后，文成公主继续在吐蕃生活了几十年，致力于加强唐朝和吐蕃的友好关系，深受吐蕃百姓的爱戴。文成公主与松赞干布的故事，被改编成了戏剧、民歌、传说，在汉藏间广泛传播。所以，专家们普遍认为，文成公主为促进唐蕃间经济文化的交流，增进汉藏两族人民亲密、友好、合作的关系，做出了历史性的贡献。

真的能像刘敬说的那样，外孙不敢和外祖父分庭抗礼吗？边塞诗人高适在《塞上》诗中说“转斗岂长策，和亲非远图”（《全唐诗》，第2190页），高适认为和亲不是长远之计，李中也在《王昭君》中指责“谁贡和亲策？千秋污简编”（《全唐诗》，第8535页），苏郁的《咏和亲》更是措辞激烈：

关月夜悬青冢镜，寒云秋薄汉宫罗。
君王莫信和亲策，生得胡雏虏更多。

（《全唐诗》，第5361页）

谁说和亲会改善两国的关系，被选作和亲的姑娘是去给敌人生孩子的，这样只会让将来侵略我们的敌人越来越多，所以和亲根本不是一个英明的国策。王昭君死后被葬在呼和浩特南郊，她的坟墓被称为“青冢”。据说当地到处都是白草，只有王昭君墓上的草是青的。这到底是怎么回事呢？胡曾在《青冢》诗中作了回答，“至今青冢愁云起，疑是佳人恨未销”（《全唐诗》，第7423页），那是王昭君内心积年不散的怨气。杜牧也从咏史的角度写有《青冢》诗：

青冢前头陇水流，燕支山上暮云秋。
蛾眉一坠穷泉路，夜夜孤魂月下愁。

（《全唐诗》，第6010页）

在杜牧笔下，王昭君是很可怜的，孤零零地在异乡思念着远方的亲人，这就是杜甫所说的“独留青冢向黄昏”。生也寂寞，死也孤单，在诗人们看来，这就是王昭君的悲哀。

《旧唐书·吐蕃传上》中记载得很明确，到了高宗龙朔、麟德年间，因为吐蕃与吐谷浑不和，唐朝廷没有给出明确意见，就已经结怨了。到了咸亨元年（670），就已经发展到“吐蕃连岁寇边”（《旧唐书》，第5221—5222页）的地步了；到了上元三年（676），又“进寇鄯、廓等州，杀掠人吏”。从贞观十五年（641）到咸亨元年，仅和平了三十年。要知道文成公主是永隆元年（680）去世的，“永隆元年，文成公主薨”（《旧唐书》，第5224页），也就是说，吐蕃与唐朝闹矛盾的时候文成公主还活着呢。电视剧《康熙王朝》中，康熙把自己心爱的女儿蓝齐格格嫁给了噶尔丹，虽然安生了几年，但最终还是没能免于战争。所以说“和亲非远图”，不能从根本上解决问题。

文成公主“恶其人赭面”，就是对吐蕃文化的不适应，可以想见王昭君也是这样的。当年刘敬向汉高祖提和亲策的时候就指出，“冒顿杀父代立，妻群母，以力为威，未可以仁义说也”（《史记》，第2719页），这是不被中原伦理接受的。王昭君就先后嫁了两任单于。

在和亲公主中，还真有深明大义主动要求完成任务的。唐德宗的咸安公主天生丽质，聪慧有加，精通琴棋书画，爱好习武射箭。当回纥请求和亲时，她主动请求前往。贞元四年（788），咸安公主到回纥和亲，成为长寿天亲可汗的王后。可是时间不久，不幸就降临到了咸安公主的头上。一年后，也就是贞元五年（789）十二月，长寿天亲可汗病死了，他的儿子忠贞可汗继立。按照回纥的民族风俗，咸安公主又成了忠贞可汗的王后。

更倒霉的是，三个月后忠贞可汗被毒死，忠贞可汗的儿子奉诚可汗继位。就这样，本来是奶奶辈的咸安公主又成了奉诚可汗的妻子。五年后，即贞元十一年（795）奉诚可汗去世了，因为没有儿子继位，大唐册立宰相骨咄禄为怀信可汗，咸安公主按照传统再一次换了丈夫。唐咸安公主在回纥生活了21年，她先后按回纥的收继婚制嫁给两姓三辈四任可汗。白居易曾经在《阴山道》中赞颂咸安公主：

咸安公主号可敦，远为可汗频奏论。
元和二年下新劫，内出金帛酬马值。
仍诏江淮马价缣，从此不令疏短织。
合罗将军呼万岁，捧投金银与缣采。

（《全唐诗》，第4705页）

和亲是为了和平，但当一个国家需要用女人来换取和平时，那是一个王朝的悲哀。关键是“谁知黠虏启贪心，明年马多来一倍”，朝廷架不住“黠虏”的欲壑难填。所以，戎昱在《咏史诗》中毫不客气地批判：

汉家青史上，拙计是和亲。
社稷依明主，安危托妇人。
岂能将玉貌，便拟净胡尘？
地下千年骨，谁为辅佐臣！

（《全唐诗》，第4705页）

在诗人看来，和亲政策是最不得人心的，如果什么事都仗着姑娘们去摆平，还要那些领着朝廷俸禄的大臣干什么？干脆让姑娘们来帮助君王安定社稷算了。言外之意，大臣就是白拿俸禄的白痴。

虽然和亲政策有失尊严，但是从客观上在短时间避免了战争，所以，我们在同情那些和亲公主的时候也应该对这种政策给予肯定，毕竟为老百姓换来了短暂的和平生活。

马放南山享太平

不管是内战还是外来侵略，都是我们不希望的，不希望看到诗人们笔下战火纷飞的惨状。但是当我们需要维护正义时，也必然会“视死忽如归”，甚至不惜通过宏大的战争来实现和平的愿望。本书“留取丹心照汗青”篇目中讲到了比干剖心事件，商纣王残暴，最终落得众叛亲离的下场。西伯侯姬昌趁机发展实力，不仅对外以德服人，而且在渭水边请到姜太公帮他发展军事和经济，慢慢地形成了“天下三分，其二归周”（《史记》，第1478页）的局面。

子承父业，武王姬发在父亲去世之后，在姜子牙和周公旦的辅佐下，率领各诸侯国在牧野展开对商的决战。《诗经·大雅·大明》中说的“牧野洋洋，时维鹰扬。凉彼武王，肆伐大商”（《诗经译注》，第412页）就是这件事。虽然“殷商之旅，其会如林”，但是纣王的军队主要是由奴隶和战俘构成的，没有一个愿意为纣王死心塌地卖命的。就这样纣王的军队在阵前倒戈，纣王只好逃回朝歌，在鹿台上自焚身亡。这就是历史上的“牧野之战”。

对纣王作战胜利之后，武王马上采取措施，马放南山，让老百休养生息。《尚书·周书·武成》中说：“王来自商，至于丰。乃偃武修文，归马于华山之阳，放牛于桃林之野，示天下弗服。”（《尚书译注》，第209页）周武王伐商归来，到达丰邑，于是停止武备，修重文教，把战马放归华山南麓，又把牛放归桃林的原野，目的是向天下人表示，不再打仗了。这也就是杜甫在《蚕谷行》中所期待的“焉得铸甲作农器，一寸荒田牛得耕”（《全唐诗》，第2334页）的幸福生活。

白行简有一首《归马华山》诗，写的就是“牧野之战”结束后的和平状态：

牧野功成后，周王战马闲。
驱驰休伏皂，饮龁任依山。
逐日朝仍去，随风暮自还。
冰生疑陇坂，叶落似榆关。
蹬蹀仙峰下，腾骧渭水湾。
幸逢时偃武，不复鼓鼙间。

（《全唐诗》，第5305页）

战马回归大自然，生活自由自在，时而在山边饮水吃草，时而在山中快意奔跑，再也不用像《战城南》中那样“枭骑战斗死，驽马徘徊鸣”（《乐府诗集》，第236页），效命疆场，时刻等着出征的命令了。虽然现在也是早出晚归，但那是“逐日朝仍去，随风暮自还”，“蹀躞仙峰下，腾骧渭水湾”，无拘无束，沉浸在和平生活的幸福感中。有意思的是，战马竟然还出现过错觉，将华山错认成当年出征时经过的地方，当成了曾经挥洒汗水的边关。在“蹀躞仙峰下，腾骧渭水湾”的慢时光中，战马才慢慢意识到原来自己已经“不复鼓鼙间”，“退役”了，已经远离了战争。

为了躲避战乱，一群秦人在陶渊明的笔下走进了落英缤纷的桃花源，他们过的日子是“土地平旷，屋舍俨然，有良田美池桑竹之属。阡陌交通，鸡犬相闻。其中往来种作，男女衣着，悉如外人。黄发垂髫，并怡然自乐”（《陶渊明集笺注》，第479页），仿佛让我们一下子置身于仙界，去感受人间难逢的环境美与人情美。王维在《桃源行》中说这种美是“遥看一处攒云树，近入千家散花竹”，是“月明松下房栊静，日出云中鸡犬喧”，是“平明闾巷扫花开，薄暮渔樵乘水入”（《全唐诗》，第1257页），让人感觉不到丝毫的烟火气；刘禹锡也有一首《桃源行》，他觉得桃源之美是“筵羞石髓劝客餐，灯爇松脂留客宿。鸡声犬声遥相闻，晓色葱笼开五云。渔人振衣起出户，满庭无路花纷纷”（《全唐诗》，第3995页），吃的用的以及目之所见、耳之所闻，都不同于人间。不管“诗佛”和“诗豪”怎么措辞，两个人都通过陶渊明留下的“桃源”母题在描摹着一块人间乐土，这才是《诗经·魏风·硕鼠》中所渴望的“爰得我所”的乐土和“爰得我直”的乐国。

和平是王维、孟浩然笔下带着晶莹露珠的田园世界，和平是柳永的“参差十万人家”，和平是裴湘的“万国仰神京”。王维、孟浩然的作品，我们并不陌生，在前面也引用过，这里主要来看看柳永和裴湘笔下的和平。柳永是宋代初期的词作大家，很有革新精神，创制了慢词。柳永的词流传范围很广，以至于“凡有井水饮处皆能歌柳词”。

一说到柳永，大家自然会不约而同地想到他那首令金人“顿起投鞭渡江之志”的《望海潮》：

> 东南形胜，三吴都会，钱塘自古繁华。烟柳画桥，风帘翠幕，参差十万人家。云树绕堤沙，怒涛卷霜雪，天堑无涯。市列珠玑，户盈罗绮，竞豪奢。　　重湖叠巘清嘉，有三秋桂子，十里荷花。羌管弄晴，菱歌泛夜，嬉嬉钓叟莲娃。千骑拥高牙，乘醉听箫鼓，吟赏烟霞。异日图将好景，归去凤池夸。[1]

这首词的上阕浓墨重彩地描写了杭州的自然风光之美和都市繁华，下阕看似写西湖，实则展现了杭州百姓和平宁静的生活场

① 薛瑞生：《乐章集校注》，中华书局，1994年2月版，第169页。

面。杭州的风光之美令人向往，特别是白居易和苏轼的倾力宣传，让人对杭州“绕郭荷花三十里，拂城松树一千株”（《全唐诗》，第4961页）和“欲把西湖比西子，淡妆浓抹总相宜”（《苏轼诗集》，第430页）的景象更加念念不忘。

杭州的繁华富庶是怎么表现的呢？柳永说“烟柳画桥，风帘翠幕，参差十万人家”，不仅人口多，而且居民住宅雅致；然后又说“市列珠玑，户盈罗绮，竞豪奢”，市场繁荣、市民殷富，“竞豪奢”三个字很妙，明里写商店里商品琳琅满目，暗中写商人相互夸耀，这无疑反映了杭州穷奢极欲的一面。接下来的“重湖叠巘清嘉。有三秋桂子，十里荷花”，看似写景，实则是表现和平景象。我们不妨与姜夔的《扬州慢》对读一下，“自胡马窥江去后，废池乔木，犹厌言兵”（《全宋词》，第2807页），这至少说明杭州没有经过战争的蹂躏。有这么好的生态环境，自然就有悠然自得的生活状态，于是“羌管弄晴，菱歌泛夜，嬉嬉钓叟莲娃”就出来了。无论白天还是夜晚，湖面上总是传来优美的乐音，是船上的笛声，是采菱姑娘们的歌声。你看那垂钓的老者和采莲的姑娘们，无不洋溢着欢快的神情。这时，一阵喧闹之声传来，原来是达官贵人们也来这里游玩了，马队簇拥，声势喧赫，一下子将杭州的繁华热闹推向了高潮。词人通过栩栩如生的描绘，生动展示了杭州国富民安享太平的景象。

如果觉得杭州的景象不能代表国家太平的话，我们随着柳永到京城看看。柳永有几首词描写了汴京的繁华，比如下面这首

《抛球乐》：

晓来天气浓淡，微雨轻洒。近清明，风絮巷陌，烟草池塘，尽堪图画。艳杏暖、妆脸匀开，弱柳困、宫腰低亚。是处丽质盈盈，巧笑嬉嬉，争簇秋千架。戏彩球罗绶，金鸡芥羽，少年驰骋，芳郊绿野。占断五陵游，奏脆管、繁弦声和雅。　向名园深处，争泥画轮，竞羁宝马。取次罗列杯盘，就芳树、绿阴红影下。舞婆娑，歌宛转，仿佛莺娇燕姹。寸珠片玉，争似此、浓欢无价。任他美酒，十千一斗，饮竭仍解金貂贯。恣幕天席地，陶陶尽醉太平，且乐唐虞景化。须信艳阳天，看未足、已觉莺花谢。对绿蚁翠蛾，怎忍轻舍。

（《乐章集校注》，第125—126页）

关于这首词，王建生先生曾有过解释与评价。我们可以直接引过来看看："柳永不愧是汴京都市风光纪录片的导演和摄影师。清明时节，蒙蒙细雨浸润着京城的每一寸土地。惠风和畅，柳絮池塘，淡烟绿草，好一幅帝京春日图画。杏花开得像娇艳女子的面容，柳枝婀娜如同美女的纤腰。到处都是气质非凡的佳丽，楚楚动人，喜笑颜开地聚在一起，轻盈地荡着秋千。此处写的是妙龄女子，接着写青春少年，衣着华贵，飒爽英姿，自信昂扬地奔驰在郊野。出游的俊男靓女们在世外桃源般的郊野尽情游乐，或踢球，或吹拉弹唱，繁杂的弦乐声，高雅而和谐。下片进一步铺写游玩的达官显贵、富贵子弟，停下香车宝马，将各色美食珍馐铺排在绿荫红影下。听着歌，赏着舞，喝着美酒，管他价钱呢！在唐尧虞舜般的太平盛世，幕天席地，陶醉其中，其乐融融。可惜明媚烂漫的春日去得太匆匆，还没看够就结束了。”①

裴湘是宋仁宗时期的内史官，也曾经写过汴京的繁华，题作《浪淘沙·汴州》：

万国仰神京。礼乐纵横。葱葱佳气锁龙城。日御明堂天子圣，朝会簪缨。

九陌六街平。万国充盈。青楼弦管酒如渑。别有隋堤烟柳暮，千古含情。（《全宋词》，第203页）

如果您看过开封清明上河园里的水上实景演出《大宋·东京梦华》的话，其中的场景马上就会浮现在眼前：北宋大盛的时候，万国来朝，帝王之气令人仰望，君主庄严，百官肃穆，让万国来使顿起崇敬之情。接下来，词人写汴京内外的繁华富裕，京里大街小巷歌舞升平，京外仓库充盈；处处是广厦高楼，耳畔不绝弦歌，酒如流水，肉似山陵，让人感叹物资的极大丰富。

在这种国泰民安的情况下，帝王们总是忘不了与民同乐。开元十七年（729）八月癸亥日，这天是玄宗定的千秋节，唐玄宗

① 罗家湘：《中原文化专题十四讲》，中州古籍出版社，2016年8月版，第229页。

在花萼楼与民同乐，而且赶在这一天万国来朝，那种热闹不是一般时候能有的，郑嵎在《津阳门诗》中说“千秋御节在八月，会同万国朝华夷”（《全唐诗》，第6563页），张祜也在《千秋乐》诗中说“八月平时花萼楼，万方同乐奏千秋”（《全唐诗》，第5838页）。既然是万民同乐，就需要有娱乐项目，看看张祜在《千秋乐》诗中怎么写的，“倾城人看长竿出，一伎初成赵解愁”。郑嵎在《津阳门诗》中有相对详细的描写：

> 花萼楼南大合乐，八音九奏鸾来仪。
> 都卢寻橦诚龌龊，公孙剑伎方神奇。
> 马知舞彻下床榻，人惜曲终更羽衣。

百戏竞演，盛况空前。《太平广记·名贤》“严安之”条曾经描写了百姓观看百戏的盛况：“玄宗御勤政楼，大酺，纵士庶观看。百戏竞作，人物填咽，金吾卫士白棒雨下，不能制止。上患之。”（《太平广记》，第1193页）简直太疯狂了，百姓们宁愿被棍棒打也要往前挤着看。

《宣和遗事》中有一个女子窃杯的故事。宋徽宗宣和年间的一次元宵节，老百姓随便参观，而且徽宗皇帝还赐每人一杯酒。结果喝完酒收杯子的时候发现少了一个，原来是被一个女子偷偷藏起来了，侍卫就把这个女子押到了皇帝面前。徽宗问她为什么要私藏御杯，姑娘竟然用一首《鹧鸪天》来回答：

月满蓬壶灿烂灯，与郎携手至端门。贪看鹤阵笙歌举，不觉鸳鸯失却群。　　天渐晓，感皇恩，传宣赐酒饮杯巡。归家恐被翁姑责，窃取金杯作照凭。

我和夫君出来看花灯，因为看得太投入，不小心走散了。天快亮的时候，皇帝赏了一杯御酒，没想到喝下肚去脸红了。怕回家公公婆婆责怪，于是私藏了杯子回家作个证据。徽宗是个出了名的艺术家，听女子这么一说，很高兴，就把杯子送给了她。徽宗正要让女子回家呢，有人不愿意了。教坊大使曹元宪说："这个女子刚才念的词有可能是提前写好的，目的就是骗取御杯。陛下您应该给她命个题目，让她即兴来写，能写出来御杯赐给她，写不出来就明正典刑。"

徽宗觉得有道理，于是让女子再作一首，规定是以《念奴娇》为词牌，以杯子为题。这个女子领命，稍作沉思，开口念道：

桂魄澄辉，禁城内、万盏花灯罗列。无限佳人穿绣径，几多妖艳奇绝。凤烛交光，银灯相射，奏箫韶初歇。鸣梢响处，万民瞻仰宫阙。　　妾自闺门给假，与夫携手，共赏元宵，误到玉皇金殿砌。赐酒金杯满设。量窄从来，红凝粉面，尊见无凭说。假王金盏，免公婆责罚臣妾。

（《中原文化专题十四讲》，第241页）

元宵佳节，银月高挂夜空，京城里到处都是花灯，大家都穿着盛装穿梭在大街小巷，看着花灯，听着雅乐，忽然听到响鞭的声音，原来是皇帝与民同乐来了。我是和夫君一起来的，本来拉着手走的，不知道怎么走散了。我来到您的面前，被赐了满满一杯御酒，没想到酒量不行，喝得我满面通红，回家怎么向公婆交代呢？我这才把御杯藏了起来，省得回到家向公婆解释不清楚。意思还是那个意思，只是因为词牌变得更细腻了。徽宗听了女子的即兴词，更高兴了，也替她着想，就把御杯送给了她。这个故事让我们在太平中感受到了徽宗的人情味。

上面我们看到的是皇城内的太平景象，或许有人会怀疑朝廷可能会故意粉饰太平，那我们到民间走走。我曾经在《中原诗旅》中写过这样一段话："繁塔周围的繁台是古开封的一个旅游胜地，每到端午节或是中秋节，人们往往结伴来到此地，或饮酒作诗，或观看舞乐百戏，或赏花观草，或烧香拜佛。每当春暖花开，杨柳吐翠的季节，登台游春成为开封的一大盛事。小说《歧路灯》中就对繁台的繁华作过生动的描绘：'出南门往东，向繁台来，早望见黑鸦鸦的，周围有七八里一大片人，好不热闹。演梨园的，扮故事的，走软索的，卖马解的，弄百戏的，说评书的，夸不尽武艺高强。聋者凭目，瞽者信耳，都要来聆略一二。积气成雾，哈声如雷，亦可称气象万千。'"（《中原诗旅》，第174页）或许这可以从一个侧面反映出赵宋王朝太平盛世的气象。

和平是《礼记·礼运》篇中人们所追求的大同：

大道之行也，天下为公，选贤与能，讲信修睦。故人不独亲其亲，不独子其子，使老有所终，壮有所用，幼有所长，矜寡孤独废疾者，皆有所养；男有分，女有归；货恶其弃于地也，不必藏于己；力恶其不出于身也，不必为己。是故谋闭而不兴，盗窃乱贼而不作，故外户而不闭，是谓大同。

（《礼记译注》，第265页）

在孔子看来，大同盛世应该是这样的：天下是人民共有的，选择贤能的人来做领袖，人与人之间和睦相处，信用为上。人们不只是爱自己的老人和孩子。老人都能得到赡养，壮年都有施展才能的舞台，孩子都能在良好的教育中健康成长，鳏寡之人和身有残疾之人也能得到社会的照顾。小伙子们都有工作，姑娘们到年龄就能找到男朋友。物资虽然很多，但人们既不浪费也不私自占有，既不愿意偷懒，又不只是为自己工作。到那个时候，阴谋诡计没有了用武之地，偷盗和乱臣贼子也没有了存在的土壤，外出可以门户大开。杜甫在《忆昔》其二中就描写到了这种社会状况：

忆昔开元全盛日，小邑犹藏万家室。

稻米流脂粟米白，公私仓廪俱丰实。

九州道路无豺虎，远行不劳吉日出。

齐纨鲁缟车班班，男耕女桑不相失。

宫中圣人奏云门，天下朋友皆胶漆。

百余年间未灾变，叔孙礼乐萧何律。

（《全唐诗》，第2325页）

杜甫回忆了“开元盛世”的社会景象，即便是小城市也人口众多，这是社会安定繁衍生息最好的说明。老百姓的庄稼丰收，有吃有喝，公家的仓库里也是满满的。再说社会秩序，只能用“安定”形容，盗寇也弃恶从善，旅途平安，出门可以说走就走。到处是贸易往来的商贾车辆，显示了发达的手工业和商业，男耕女织，各得其所。皇帝在祥和的乐曲中尊天祭祖，人们关系融洽友善，一百多年来没有发生过大的灾祸，这就是国家昌盛、政治清明的气象。

杜甫笔下繁盛的景象是一种理想的社会状态，是当时的百姓所向往的。如今我们所倡导的世界人类命运共同体，已不是一时一地的和平，而是整个人类的和平，也就是孔子口中“大道之行”时的大同世界，我们正朝着这个方向努力，并且永不止步。

参考书目

1.司马光：《资治通鉴》，中华书局，1956年6月版。

2.严可均：《全上古三代秦汉三国六朝文》，中华书局，1958年12月版。

3.司马迁：《史记》，中华书局，1959年9月版。

4.陈寿：《三国志》，中华书局，1959年12月版。

5.李昉等：《太平御览》，中华书局，1960年2月版。

6.彭定求等：《全唐诗》，中华书局，1960年4月版。

7.郭庆藩：《庄子集释》，中华书局，1961年7月版。

8.李昉等：《太平广记》，中华书局，1961年9月版。

9.班固：《汉书》，中华书局，1962年6月版。

10.范晔：《后汉书》，中华书局，1965年5月版。

11.李昉等：《文苑英华》，中华书局，1966年5月版。

12.魏徵：《隋书》，中华书局，1973年8月版。

13.李延寿：《北史》，中华书局，1974年10月版。

14.房玄龄等：《晋书》，中华书局，1974年11月版。

15.欧阳修等：《新唐书》，中华书局，1975年2月版。

16.刘昫等：《旧唐书》，中华书局，1975年5月版。

17.李白：《李太白全集》，中华书局，1977年9月版。

18.杨伯峻：《列子集释》，中华书局，1979年10月版。

19.郭茂倩：《乐府诗集》，中华书局，1979年11月版。

20.刘开扬：《高适诗集编年笺注》，中华书局，1981年12月版。

21.苏轼：《苏轼诗集》，中华书局，1982年2月版。

22.元稹：《元稹集》，中华书局，1982年8月版。

23.洪兴祖：《楚辞补注》，中华书局，1983年3月版。

24.逯钦立：《先秦汉魏晋南北朝诗》，中华书局，1983年9月版。

25.董诰：《全唐文》，中华书局，1983年11月版。

26.陈鼓应：《老子注译及评介》，中华书局，1984年5月版。

27.徐松：《登科记考》，中华书局，1984年8月版。

28.吴兆宜：《玉台新咏笺注》，中华书局，1985年6月版。

29.脱脱等：《宋史》，中华书局，1985年6月版。

30.苏鄂：《杜阳杂编》，丛书集成初编本，中华书局，1985年版。

31.苏轼：《苏轼文集》，中华书局，1986年3月版。

32.魏源：《老子本义》，上海书店，1986年7月版。

33.王先谦：《荀子集解》，上海书店，1986年7月版。

34.王先慎：《韩非子集解》，上海书店，1986年7月版。

35.吕不韦：《吕氏春秋》，上海书店，1986年7月版。

36.向宗鲁：《说苑校正》，中华书局，1987年7月版。

37.周勋初：《唐语林校证》，中华书局，1987年7月版。

38.杜佑：《通典》，中华书局，1988年12月版。

39.苏辙：《苏辙集》，中华书局，1990年8月版。

40.薛瑞生：《乐章集校注》，中华书局，1994年2月版。

41.孔颖达：《礼记注疏》，中华书局，1998年11月版。

42.孔颖达：《毛诗注疏》，中华书局，1998年11月版。

43.唐圭璋：《全宋词》，中华书局，1999年1月版。

44.李善等：《六臣注文选》，浙江古籍出版社，1999年3月版。

45.欧阳修：《欧阳修全集》，中华书局，2001年3月版。

46.陈贻焮：《增订注释全唐诗》，文化艺术出版社，2001年5月版。

47.刘学锴等：《李商隐文编年校注》，中华书局，2002年3月版。

48.叶廷珪：《海录碎事》，中华书局，2002年5月版。

49.袁行霈：《陶渊明集笺注》，中华书局，2003年4月版。

50.谢保成：《贞观政要集校》，中华书局，2003年11月版。

51.杨天宇：《周礼译注》，上海古籍出版社，2004年7月版。

52.李民等：《尚书译注》，上海古籍出版社，2004年7月版。

53.黄寿祺等：《周易译注》，上海古籍出版社，2004年7月版。

54.李梦生：《左传译注》，上海古籍出版社，2004年7月版。

55.程俊英：《诗经译注》，上海古籍出版社，2004年7月版。

56.金良年：《论语译注》，上海古籍出版社，2004年7月版。

57.吴熊和：《唐宋词汇评》，浙江教育出版社，2004年12月版。

58.钱仲联：《剑南诗稿校注》，上海古籍出版社，2005年4月版。

59.杨勇：《世说新语校笺》，中华书局，2006年6月版。

60.杨伯峻：《论语译注》，中华书局，2006年12月版。

61.袁行霈等：《中国文学作品选注》（第一卷），中华书局，2007年6月版。

62.袁行霈等：《中国文学作品选注》（第三卷），中华书局，2007年6月版。

63.袁行霈等：《中国文学作品选注》（第四卷），中华书局，2007年6月版。

64.王士祥：《中原诗旅》，文心出版社，2008年4月版。

65.吴在庆：《杜牧集系年校注》，中华书局，2008年10月版。

66.王永宽：《春华秋实集》，大象出版社，2009年10月版。

67.刘真伦等：《韩愈文集汇校笺注》，中华书局，2010年8月版。

68.谢思炜：《白居易文集校注》，中华书局，2011年1月版。

69.韩泉欣：《孟郊集校注》，浙江古籍出版社，2012年11月版。

70.王定保：《唐摭言》，上海古籍出版社，2012年8月版。

71.罗家湘：《中原文化专题十四讲》，中州古籍出版社，2016年8月版。

后记

本书是我抗疫的成果。

2020年抗击新冠肺炎期间，大象出版社管昕女士电话中和我商量，能否写一本反映诗词与民族精神的通俗读物，一来是传播传统诗词文化，二来是助力国家精神文明建设。我觉得这是一个非常好的想法，不仅暗合中国文学的基本功能，可以提升古代文学课堂的实践能力，而且也是我喜欢的事情，再加上疫情期间没有外出授课任务，时间比较集中、充裕，于是我就揽下了这个活儿。

答应之后马上进入构思和搜集诗词、史料阶段。我坐在茶台前，品茶发愣，手边放上纸和笔，脑子里想着书稿从哪几个角度展开，稍有头绪就赶紧记下。就这样用了大约三天时间，根据自己掌握的诗词和历史故事，总结出了九个方面的内容。

一旦进入写作阶段，真的是一件很享受的事情，因为那是心遇贤人的精神洗礼。每写一个故事，都是对这些历史人物的一次跨时空“访谈”。所以，那段时间很充实，脑子里都是满满的正能量。许穆夫人是第一个进入我笔下的历史人物，她为复国与许国臣僚辩驳和奔波操劳的爱国精神让人赞叹。这个故事发生在中原地区，所以内心不禁油然而生一种作为河南人的自豪感。每当写到与中原相关的历史故事时，如孔子问礼洛阳、弦高救国、窃符救赵等，“文化自信”四个字总会萦绕在脑海间。

当写到岳飞、辛弃疾、陆游、文天祥等人时，泪水数次模糊了双眼，既为他们的丹心感佩，又为他们生不逢时痛心。当写到子罕、孟尝、吴隐之、包拯等人时，总是设想，如果是自己面对诱人的金银珠玉，到底是留下骂名还是美名？当写到“一言为重百金轻”时，又想到了恩师陈飞先生为老友过生日的十数年之约。当写到孝悌精神与和谐精神时，总会想到自己的弟弟妹妹们围绕在父亲病床前的情景，和谐与孝道就在我的身边。当写到“韦编三绝”“囊萤积雪”“凿壁偷光”等故事时，总是想到自己读书时的艰苦情形，那时会莫名其妙地流鼻血，如果没有当时的付出，又何来今日的收获……总之，不管写到哪一部分，总会联想到自身，所以写这本书可以说是我一次系统深入的学习过程，加强了我对经典的感受力。

书稿虽然已经有了框架结构和诗词、故事以备填充，但是在具体写作的过程中，又时常会出现新的想法，或者想到新的更合适的诗词、故事，于是马上修改完善。这让我想起严耕望先生的一句话“写作是最紧密的阅读和思考”。是这样的，曾经读的书有太多被淹没在记忆深处，如果没有这次写作，可能它们会一直沉睡在某一个角落。在写作中，它们悠悠然醒来，慢慢地浮出了记忆，让我体会到了耕耘与收获的喜悦。有时写到兴奋处，经常忘记了时间，已过子时尚未入梦；刚刚躺下，又因为一合眼就是感人的故事情节，于是再翻身起床继续写作，基本每天休息五个小时左右。

其间，我应邀为河南电视台、郑州电视台录制了一些节目，为重庆移通学院、四川工商学院的学生做了几次讲座，书中的诗词、故事很自然转化成了我的课程内容，得到受众的普遍好评。这是我一直关注的课堂思政和课堂实践能力提升的体现，是值得高兴的。虽然我在书中引用了大量的史料，但这毕竟不是一本纯粹的学术著作，它面对的是社会大众，意在通过史料和故事传播民族精神，所以我在引用的史料后会再解释一下，目的是满足不同层次读者的阅读需求。

经过几十天夜以继日的奋战，书稿基本完成了。但遗憾的是，总感觉民族精神还没有得到更全面的表达，或者可能某些更恰切的诗词、故事没有被发掘出来。敬请读者朋友不吝赐正，我好将来修改完善！

王士祥

2020年4月28日